Nicholas Shakespeare

Geschichten von anderswo

Aus dem Englischen
von Georg Deggerich

Hoffmann und Campe

Für die deutschsprachige Ausgabe
Copyright © 2018 Hoffmann und Campe Verlag, Hamburg
www.hoca.de
Satz: Dörlemann Satz, Lemförde
Gesetzt aus der Albertina
Druck und Bindung: CPI books GmbH, Leck
Printed in Germany
ISBN 978-3-455-40622-1

HOFFMANN
UND CAMPE

Ein Unternehmen der
GANSKE VERLAGSGRUPPE

Für M. B.

In meinem Gesicht
sind die Gesichter all derer, die ich liebte.

Wie kannst du sagen, ich sei hässlich?

Wjatscheslaw G. Kuprijanow

Inhalt

Das weiße Loch von Bombay

Jetzt, da ich nicht mehr in Indien lebe, muss ich an heißen Tagen stets an einen großen Swimmingpool in Bombay und an Sylvia Billington denken.

Wir lagen auf Liegestühlen – Sylvia, ihr Mann Hugh und ich –, auf einem Rasenstreifen unmittelbar neben dem Pool, mit Blick auf das Arabische Meer. Es war V-J Day, der Tag des Siegs über Japan im Zweiten Weltkrieg, und Geräusche und Ausblicke verschwammen in der Hitze des Vormittags. Von der Breach Candy Road war das Rauschen des Verkehrs zu hören, und ein schwacher süßsaurer Geruch von Müll hing in der Luft. Wenn ich meine Augen halb schloss, schwand die Welt bis auf ein Rechteck tiefblauen Himmels, das wahrscheinlich eine Spiegelung des Pools war.

Zu jener Zeit – den späten sechziger Jahren – war ich erst seit wenigen Wochen in Indien und als temporäres Mitglied des Breach Candy Swimming Pool Club mit dessen Hierarchien nicht vertraut. Zehn Meter von uns entfernt hatte das Personal des Russischen Konsulats ein Feld mit Netz, das immer dann dort hing, »wenn sie nicht gerade Dissidenten aufhängten«, um es mit Hughs Worten zu sagen. Sie redeten nicht viel, sondern schlugen einen ledernen Volleyball hin und her. Ich sah einen barfüßigen Gärtner mit Khaki-shorts, der in der Hocke saß und Unkraut zupfte. Etwas näher stritt eine Frau, die noch weißer war als ich und einen ähnlich spitzen englischen Akzent wie Sylvia hatte, mit ihrem halbwüchsigen Sohn. Auf dem Glastisch, an den ich mich auf Sylvias Drängen zu den beiden gesellt hatte, setzte ein Kellner in weißem Jackett das tausendste Tablett dieser Woche ab, verfolgt von den Blicken mehrerer hungriger Krähen.

Boinnnngggg!

Sylvia blinzelte angespannt nach oben. Links über uns federte ein muskulöser junger Mann in einer winzigen knallroten Badehose vom Sprungbrett.

Wuuuuusch! Er glitt ins Wasser.

Sekunden später tauchte ein blonder Kopf auf. Der Mann strich sich das Haar nach hinten wie jemand, der gern einen Spiegel hätte, und schwamm dann zu den Stufen für seinen nächsten Sprung.

Nach einem weiteren kurzen Blick auf den Kunstspringer setzte Sylvia ihre Sonnenbrille auf und nahm die *Illustrated Weekly* zur Hand.

Der Breach Swimming Pool Club lag an der Straße zum Gymkhana Club. Er war abends nie geöffnet, aber an schwülen Tagen kamen die in Bombay lebenden Ausländer oft hierher, um in den kühlen Pool zu springen und anschließend einen Nimbu Pani zu genießen, ein erfrischendes Getränk aus Limetten, Zucker und Wasser, das in Longdrink-Gläsern serviert wird. Abgesehen von einigen Filmstars gab es keine indischen Mitglieder. In den Kreisen, in denen die Billingtons verkehrten, wurde der Club jovial als »Das weiße Loch von Bombay« bezeichnet.

Die Billingtons zählten in jeder Hinsicht zu seinen ältesten Mitgliedern. Sie gehörten sozusagen zur Einrichtung, genauso wie der Planters Chair, der ständig ausgebessert werden musste, oder die glänzenden weißen Teller, von denen wir unsere Steak-Sandwiches aßen. Und wie der Club selbst – gut in Schuss, wenngleich sich die Ränder des Pools witterungsbedingt leicht wellten – strahlten sie eine gesetzte Mittelmäßigkeit aus. Von anderen Mitgliedern ging eine geschäftige Energie aus, da sie wussten, dass sie in achtzehn Monaten wieder weg wären. Die Billingtons würden sehr wahrscheinlich hier sterben.

Schon bevor ich sie kennenlernte, hatte ich das Bild eines sparsamen, kinderlosen Paars im fortgeschrittenen Alter gewonnen, das in einem bescheidenen Apartment in Malabar Hill lebte. Niemand schien je bei ihnen zu Hause gewesen zu sein, und der Tonfall, in dem das Wort »bescheiden« gesprochen wurde, deutete darauf hin, dass es Gründe gab, warum die Billingtons ihre sozialen Kontakte im Club pflegten.

Dies war erst unsere zweite Begegnung am Pool. Die erste hatte am Samstag zuvor stattgefunden. Ich war am späten Nachmittag an einem Liegestuhl vorbeigelaufen, als ich den forschenden Blick blauer Augen bemerkte, die mich über den Rand einer Zeitschrift ansahen.

»Sie sind nicht zufällig, —————?« Sie sagte meinen Namen.

»Der bin ich.«

Die Frau nahm ihre Brille ab und stand auf. »Sylvia Billington.«

Ich sah in ein von den Tropen gegerbtes Gesicht. Die Haut unter ihrem Make-up war faltig, als hätte man sie zu sehr gespannt und dann losgelassen, und ihr strohblondes Haar, von dem sie mir später versicherte, es sei einmal »ellbogenlang und rot« gewesen, hatte sich zu dünnen, platt auf dem Schädel liegenden Löckchen verflüchtigt. Sie trug einen jadegrünen Badeanzug, der ihre Brüste betonte.

Mein erster Eindruck war der einer runzeligen, grellen, eher traurigen Frau, die ihren Einfluss dadurch sicherte, dass sie jeden kannte – und darauf achtete, dass jeder sie kannte. Vieles von dem, was sie mir erzählte, hatte ich bereits gehört: dass sie nach dem Zweiten Weltkrieg erstmals hierhergekommen sei, nach der Rückkehr ihres Mannes aus Birma. Dass ihr Mann – »Oh, wo steckt er nur? Sie würden gut miteinander auskommen« – lange für die British Biscuit Company gearbeitet hatte und jetzt bei Makertich & Co., einem Importeur für Textilmaschinen, angestellt sei.

Sylvia Billington betrachtete sich im Gegensatz zu den übrigen Leuten am Pool nicht als Ausländerin auf Durchreise, sondern als Einheimische mit weit zurückreichenden Wurzeln. Sie war in Indien geboren, als Tochter eines protestantischen irischen Baumwollhändlers. Dort hatte sie auch Hugh kennengelernt und geheiratet, bevor der Krieg ihn weiter nach Osten trieb.

Bei unserer ersten Begegnung hatte sie beiläufig die »Heldentaten« ihres Mannes erwähnt und wartete darauf, dass ich weiter danach fragte. Sie war sogar ziemlich beleidigt, dass ich nicht mitspielte und mich stattdessen umdrehte, als einer der Russen uns etwas zurief und ich einen Lederball in unsere Richtung hüpfen sah.

Er wurde von einem Mann abgefangen, der mir bis dahin noch nicht aufgefallen war: eine menschliche Bulldogge, offenbar Brite, in weißen Shorts und einem braunblauen Buschhemd. Er sprang vor und warf den Ball mit einer erstaunlich geschickten Bewegung hart und platziert zurück aufs Feld.

Bei der Aktion war seine Zigarette abgebrochen. Er trat die glühende Asche auf dem Boden aus und lief dann in unsere Richtung.

»Hugh, komm her«, sagte Sylvia und winkte ihm.

Hugh Billington erschien mir damals und in späteren Unterhaltungen als ein Mann von unaufdringlicher Natur, prinzipientreu, neidlos – und entwaffnend gleichgültig.

»Störe ich?« Er verscheuchte eine Fliege von seiner fleischigen Nase.

»Ich wollte ihm gerade von deiner Zeit in Birma erzählen«, sagte Sylvia.

Das einzige Körnchen Bitterkeit im Leben der Billingtons war Sylvias Enttäuschung darüber, dass Hugh aus seinem »sehr guten Krieg« nicht mehr Kapital geschlagen hatte, als habe er sich vorsätzlich darum bringen wollen. Aber der Stolz auf ihren Mann war rührend.

»Ich muss Lobeshymnen auf ihn singen«, sagte Sylvia zu mir. »Hugh ist so erzogen worden, dass er nicht viel redet, nicht wahr, Liebling? Aber du erinnerst dich an alles.«

Ich glaubte in Sylvias Blick die Intensität ihrer Sehnsucht zu erkennen, hinter dem Bierbauch und den weißen Haarsträhnen den tapferen Mann zurückzugewinnen, der für drei lange Jahre im Dschungel verschwunden war und lebend wieder herausgefunden hatte.

Und ich sah Hughs festen Entschluss, nicht dabei mitzumachen.

Er stand leicht zusammengesunken im Licht der Nachmittagssonne.

»Ich denke, schon«, sagte er, bereits eine neue indische Zigarette paffend, »aber einiges möchte ich gar nicht wissen.«

Und dann: »Wir sollten uns auf den Weg machen.«

»Haben Sie noch etwas vor später?«, wandte Sylvia sich plötzlich an mich, und bevor ich antworten konnte, fragte sie, ob ich zum Abendessen im Lancaster nebenan ihr Gast sein wolle.

Im einfachen Restaurant des Hotels waren die Billingtons an diesem Abend ziemlich beschwipst. Ich hatte alten Menschen immer gern zugehört, und anscheinend hatte ich ein Interesse an ihrer Geschichte gezeigt. Außerdem gefielen sie mir in ihrer unterschiedlichen Art. Sylvia, die ein knöchellanges Kleid trug und statt des pinkfarbenen einen maulbeerfarbenen Lippenstift aufgetragen hatte, bestritt einen Großteil der Unterhaltung. Ich versuchte Hugh ins Gespräch zu ziehen, indem ich ihn nach seiner Arbeit fragte, aber er gab nur ausweichende Antworten. In diesen Tagen, dreiundzwanzig Jahre nach der Kapitulation Japans, war er, seinen eigenen Worten nach, »eine ganz kleine Nummer«, jemand, den die hohen Tiere vor Ort britischen Geschäftsleuten, die ins Textilgeschäft einsteigen wollten, gern als leutseliges, vertrautes Gesicht präsentierten. »Viele von ihnen scheuen sich zu investieren, weil sie Angst haben, kein Geld zu sehen. Die Inder sind dafür bekannt, irgendwann zu zahlen, aber ›irgendwann‹ reichte meiner alten Firma nicht.« Es schien ihm offenbar unwichtig, wie er auf andere wirkte, und das war löblich.

Lebhafter wurde er, als er auf die Russen zu sprechen kam (»nicht besser als die Japsen«). Oder Cricket (er war in seinem Regiment Torhüter gewesen). Oder – nach einigen Bieren – auf den traurigen Zustand, in den Birma abgerutscht war, wo er sich einst bei den Chindits unter General Wingates ausgezeichnet hatte. Das Problem war, dass Hughs Bosse bei Makertich & Co. in jüngster Zeit immer offener von ihm verlangten, er solle seine ihm absurderweise unterstellten lukrativen Kontakte zu Birma ausnutzen.

»Birma ist ein Land, von dem nur wenige Leute etwas wissen, aber an dem viele aus den falschen Gründen interessiert sind«, sagte er mir, während Sylvia unterwegs zur Toilette war. »Seine Geschichte ist hoffnungsvoller als seine Zukunft. Ich würde nicht dorthin zurückkehren. Wenn man Leute mag, die einander hassen, ist es das Paradies. Aber gib ihnen die Demokratie, und sie beginnen einen Bürgerkrieg. Außerdem ist es auch nicht leicht hineinzukommen. Wenn sie nicht wollen, dass man kommt, antworten sie einfach nicht.«

Hugh vermittelte den Eindruck, dass sie nicht geantwortet hatten.

Unsere zweite Begegnung fand eine Woche später statt, am Morgen des V-J Day. Ich war zum Pool gekommen, um allein zu sein, aber als ich den Rasen überquerte, hörte ich Sylvia etwas in einem unwirschen Ton sagen. Köpfe drehten sich um, und ich erblickte Hughs gequältes Gesicht. Ich sah, dass er nichts dagegen hätte, wenn ich zu seiner Rettung käme.

Anstatt also zu meiner reservierten Liege zu gehen, blieb ich beim Tisch der Billingtons stehen und unterbrach ihren Streit.

»Sieh nur, wer da ist«, sagte Hugh.

»Was für eine Überraschung.« Der Auftritt wirkte ein wenig theatralisch, da Sylvia mich kommen gesehen hatte.

Ich kann mich nicht mehr erinnern, wie ich die Anspannung auflöste, aber schon bald wurde wieder gelacht. Nachdem die Köpfe sich zurückgedreht hatten, konnte ich mir ein Lächeln nicht verkneifen: Worum ging es hier eigentlich?

Ich spürte die Nachmittagshitze und die nach wie vor aufgeladene Atmosphäre, als Sylvia mir von dem himmelschreienden Unrecht erzählte, das Hugh widerfahren war.

Sie tat dies auf so direkte, unenglische Art, dass ich unwillkürlich dachte, sie müsse getrunken haben.

»Hugh wurde für seine Verdienste in dem Land mit dem Victoria-Kreuz ausgezeichnet«, sagte sie. »Und was hat er nun davon? Er bewirbt sich um ein Visum, und sie antworten ihm nicht einmal!«

»Das Victoria-Kreuz?« Ich konnte meine Bewunderung nicht verbergen. Ich hatte eher an eine Auszeichnung für besondere Verdienste gedacht wie den Distinguished Service Order oder Ähnliches.

»Sehen Sie!« Ihr Zorn war gerechtfertigt. »Aber wenn es nach Hugh ginge, würde er die ganze Sache am liebsten vergessen. Er geht nicht einmal mehr zu den jährlichen Gedenkgottesdiensten.«

»Bist du sicher, dass du kein Sandwich möchtest, Liebling?«, fragte Hugh.

»Nein, ich gehe ins Wasser. Aber vielleicht möchte er eins.« Sie drängte mich, einen Stuhl heranzuziehen und mit ihrem Mann ein getoastetes Sandwich zu essen.

Sylvia nahm ihre Badekappe, die mit Plastikblüten bedeckt war, und stülpte sie um, bevor sie sie aufsetzte. »Erzähl es ihm, Hugh. Nicht mir. Es sind Dinge, über die du durchaus reden kannst.«

Sie stand auf und schob ihre Zehen in ein Paar Flip-Flops.

»Mein Mann kann Ihnen erzählen, was er in der Nacht des 15. Juni 1944 gemacht hat.«

Und so öffnete sich Hugh mir ohne größeres Drängen bei einem Glas Bier und einem Steak-Sandwich, das wie immer zu lange gebraten hatte, wie wir einhellig feststellten. Ich fragte mich, ob der V-J Day der Auslöser war. Oder ob er seine Frau zufriedenstellen wollte. Irgendeine Art von Zugeständnis, für das ich im Kalkül dieses ungleichen Paares als Empfänger bestimmt wurde wie für einen zufällig in meine Richtung geschlagenen Volleyball. Vielleicht hatte er auch einfach nur genug von der Hitze und war es satt, in Bombay festzuhängen.

»Meine Frau will, dass ich Himmel und Hölle in Bewegung setze. In Wahrheit möchte ich nicht mehr zurück nach Birma. Nicht einmal um ihretwillen.« Er schielte zum Pool hinüber, wo das Rund ihrer Badekappe wie ein Zyklopenauge aus dem Wasser ragte. Dann sagte er im gleichen nüchternen Ton, mit dem er seinen Witz über die Russen gemacht hatte: »Ich würde Sylvia nur ungern allein lassen. Sie kommt allein nicht gut zurecht.«

Das Beeindruckendste an Hugh Billington war vielleicht die Gleichgültigkeit, die er für sein eigenes Heldentum empfand. Nachdem er mir erzählt hatte, wofür er das Victoria-Kreuz verliehen bekommen hatte, streckte er sich auf der Liege aus und sagte: »Ich werde mal ein Nickerchen machen.«

Ich hatte beabsichtigt, mich vor Sylvias Rückkehr davonzustehlen, aber ich saß immer noch da, als ein dunkler Schatten über meinen Brustkorb fiel und ich in Erwartung einer hungrigen Krähe abwehrend meine Hand hob.

»Und? Hat er Ihnen alles verraten?«

»Ich glaube schon.«

Sylvia sah auf die ausgestreckte Gestalt ihres Mannes, die Augen geschlossen, ein Rest Bratensoße am Mundwinkel. Er war ein kräftiger Mann, der wendig sein konnte, wenn er es wollte. Dennoch war es schwer sich vorzustellen, wie diese Arme und Beine durch Matsch und Dunkelheit robbten, um elf seiner Männer zu retten; und das, nachdem er von den Japanern gefoltert und verhört worden war. Er hatte fliehen können, verkleidet als kachinischer Bauer, und war fest entschlossen, Birma niemals ohne seine Kameraden zu verlassen.

»Hugh?«

Er nickte, ohne sich zu rühren oder seine Augen zu öffnen.

»Ich bin froh. Es ist wichtig, dass die Leute es wissen.« Sie wandte sich an mich. »Er ist so bescheiden, dass man schreien möchte. Natürlich hat er mir die Details erspart, aber es war auch so kaum zu ertragen.« Seine Stimme nachahmend, beugte sie sich näher zu mir, damit er ihr Flüstern nicht mitbekam. »Stellen Sie sich die schlimmste, grausamste Art vor, auf die man Menschen quälen kann. Und nun verdoppeln Sie diese. Das Schlimmste, und noch mal das Schlimmste.«

Hugh brummte etwas, damit sie schwieg.

»Was Hugh getan hat, war außergewöhnlich«, sagte ich mit gedämpfter Stimme. Ich kannte viele Kriegsgeschichten, aber kein Beispiel für so große Tapferkeit und Selbstlosigkeit; und das lag nicht daran, weil ich diese hier aus dem Mund des Betroffenen gehört hatte.

Sylvia zog ihre Badekappe ab und schüttelte ihr Haar. »Man würde es nicht glauben, wenn man ihn so sieht, nicht wahr? Es macht mich immer rasend, wenn er es mir überlässt, sein Loblied zu singen.« Sie griff nach einem Handtuch und betupfte ihr vom Wasser glänzendes Dekolleté. »Ich laufe nicht in der Gegend herum und bitte die Leute, ihm zuzuhören, wissen Sie.« Sie starrte mich auf eine Weise an, die andeuten sollte, dass Hugh mir durch sein Reden eine seltene Ehre erwiesen hatte und dass es nur sehr wenige waren, die von der Tapferkeit ihres Mannes wussten, jenes alles andere als erfolgreichen Maschinenimporteurs, der leise zu schnarchen begonnen hatte.

»Nein, er ist ein wahrer Schatz«, sagte sie, und der Liegestuhl knarzte, als sie sich hineinfallen ließ.

Sylvia ließ das Handtuch ins Gras fallen und löste die Träger ihres Badeanzugs. Dann tauchte sie ihre Finger in eine flache blaue Dose und begann ihre Waden und Schienbeine mit Nivea-Creme einzureiben.

Wie viele von uns, sah auch Sylvia sich noch so, wie sie vor zehn Jahren gewesen war. Sie hatte sich mir zugewandt, um sicherzustellen, dass ich ihr zusah, und vielleicht auch, um anzudeuten, dass sie einmal eine gutaussehende Frau gewesen war. Aber ich war dreißig, sie Mitte fünfzig. Ich fand sie sexuell nicht begehrenswert oder auch nur aufreizend – nicht in diesem Moment.

»Sie holen sich einen Sonnenbrand.«

Bevor ich etwas sagen konnte, hatte Sylvia sich vorgebeugt und rieb meine Schultern mit Nivea ein. Die sanfte Art, mit der sie die Creme verrieb, sagte mir, dass mein Rücken verbrannt war, und ihr Atem, dass sie einen Schluck Gin getrunken hatte.

»In gewisser Weise war es auch für mich ein harter Krieg«, sagte sie mit tiefer Stimme und sah hoch.

Ich wartete gespannt darauf, dass sie fortfuhr, als ihr Gesicht plötzlich erstarrte. Sie hatte den Kunstspringer oben verschwommen wahrgenommen.

Man konnte diesen großen blonden Idioten einfach nicht ausblenden. Wo auch immer man sich in der Nähe des Pools aufhielt und mit jemandem redete, stets sah man aus dem Augenwinkel seine leuchtend rote Speedo-Badehose.

Er lief zum Ende des Sprungbretts, straffte seinen Körper und blickte auf uns herab.

»Irgendwer sollte den Kerl erschießen«, sagte Sylvia, starrte aber weiter zu ihm hin.

Sein Brustkorb sah aus wie eine Tafel Fabrikschokolade. Er trat auf das Brett, machte einen Salto in der Luft und tauchte elegant ins Wasser.

In seiner Eitelkeit erinnerte er mich an einen Jungen aus meiner Schulzeit, ein ständiger Störenfried im Unterricht, aber auf dem Sportplatz wendig und konzentriert.

»Kennen Sie ihn? Er müsste in Ihrem Alter sein.«

»Er heißt Jonathan«, sagte ich. »Er kommt aus Michigan und arbeitet in einer Werbeagentur.«

»Das weiß ich«, erwiderte Sylvia mit ihrem spitzen Mittelklasse-Akzent. Sie drückte den Deckel auf die Dose. »Möchten Sie einen Drink?« Ich vermutete, sie hatte vergessen, was sie sagen wollte, woraufhin unser Gespräch versandete.

Ich winkte einen Kellner herbei, bestellte unsere Drinks und ließ sie auf meine Rechnung setzen.

Sylvia wirkte teilnahmslos. Sie war dankbar, dass ich die Tapferkeit ihres Mannes erkannt hatte. Gleichzeitig war sie auf seltsame Weise verunsichert, dass Hugh mit mir gesprochen hatte.

Sylvia nahm ihre Zeitschrift. Aber statt darin zu lesen, blickte sie zu dem Springer hinüber. Vielleicht dachte sie an ihre abenteuerliche Jugend. Bumm! Platsch! Und schon ist sie vorüber.

Während er auf dem Brett federte, erschienen mir seine Bewegungen wie die dynamische Abfolge von Körperkonturen auf einem futuristischen Gemälde. Zumindest wurde viel technisches Können gezeigt. »Wie ein Hockney«, sagte ich. »Der ist auch mit Pools groß rausgekommen.« Ich erwähnte eine Ausstellung, die ich in London gesehen hatte, doch schon im nächsten Moment war es mir peinlich. Sylvia hatte zweifellos keine Ahnung von Malerei.

In dem Augenblick legte sie ihre Zeitschrift zur Seite, nahm ihre Sonnenbrille ab und wandte sich ihrem Mann zu.

»Liebling, darf ich mir eine Zigarette … Oh … Er ist eingenickt.«

Sie griff unter seine Liege und angelte sich die Packung. Dann zog sie eine Zigarette hervor.

»Ich habe einmal einen Maler gekannt.«

Während Hugh in Birma seine »Heldentaten vollbracht hatte«, hatte Sylvia in Delhi eine Affäre mit einem indischen Maler gehabt, für den sie als Aktmodell saß.

Ich weiß nicht, wie vielen Leuten sie die Geschichte erzählt hatte. Vermutlich nicht vielen. Aber Sylvia hatte etwas von ihrem Schwung verloren, und ich fragte mich, ob sie ihn dadurch wiederzugewinnen hoffte, dass sie mir ein Abenteuer aus ihrem Leben anvertraute.

»Sein Name war Bhero Sethi. Er war nicht besonders bekannt. Wir liebten uns sehr.«

Sie zog einen Aschenbecher heran und entzündete ein Streichholz. Ihre Wangenknochen traten hervor, als sie an der Zigarette zog.

»Er hatte einen indischen Spitznamen für mich, der einzige Spitzname, den ich je hatte. Er nannte mich – oh, jetzt komme ich nicht drauf. Es macht mich rasend, wie mir in meinem Alter die Wörter entfallen. Warten Sie, er fällt mir gleich wieder ein.« Aber dem war nicht so.

Ich war irritiert, dass sie mir ihre Geschichte unmittelbar neben ihrem schlafenden Mann erzählen wollte, und sah immer wieder zu Hugh hinüber.

Wie konnte sie sicher sein, dass er nicht wach war? Aber Sylvia schien gänzlich unbesorgt, auch wenn sie ihm häufig prüfende Blicke zuwarf, um sich zu vergewissern, dass er schlief. Dann drehte sie sich zurück zu mir und erzählte weiter von Bhero.

»Ich liebte seine Energie. Das vermisst man am meisten, wenn man älter wird. Ich werde nicht erklären, wie es dazu kam. Ich hatte seit einem Jahr nichts von Hugh gehört. Bhero sah, dass ich mich nach Nähe sehnte. ›Wohin verschwindet dein Lächeln, wenn du nicht lachst?‹, sagte er.«

Rauch strömte aus ihren Nasenlöchern. Die Falten in ihrem Gesicht schienen auf wundersame Weise zu verschwinden. Sie sah jünger aus.

»Wissen Sie, was er bei unserer ersten Begegnung sagte? ›Haben Sie ein Porträt von sich auf dem Dachboden?‹ Oh, Bhero konnte seine Passion nie verheimlichen. Genauso wenig wie ich. Als ich einmal einen Faltenrock trug, verglich er meine Taille mit einem Knallbonbon. Stellen Sie sich das vor!« Sie legte eine Hand auf mein Handgelenk.

Erneut inhalierte sie mit hohlen Wangen. In der Erinnerung sah sie ihn vor sich. »Nicht dick, nicht dünn – was Mutter einen ›ordentlichen Kerl‹ nannte. Leicht blutunterlaufene Augen. Ergraute Schläfen. Spärliches schwarzes Haar auf der Brust, ein Muttermal auf der Hüfte. Als Kind war er an Hirnhautentzündung erkrankt und musste Beinschienen tragen, wodurch ein Bein leicht verkümmerte, aber er achtete darauf, es in meiner Gegenwart nicht nachzuziehen.«

Sie kannten sich schon sechs Monate, bevor er sie fragte, ob sie für ihn Modell sitzen wolle. »Er konnte sonst bloß Prostituierte als Modelle finden, also sagte ich ja. Damals konnte sich mein Körper sehen lassen. Ich hatte kein Problem damit, mich zu entblößen. Nie gehabt. Witzigerweise kam ich mir nackt vor, als ich meine Brille ablegte. Schüchterne Kinder verstecken sich dahinter, und ich war als Kind schüchtern. Aber ich war fest entschlossen, nicht so zu werden, wie meine Mutter es wollte.«

»Wie sollten Sie denn werden?«

»Oh, brav. Brave Mädchen behalten ihre Kleider an. Als ich Hugh kennenlernte, dachte ich: achtzehn – Zeit, meine Unschuld loszuwerden.«

Ihre Stimme klang unbekümmert, aber ihr Blick war ernst. Ehe ich mich's versah, führte ihre Schilderung mich über blanke Stufen in ein Künstleratelier im Westen Delhis. Sie beschrieb eine kleine Veranda. Einen gelb changierenden Seidenvorhang, der den Raum teilte. Ich sah zu Hugh hinüber.

»Ich liebte den Kreidegeruch im Vorhang. Ich liebte ihn einfach.«

Er hatte ein paar Bleistift- und Pastellskizzen in verschiedenen Posen gemacht. »Mal stehend, mal liegend, mal mitten im Raum sitzend, auf einem Stuhl, seinem Bett, was immer er sagte. Mach dies oder mach das … Oh, wie nannte er mich damals nur?« Ein Wurm heißer Zigarettenasche fiel ins Gras, als sie den Spitznamen mit einer Handbewegung heraufbeschwören wollte.

»Namen, Namen, um drei Uhr in der Früh fallen sie einem wieder ein.«

Ihre kleinen blauen Augen glühten und hatten sich geweitet. Eins nach dem anderen fing sie die Bilder ein, die die Vergangenheit ihr bereitwillig zuwarf. An eins dieser Bilder klammerte sie sich mit besonders leidenschaftlicher Wehmut. Sie trug es vor sich her wie ein randvolles Glas Gin, von dem kein Tropfen verloren gehen durfte. Es zeigte sie, auf den Ellbogen gestützt, auf einem wackeligen Diwan.

Die Skizzen dienten als Vorstudien für ein ganz bestimmtes wollüstiges Ölgemälde.

»Bhero war von der Idee besessen, es sollte sein ›Opus magnum‹ werden – das Bild, mit dem er der Nachwelt in Erinnerung bleiben würde. Er arbeitete ein ganzes Jahr lang daran. An einem einzigen Gemälde! Er sagte mir immer wieder, es sei die große Chance für seinen Durchbruch. Ich vermute, alle Künstler behaupten das.«

Sylvia lächelte amüsiert, dann wurde sie wieder ernst. Sie brauchte einen Verbündeten, der sie behutsam hinter den nach Kreide riechenden Vorhang begleitete, in das schmale Hinterzimmer, wo sie für ihn Modell gesessen hatte.

»Ich kam mir als etwas sehr Besonderes vor«, sagte sie mit feuchten Augen. »Er wollte mich so malen wie diese Frau auf dem Gemälde in London, Sie wissen schon, die dem Betrachter den Rücken zuwendet.«

»Die *Venus vor dem Spiegel* von Velázquez?«, sagte ich nickend.

Sie lächelte leicht, aber ohne jeden Anflug von Humor. »Allerdings sollte ich mich dem Künstler zuwenden …«

Zwei Schritte von uns entfernt bewegte Hugh sich im Schlaf.

Sie beugte sich weiter vor, sodass ihr Kinn beinahe ihre Knie berührte. »Wie gesagt, wir liebten uns sehr – das war mehr als bloße Leidenschaft.« Ihre Stimme klang zunehmend weicher. Ich schob meinen Kopf näher zu ihr. Wir atmeten die gleiche Luft vor ihrem Gesicht. »Es ging nicht um Sex. Oh, in gewisser Weise schon, aber andererseits auch wieder ganz und gar nicht. Für jemanden Modell zu sitzen bedeutet ein wechselseitiges Geben und Empfangen.

Bhero redete nie bei der Arbeit, aber danach sagte er: ›Wenn ich dich male, ist es, als ob ich dich berührte. Ich spüre, wie deine Haut beschaffen ist. Ich weiß, wie dein Haar sich anfühlt, nicht anders als dein Mann. Ich nehme den Knochen unter deiner Stirn wahr, ich fahre mit meiner Hand darüber …‹« Ihre Hand malte die Bewegung in die Luft. »Er brachte mir bei, dass jemanden in ein Kunstwerk zu verwandeln einer der intimsten Vorgänge überhaupt ist.«

»Wie ging es aus?«

»Furchtbar.« Ihr Arm sank langsam herab. »Als Hugh zurückkam, hatte ich größte Schwierigkeiten, zu ihm zurückzufinden. Aber er war im Krieg gewesen …«

»Haben Sie Bhero wiedergesehen?«

Sie schüttelte den Kopf. Ihr Gesicht hatte einen schmerzlichen, düsteren Ausdruck angenommen. Sie starrte auf ihre glänzenden Schienbeine, dann auf ihren Mann, bevor sie zu mir aufschaute. »Aber ich habe sein Gemälde gesehen.«

Einige Jahre nach dem Krieg waren die Billingtons Gäste in einem Militärklub in Delhi gewesen. Nach dem Essen gingen sie in die Offiziersbar.

»Heute ist alles fest in indischer Hand; aber gleichzeitig britischer als die Briten selbst – Holzvertäfelung, Regimentsfahnen und alles andere. Hugh bekam einen Whisky angeboten, ich nahm auch einen. Die übliche Unterhaltung. Der kommandierende Offizier tat so, als spräche er mit Hugh – banaler Small Talk –, aber ich sah an seinem Blick, dass er in Gedanken bei mir war und sich zweifellos Chancen ausrechnete, wenn mein Mann einmal auf einer längeren Dienstreise wäre. Dann sagte er: ›Ich habe da noch was Besseres. Black Label! Drüben in meiner Junggesellenbude.‹

Ich hatte keine große Lust, mit diesem Whiskyliebhaber auf seine ›Junggesellenbude‹ zu gehen – wir wussten, dass er sehr wohl eine Frau hatte in Poona –, aber ich sah keinen Ausweg aus der Situation.«

Die Tonlosigkeit ihrer Stimme verriet mir, dass alles, was Sylvia mir bisher erzählt hatte, ein Vorspiel zu jenem Gang über den Hof gewesen war.

»Wir durchquerten einen Raum und kamen an ein angrenzendes Zimmer, das abgeschlossen war. ›Das ist meine Höhle, in der ich meine militärischen Feldzüge plane‹, sagte er, als er die Tür öffnete. Mit leuchtenden Augen und in leicht laszivem Ton fügte er für mich hinzu: ›Welche Geheimnisse dieser Raum erzählen könnte!‹

Wir gingen hinein. An den Wänden die üblichen Schwerter und Dolche und ein mit Einlegearbeiten verziertes afghanisches Gewehr. Es gab ein Sofa, über das eine Decke geworfen war. Und als Schmuckstück des Zimmers dieses ziemlich großformatige Gemälde in einem Zierrahmen an der rückseitigen Wand. Ich ging darauf zu und sah zu meinem Entsetzen – mich selbst. In der Horizontalen. Mit roten Haaren.«

Sie suchte meinen Blick, um sicherzugehen, dass ich verstand.

»Ich ging weiter, aber tatsächlich war ich wie erstarrt. Mein Herz raste, mein Gesicht brannte wie Feuer, und gleichzeitig durchfuhr mich ein eisiger Strahl …

Unser Gastgeber zeigte mit der geöffneten Flasche in der Hand auf das Bild und war gespannt auf unsere Meinung. ›Nun, wie finden Sie es? Ich habe es in Nangloi erworben, von einem heruntergekommenen Kerl, der ein Bein nachzog.‹ Er lachte. ›Er wollte es nicht verkaufen, aber ihm blieb keine andere Wahl.‹

Ich sah, wie Hugh das Bild betrachtete, und machte mich mit jeder Faser meines Körpers auf seine Antwort gefasst.

Er ließ sich einen Moment Zeit und bemerkte dann auf seine joviale Art: ›Wenn es um moderne Kunst geht, bin ich überfragt.‹«

Ich stellte mir Sylvias Erleichterung vor und sagte etwas in dieser Richtung zu ihr. Aber sie lächelte nur schwach.

»Inzwischen war ich fünfzehn Jahre älter«, sagte sie schließlich. »Das kann eine ziemlich lange Zeit sein.«

Ich sah sie verwirrt an.

Ihre Stimme klang brüchig, und sie hatte Tränen in den Augen.

Sylvias Hoffnung, ich würde verstehen, währte nur wenige Sekunden. Ihre Stimme war ein grimmiges Flüstern. Ich spürte die Hitze ihres Atems auf meinem Gesicht. Mit einem Mal schien sie vollkommen nüchtern. Als wäre sie selbst mitten im Dschungel. »Es ist schwer zu erklären … aber in dem Moment spürte ich schlagartig, dass mich nichts mit der Pose dieser Frau verband. Nicht das kleinste bisschen.« Ihr Mund zitterte.

Ich streckte meine Hand aus und berührte ihren Arm. Plötzlich konnte ich mir die Szene genau vorstellen: ihr Entsetzen, dass Hugh sie auf dem Bild erkennen würde, und dann, fast im gleichen Moment, der viel größere Schmerz, dass er sie nicht erkannt hatte. Und hinter der Angst und Traurigkeit ihre Sorge um Bhero Sethi und die Umstände, die ihn dazu gezwungen hatten, sich von seinem Opus magnum zu trennen.

»Entschuldigen Sie«, sagte sie, legte ihre Hand auf meine und drückte sie. »Ich weiß nicht, warum ich so aufgewühlt bin. Ich habe einen anständigen, guten Mann, meinen

Schatz …« Sie nahm ihr Handtuch und wischte sich rasch die Augen, bevor sie erneut meine Hand ergriff.

Ich sah kurz zu ihrem schlummernden Helden hinüber. »Sind Sie sicher, dass er Sie auf dem Bild nicht erkannt hat?«

»Damals war ich das – bedenken Sie, wie unwahrscheinlich eine mögliche Verbindung war. Später dann war ich überzeugt, dass er mich sehr wohl erkannt hatte und mich schützen wollte. Und heute? Ehrlich gesagt, habe ich nicht die leiseste Ahnung. Ich habe so lange mit der Ungewissheit gelebt, dass ich sie inzwischen akzeptiere.«

Boinnnngggg!

Wir zuckten beide zusammen. Links von uns zitterte das Sprungbrett mit einem gewaltigen Beben nach, wie ein im Schulpult eingeklemmtes Lineal nach einem festen Schlag. Nachher war ich mir sicher, er war nur deshalb so hoch gesprungen, um unsere Aufmerksamkeit zurückzugewinnen. Die Stille, die zwischen den vertrauten Geräuschen des Absprungs und des Eintauchens im Wasser lag, wirkte in ihrer Verlängerung umso tiefer. Ich erinnere mich an den seltsamen Anblick meiner Hand unter ihrer und dass Sylvia jäh aufblickte. Allerdings nicht zu dem Springer.

»Neelam!«, rief sie laut. »Das war der Name.«

Wuuuuusch!

Er klatschte unsauber auf dem Wasser auf, sodass ein Sprühregen über dem Rasen auf uns niederging.

Hinter ihr schreckte Hugh hoch. Er richtete sich in seiner Liege auf und sah sich blinzelnd um.

»Schon gut, Liebling«, sagte Sylvia und wandte ihr Gesicht ab.

»Diese verdammten Amerikaner.«

»Reg dich nicht auf. Es ist alles in Ordnung.« Sie wischte sich mit dem Handtuch über die Stirn und die geschwollenen Augen. »Unser netter junger Freund hat uns einen Nimbu Pani bestellt.«

Hugh entspannte sich. Er sah zu mir herüber. »Hat sie mir vergeben?«

Aber er hatte ihr Gesicht gesehen.

»Syl?«

»Es ist nichts, Hugh«, sagte sie gereizt. »Er hat mir eine absurde Geschichte erzählt, die mich zum Weinen gebracht hat.«

Die Fürstin der Pampas

I

Isabel suchte die Felder nach Clem ab, als sie etwas hörte, das wie Hagel klang. Sie richtete das Fernglas auf das Scheunendach. Ein Vogel, der auf dem steilen Blechdach nach Halt suchte. Er rutschte auf der hinteren Seite herunter, arbeitete sich mühsam zum First empor und stand schwankend im Wind.

Sie ließ das Fernglas sinken, holte den ersten Band von *Birds of La Plata* und blätterte darin nach einer Illustration, die zu den schiefergrauen Federn passte. Sie kannte die Namen aller Vögel, die sich auf der Scheune niederließen. Es ärgerte sie, dieses eine Exemplar nicht identifizieren zu können. Ein Halsband-Wehrvogel, vermutete sie.

Chauna torquata. Der Text war ohne Abbildung. Enttäuscht las sie W. H. Hudsons Beschreibung, in der sein prächtiger Gesang mit dem Klang eines Fagotts verglichen wurde.

Der Vogel schob seinen Schnabel unter einen müden Flügel, und mit einem Mal verspürte sie, sozusagen an seiner Stelle, einen unerklärlichen Hunger. Am liebsten wäre sie sofort zur Scheune gerannt, um dort ein Scone für ihn zu zerbröseln. Einzig der Gedanke an ihren Mann hielt sie zurück. Wo war Clem nur?

Der Vogel erhob sich und flog mit schwerfälligen Schlä-

33

gen über ein schmales Maisfeld, bis sie ihn in einem der quer über das Fenster treibenden Regenfäden verlor.

Sie stand da und suchte die Felder nach einem Pritschenwagen ab.

Der Hügel war kahl, die Holzapfelbäume waren kahl, von den Sonnenblumen auf den Feldern waren nur noch Reihen starrer Strünke geblieben, die bis zum Horizont reichten. Der Sturm wütete weiter und zerrte mit solcher Gewalt an der Windmühle hinter dem Haus, dass sie das Klingeln des Telefons vor einer Stunde zunächst überhört hatte.

Zumindest war es kein Sandsturm. Vor zwei Wintern waren sie morgens wach geworden und hatten die Farm unter einer dicken Aschedecke vorgefunden. Clem hatte ausgerechnet, dass der Vulkan in Chile ihn neunhundertdreiundsiebzig Schafe gekostet hatte – eins für jede Meile bis zum Mount Fitzwilliam.

Am Horizont stieß das feuchte Braun der Felder mit dem Grau des Himmels zusammen. Sie wusste stets, ob jemand sich durch Clems Reich bewegte. Ob zu Pferde, im Pick-up oder zu Fuß, sie verfolgte sie alle durch ihr Fernglas. An diesem Nachmittag bewegte sich nichts. Ein vielversprechender Schemen neben der Scheune entpuppte sich als einsamer Kirschbaum. Kein Mensch weit und breit.

Als sie das Fernglas absetzte, verspürte sie unvermittelt einen Stich und setzte sich.

»Schau niemals zurück«, sagte sie zu sich selbst. »Die Vergangenheit ist ein Habicht, der dir die Augen aushackt.«

Beim Geräusch eines Motors sprang sie auf.

Clem war um sechs Uhr früh nach San Julián aufgebrochen, um Wolle zu verkaufen.

Isabel lief ihm entgegen. Sie hielt ihn unterhalb des Hauses an, und er stellte den Motor ab, um ihre Worte zu verstehen.

Sie konnte es kaum erwarten unter ihrem Regenschirm und fragte: »Wie viel?«

Gestern Abend, nach der Radiosendung, hatte er die Hoffnung geäußert, fünfundzwanzig Pesos pro Kilo zu bekommen.

Er sah geradeaus, wo der Regen auf die Haube prasselte. »Zwölf.«

Sie senkte den Blick. »Ein Mann hat angerufen. Der Transporter ist unterwegs.«

»Aber er sollte am Mittwoch kommen.« Seine Stimme klang gepresst. »So war es abgemacht.«

Der Schlachter kam aus Puerto Deseado, um die jungen Stiere zu töten. Zweimal im Jahr verwandelte sich die Scheune für einige Stunden in ein Schlachthaus.

Sie lief um die Kühlerhaube herum, öffnete die Tür, klappte ihren Schirm zu und stieg ein. *Zwölf*, dachte sie. So wenig war es noch nie.

»Hat er sonst noch etwas gesagt?«, fragte Clem.

»Nur, dass sie unterwegs sind und heute Nacht eintreffen. Spätestens morgen früh.«

»Kann sein, dass ich morgen nicht hier bin«, brummte er. Seit er seine Männer entlassen hatte, war Clem auf Gelegenheitsarbeiter von der Küste angewiesen. Sie waren nicht immer zuverlässig.

Er hielt mit laufendem Motor vor der Küchentür und wartete darauf, dass sie ausstieg.

»Wenn sie heute Nacht kommen, bringe ich besser gleich die Stiere in den Stall.«

»Iss wenigstens noch einen Scone, Clem-«

Aber er setzte bereits den Pick-up zurück.

Es dauerte drei Stunden, bis Clem die Stiere im Stall hatte. Als er schließlich erschien, goss er sich einen Whisky ein. Seine Pfeife war im Regen ausgegangen. Er klopfe sie über dem Rost aus, stopfte sie neu und vergaß sie dann neben der Spüle. Seine Züge waren verschwommen, als regnete es wenige Zentimeter vor seinem Gesicht und als wäre der Sturm, der seit fünf Tagen anhielt, nicht über seine Felder, sondern zwischen ihnen beiden hinweggegangen.

Der Regen hatte seine Ohren gerötet, und ihr stieg der bittere Geschmack feuchten Tabaks in die Nase. Sie hatte sich ihre Worte im Stillen schon zurechtgelegt. »Sind es die Australier?« Das ganze letzte Jahr über hatte es einen Wollüberschuss in Australien gegeben. »Unterbieten sie uns immer noch? Zwölf sind es noch nie gewesen.«

Er saß am Küchentisch und zog erst den einen, dann den anderen Stiefel aus und ließ sie unter dem Tisch liegen. »Ich weiß nicht, woran es liegt«, war alles, was er sagte. Früher einmal hatte er sich heiser geredet.

»Hast du dem Preis zugestimmt?«

Er nickte kaum merklich.

Nach dem Essen, Fünf-Bohnen-Eintopf mit Reis, saß er weiter schweigend da. Er hatte einen weißen, gerippten Pullover an mit den grauvioletten und schwarzen Streifen seiner Schule und eine cremefarbene, aufgekrempelte Flanellhose. Es war die Art von Kleidung, die er bei ihrer ersten Begegnung getragen hatte, die er immer trug.

Seine Füße steckten in olivgrünen Samtschlappen.

»Sag nicht, sie haben immer noch Angst vor Vulkanasche?«, bohrte sie nach.

Er goss sich ein zweites Glas ein. Der Alkohol hatte sein Gesicht rundlich werden lassen, und auf seinen Lippen lag ein Ausdruck von Unzufriedenheit. Sie räumte seinen Teller ab, sah aber nicht zu ihm auf, und sie hörte das schabende Geräusch seiner Füße am Stuhl.

»Was hast du heute gemacht?«, fragte er schließlich.

Isabel zögerte mit der Antwort. »Ich habe einen neuen Vogel entdeckt.«

Sie mied seinen vorwurfsvollen Blick und redete munter weiter. »Zuerst dachte ich, es sei ein Halsband-Wehrvogel, aber die Flügel waren zu grün.«

Er schob laut seinen Stuhl nach hinten. »Wir verpassen das Stück«, sagte er.

Er nahm sein Glas, ging hinüber ins Wohnzimmer und schaltete das Radio ein. Fünf Minuten später gesellte sie sich zu ihm.

» ... mit Ian Carmichael als Lord Peter Wimsey ...«

Wegen des Sturms war der Empfang heute Abend schlecht. Gut war er nie. Sie saß Clem gegenüber, der unter dem kreisförmigen Porträtbild seines Vaters saß, und sie lauschten gemeinsam der abwechselnd anschwellenden und dann wieder ganz verebbenden Stimme des Schauspielers aus London. Clem hörte zu, als verstünde er auch diese stillen Passagen. Seit fast einer Woche saßen sie so beieinander. Isabel hatte längst den Faden verloren. Manchmal hörten sie minutenlang gar nichts.

»Was passiert gerade, Clem?«

»Pssst.«

Sie sah die plumpe Art, in der er sein Glas schräg in der Hand hielt. Früher einmal war er unter diesem Cricket-Pullover schlank gewesen. Nur seine Beine, die steif in den Schlappen steckten, hatten ihre schlanke Form behalten.

Sie hätte sie gern mit Stielen verglichen, aber mit Sonnenblumen hatten sie nichts gemein.

Wieder eine längere Funkstille.

Sie begegnete dem Blick ihres Schwiegervaters, aufgemalt auf den Deckel eines Heringsfasses. Es war stets die gleiche Geschichte. »Hast du deine Zeit auch auf diese Weise verbracht?«, wollte sie sein altes Gesicht fragen. »Genau so?« Immerhin hatten Clems Eltern ein Kind gehabt, um das sie sich kümmern mussten, zumindest bis sie es aufs Internat schickten.

Clem und sie hatten nur sich selbst, den BBC World Service und die Bücher.

Die Stimme von Lord Peter Wimsey kehrte in den Raum zurück. Sie schloss die Augen, tat so, als würde sie zuhören, aber in Gedanken erklomm sie einen riesigen Berg Wolle.

Nachdem das Hörspiel zu Ende war, erhob Clem sich aus seinem Sessel und stellte das Radio ab. Sie nahm sein Glas und trat zu ihm ans Klavier. Sie legte ihm die Hand auf die Schulter, ohne dass er reagierte.

»Noch einen?«

»Ich mach schon.«

Er ging schwerfällig aus dem Raum, und sie dachte zum tausendsten Mal, *Armer Clem, durch seine Erziehung für immer gezeichnet.* Er hatte keine leuchtenden Farben, keinen prächtigen Federschmuck. Er war ein ganz normaler Mensch, aber er hatte auch nicht behauptet, etwas Besonderes zu sein.

Sie hörte Clem in der Küche niesen. Er würde sie mit sich herabziehen, wenn es ihr nicht gelänge, ihn seiner trüben Stimmung zu entreißen. Sie spähte auf das Regal hinter dem Klavier. Heute Abend fiel ihr nur ein Mittel ein, seine Laune aufzubessern. Unzählige Male schon hatte es sich als unfehlbar erwiesen. Sie ging zum Regal und zog ein Buch mit einem verblichenen lavendelfarbenen Rücken hervor.

Zu keinem Zeitpunkt ihrer achtjährigen Ehe, selbst in seinen finstersten Momenten, hatte er dem Ruf seiner Lieblingsheldin widerstanden.

Als Clem ins Zimmer zurückkehrte, saß Isabel unter der Leselampe. Die Geschichte, die aufgeschlagen auf ihrem Schoß lag, war vor einem Jahrhundert geschrieben worden, aber sie kannte sie Wort für Wort auswendig. Strahlend sah sie ihn an, fest entschlossen, ihm eine Freude zu machen und ihn aufzuheitern.

»Soll ich Fürstin Tatjana sein?«

Er schüttelte den Kopf. »Der Transporter hat sich vermutlich verfahren. Ich mache besser Licht an der Scheune.«

2

Sie hatten sich »im Flug« kennengelernt, wie er gern sagte. Er war zur Beerdigung seiner Mutter nach England geflogen, das erste Mal, dass er seit seinem Schulabschluss dorthin zurückkehrte.

Sie war Stewardess. Sie hatte beide Flüge begleitet, aber auf keinem war ihr Clem Caskey aufgefallen. In ihrer Version, die sie gelernt hatte für sich zu behalten, waren sie einander in der Lobby eines Hotels in Buenos Aires begegnet.

Es war ihr erster Einsatz auf der Route nach Argentinien gewesen, und sie hatte vier Tage dienstfrei. Sie überlegte, eine Rinderfarm zu besichtigen, reiten zu gehen und vielleicht eine Tango-Vorführung zu besuchen. Janis, eine ihrer

Kolleginnen, hatte ihr wärmstens ein Reisebüro in der Calle Junin empfohlen.

Sie trat aus dem Lift, eine Frau mit schmalem Gesicht, zirka Mitte dreißig, mit großen, weit auseinanderstehenden grünen Augen und offenen blonden Haaren. Sie war hübsch, aber nicht mehr. Ihre Augen waren damals noch nicht zu kleinen Münzen geschrumpft. An diesem Morgen trug sie ein kastanienbraunes knielanges Seidenkleid.

In der Lobby diskutierten einige Journalisten über das Frühstück, während sie mit dem Stadtplan kämpfte. Clem stand vor ihr.

»Entschuldigen Sie«, sagte sie. »Das ist eine dumme Frage, aber in welcher Straße befinden wir uns?«

Respektvoll nahm er ihren Stadtplan, entfaltete ihn und zeigte es ihr. Er zeigte ihr auch die Calle Junin. Und dann sagte er, sie seien sich bereits begegnet.

»Mein Kopfhörer funktionierte nicht.«

»Ach ja, stimmt.« Sie wich zurück, redete wie von selbst. Menschen mit einer sanften Stimme waren ihr suspekt. »Ich erinnere mich an Sie.«

»Sie waren auch auf meinem Hinflug nach London«, sagte er. »Sie sind dünner geworden.«

Er hatte recht, sie war krank gewesen. Aber die Vorstellung, dass jemand den Unterschied bemerkt haben könnte, jemand, an den sie sich nicht erinnerte, irritierte sie.

Sie bedankte sich bei ihm mit einem professionellen Lächeln und wollte gerade weitergehen, als er sie zu einem Kaffee einlud.

Ihr geschultes Auge drängte sie dazu, nein zu sagen. Die Person vor ihr war ziemlich groß und hatte ein ungepflegtes pinkfarbenes Gesicht – die triste Erscheinung eines intelligenten, etwas schwerfälligen Mannes, der sich vernachlässigt hatte. Sein weißer Cricket Dress sollte vielleicht etwas hermachen, aber in seinem Verhalten lag etwas Linkisches, das die schlichte Wahrheit verriet. Alles an ihm signalisierte Unbeholfenheit: der enge weiße Kragen, der freudlose Blick, die zu Fäusten geballten Hände.

Dann ließ er ihren Stadtplan fallen.

Sie wollte sich bücken, aber er machte einen Satz nach vorn und hob ihn mit einer einzigen fließenden Bewegung vom Boden auf, wie ein Torwart beim Kricket.

»Bitte sehr.« Verschmitzt wie ein kleiner Junge hielt er ihr den Plan hin. Seine Aufmerksamkeit hatte nicht eine Sekunde nachgelassen.

Später, als sie bereits alles andere über Clem Caskey vergessen hatte, würde sie sich noch an diese eine Geste erinnern: an die Energie darin, die Leichtigkeit und an die Farbe seines Handrückens.

»Sie sehen aus, als ob Sie in der Sonne gewesen wären«, sagte sie.

In einem leeren Café auf der Avenida 9 de Julio erläuterte Isabel ihm das Programm, das Janis ihr so begeistert vorgeschlagen hatte. Die durch die Wasserkaraffe fallenden Sonnenstrahlen reflektierten den Schimmer ihres Kleides und warfen rötliche Wellen auf das weiße Tischtuch.

»Nein, tun Sie das nicht«, sagte Clem. Er sah sie mit unendlich schüchternem Blick an. »Kommen Sie nach La Lucia.«

Seine Farm lag etwa tausendsechshundert Kilometer südlich. Er würde heute Nachmittag aufbrechen. »Sie können reiten. Vögel beobachten. Wir haben wunderbare Vögel. Mögen Sie Vögel?«

Er klang furchtbar überzeugend. Was würde sie sonst tun? Janis folgen, wie immer, und sich dann eine teure

Strickjacke kaufen, die sie nicht brauchte, von Geld, das sie nicht hatte.

»Die Fahrt dauert vierzehn Stunden«, sagte er.

Sie sah ihn unverwandt an. »Damit eins klar ist. Eine Affäre ist nicht drin.« Sie verhielt sich professionell und anständig – dennoch klangen die Sätze spröde.

Er versuchte sich auf seinem Rattanstuhl entspannt zu geben, wusste aber nicht, wohin mit seinem Arm.

»Ich meine«, fuhr sie fort, geriet dann aber ins Schwimmen, »ich will nicht überheblich erscheinen, aber das lässt sich nicht freundlicher sagen. Ich möchte Ihnen gegenüber ehrlich sein. Sie sind sehr nett gewesen …«

Ihre Wangen glühten, als er mit der für einen Mann seiner Statur ungewöhnlichen Sanftheit zwei Finger auf ihren Arm legte und ihre Befürchtungen vertrieb.

»Machen Sie sich keine Sorgen. Wir werden getrennte Schlafzimmer haben.«

Sie fuhren mit dem Nachtbus.

Nach Janis' Beschreibungen einer Rinderfarm hatte sie sich das Anwesen größer vorgestellt. Clem Caskeys Wohnhaus war ein eingeschossiges bescheidenes Gebäude aus rotem Ziegelstein auf einem Hügel unterhalb einer Windmühle, deren metallisches Grau sie an den Himmel von Birmingham erinnerte.

Er lebte allein und hatte während der Reise nach England den Kühlschrank ausgestellt. Deshalb konnte er nicht mit kühlen Getränken dienen.

»Einen warmen Gin Tonic?«

Das Tonic schmeckte schal.

»Sagen Sie mir, wenn es schal schmeckt.« Er deutete eine Grimasse an.

»Alles bestens.«

Die Küche roch seltsam. Der Kaminrost war schon länger nicht mehr gereinigt worden, und vom Dachsparren hing ein Klumpen ranzigen Schafsfetts, das aussah wie ein weiß glänzender Totenschädel.

Mit einem Bier in der Hand lenkte er sie ins Wohnzimmer. Ein Panoramafenster gab den Blick frei auf die Pampa. Es gab ein Klavier und an zwei Wänden Regale bis zur Decke, die mit Büchern vollgestellt waren. Sie ging mit ihrem Glas zu einem der Regale und fuhr mit dem Finger die Buchrücken entlang.

»Wie viele Bücher Sie haben!«

»Alles seine.« Clem streckte die Hand aus.

Sie sah zu dem Deckel des Heringsfasses, aber die Regale interessierten sie mehr: Bei den meisten Büchern handelte es sich um Kurzgeschichtensammlungen aus den zwanziger Jahren des letzten Jahrhunderts, mit Goldverzierungen auf dem Rücken. Turgenjew, Maupassant, Somerset Maugham, Čechov.

»Schreibt man den Namen tatsächlich so?«

»Damals hat man ihn so geschrieben.«

»Was lesen Sie gerade?«

Auf dem Klavier lag ein aufgeschlagenes Buch, mit einer Nagelfeile als Lesezeichen. Vorsichtig, um die Seite nicht zu verblättern, nahm sie es auf und sah nach dem Titel. »Die Fürstin der Steppe und andere Geschichten«, las sie laut und nannte den Namen des Autors. »Ich habe noch nie von ihm gehört.«

Clem stand regungslos da. »Er war ein Freund von Čechov. Er ist nicht sehr bekannt, aber ich schätze ihn.« Der Ton seiner Stimme und seine Haltung hatten etwas Defensives. »Jedes Mal, wenn ich ihn wieder lese, entdecke ich etwas

Neues. Das kann man nicht von vielen Schriftstellern sagen.«

Sorgsam legte Isabel das Buch an seinen Platz zurück und ging zu Clem ans Fenster. Unterhalb sah sie einen kleinen Obstgarten mit Holzäpfeln und Kirschen und eine Holzscheune mit Blechdach. Es war ein heißer Tag, der Himmel am Horizont tiefblau. Sie folgte den Sonnenblumen bis zum Horizont.

»Alles Ihre?«

»So weit das Auge reicht«, sagte er scherzend, aber es stimmte, und sie ließ ihren Blick schweifen, das erste Mal, dass sie eine Landschaft betrachtete, die einer einzigen Person gehörte.

»Was ist das für ein Vogel?« Er saß auf dem Scheunendach, grau mit schwarzem Schwanz und hellgelber Brust.

Clem kniff die Augen zusammen. »Ich bin mir nicht sicher. Ein Cocoireiher vielleicht?«

Er zog aus einem Regal zwei grüne, in Leder gebundene Bücher und gab Isabel eins. *Birds of La Plata, Volume I*, von W. H. Hudson, mit zweiundzwanzig Illustrationen von H. Gronvold. Veröffentlicht 1920.

Clem buchstabierte für Isabel den Namen des Vogels. Hudson entdeckte ihn als Erster. »Cocoi! Hier ist er schon!«

Isabel stellte sich neben ihn. Gemeinsam lasen sie die Beschreibung.

Zaghaft fragte er: »Ist er das?«

»Nein.« Sie hatte bereits weitergeblättert. Ungeduldig überflog sie die Seiten des Buches. Weiter hinten war ein Kupfertiefdruck einer anderen Spezies. »Sehen Sie mal. Ist es vielleicht dieser?«

»Der Pfeifreiher«, las Clem. Ihre Schultern berührten sich. »*Syrigma sibilatrix*. Sie könnten recht haben.«

Er zog aus einem alten Lederetui ein Fernglas hervor und gab es ihr. Sie stellte es scharf, während er die kurze Beschreibung überflog.

»Er müsste einen rotbraunen Flecken über dem Auge haben«, sagte er.

»Hat er.« Sie war ganz aufgeregt über die Entdeckung.

»Und was ist mit einer gelblichen Färbung der Brust?«

»Das haut hin!«

Die Farben stimmten genau mit denen auf Gronvolds Illustration überein. »Sein melodiöser Gesang kündigt einen Wetterwechsel an«, zitierte Clem. »Hier steht, er sei sehr selten.« Er klang leicht überrascht von seiner eigenen Begeisterung.

Als Isabel ihm das Fernglas reichte, fuhr er fort: »In dieser Gegend gibt es wunderbare Vögel. Sie rasten hier auf ihrem Weg in den Süden.«

Sie beobachtete ihn, wie er den Pfeifreiher beobachtete, als er sich plötzlich zu ihr umwandte: »Noch einen warmen Gin Tonic?«

Erschöpft von der langen Busfahrt, machte sie eine Siesta unter einem Pfirsichbaum. Sonst sagte sie fünfhundertmal am Tag guten Tag und auf Wiedersehen. Hier musste sie gar nichts tun, und das gefiel ihr.

Später sattelte Clem ein Pferd für sie, und sie ritten aus. Fernab vom Lärm der Flughäfen kehrten ihre Lebensgeister zurück. Felder breiteten sich endlos vor ihr aus. Sie spürte die Freiheit der Gänse, die über sie hinwegrauschten, und hörte jeden einzelnen Laut: den Schrei eines Kiebitzes, das Reiben der Zunge, während eine Kuh sich die Flanke leckte, das Klacken, das ertönte, als zwei Stiere ihre Hörner kreuzten wie stumme Gäste ihr Besteck.

Sie ritt voraus und überlegte, dass ihr Entschluss, einen Ausflug mit einem wildfremden Mann nach La Lucia zu machen, etwas für sie ganz Außergewöhnliches war, als ihr Pferd stehen blieb und Wasser ließ. Sie drehte sich im Sattel um und spürte, dass Clem sich ihr näherte. Sie war zuvor unter einem Strohhut eingenickt, und die starke Sonne hatte Streifen auf ihrem Gesicht hinterlassen. Nun blickte sie ihn mit einem Gittermuster auf dem Gesicht an, während sie dem dampfenden Plätschern lauschte.

Isabel hatte weder die Kraft noch den Willen, verlegen zu sein. Sie richtete sich in ihren Steigbügeln auf und sog tief die Luft ein.

Es war nach dem Abendessen, als er sie genauer mit der *Fürstin der Steppe* bekannt machte. Isabel stand in einem sittsamen Kleid am Panoramafenster und wartete darauf, dass er den Kaffee brachte. Es war noch hell genug, um die schlanke Silhouette des Reihers zu erkennen.

»*Fürstin Tatjana faszinierte Stolypin von dem Moment an, als er sah, wie sie die Vögel fütterte ...*«

Isabel blickte sich um. »Sagen Sie das noch einmal«, bat sie ihn, überrascht vom überzeugten Ton seiner Stimme.

Er wiederholte den Satz und stellte das Tablett auf dem Klavier ab. »Sie erinnern mich an Tatjana. Sie sind genau wie sie.«

»Und wer ist sie?«

»Sie ist alles, wonach ich mich sehne.« Kaum hatte er den Satz ausgesprochen, musste er über seine eigene Albernheit lachen. »Was ich sagen will« – er machte eine ausladende Geste in Richtung der Regale –, »von den Hunderten von Figuren in diesen Büchern ist sie diejenige, die ich gern kennenlernen würde.«

»Es klingt so, als würden Sie sie bereits kennen.«

»Ich habe ihre Stimme noch nie gehört.« Sein Gesicht sah aus wie das eines kleinen Jungen, voller Leben. »Aber wenn sie eine Stimme hätte, klänge sie wie Ihre.«

»Wie ist sie, diese Tatjana?«, fragte Isabel, ermutigt von ihrem Gin Tonic.

Clem nahm die Nagelfeile seiner Mutter und fuhr mit der gebogenen Spitze über einen Absatz. »Sehen Sie selbst.«

Isabel las laut:

»*Stolpyn war fest davon überzeugt, dass manche Menschen in Farben fühlten. Wenn er Tatjana eine Farbe geben sollte, wäre es das blasse Blau eines Sees in Oslo. Er hatte die Stadt als Student besucht. Der See war von einer dünnen Eisschicht bedeckt gewesen, und als er den Fuß darauf setzte, brach es mit einem hellen Klang, den er in ihrer Stimme wiedererkannte. Sie umgab eine Frische, eine Jugendlichkeit ...*«

»Und darin erkennen Sie mich wieder?« Clem stand reglos da, als beobachte er den Reiher.

»Das ist das Erste, was mir an Ihnen aufgefallen ist, Ihre Stimme.«

Isabel las stumm weiter. »Das ist wirklich gut.«

»Als ich klein war, haben wir nach dem Essen immer einander vorgelesen.«

»Sie meinen, laut vorgelesen? Das ist sehr altmodisch.«

»Die Abende hier sind lang. Ich hätte Sie warnen sollen.«

»Aber ich möchte wissen, wie es weitergeht!«

»Dann müssen Sie von Anfang an lesen.«

Sie saß am Fenster und begann von der ersten Seite an vorzulesen, langsam und deutlich, sich nur unterbrechend, um kleine Schlucke aus ihrem Glas zu nehmen. Zweimal sah sie vom Buch auf. Clem saß auf dem Klavierhocker. Aufmerksam verfolgte er jedes ihrer Worte, und sie empfand ein Gefühl von Ruhe und Vertrautheit, während der Gin, ihre Stimme und die Geschichte den Raum mit Wärme füllten. Sie lächelte ihn an. Ihr wurde bewusst, dass zum ersten Mal seit langer Zeit jeder professionelle Ausdruck aus ihrem Gesicht gewichen war.

»Tatjana lag wartend in ihrem Zimmer. Als sie hörte, wie sich die Tür öffnete, stützte sie sich auf ihre Ellbogen und sah Stolypin mit schmachtenden Blicken an —«

Isabel hielt inne und blickte streng auf. Er musste gewusst haben, dass diese Stelle folgte. Aber seine Augen waren geschlossen. Als er sie öffnete, errötete sie, sah wieder auf die Seite und fuhr fort.

Sie las die Geschichte bis zum Ende, und in ihrer Stimme hörte sie die kühle Freundlichkeit der Stewardess.

Am nächsten Morgen fuhr Clem sie in einem alten Ford Pick-up über die Farm. Die Beifahrertür klemmte, sodass sie sich über die Fahrerseite auf ihren Sitz zwängen musste.

An jedem Gattertor musste sie warten, bis Clem das Tor geöffnet und es hinter ihnen wieder verschlossen hatte. Die Prozedur strapazierte ihre Geduld. Clem hingegen schien es nichts auszumachen.

Sie fuhren zu einem Holzschuppen, wo er mit zwei Männern sprach, die im Schatten standen und keiner besonderen Aufgabe nachgingen. Der eine hatte einen Schraubenschlüssel in der Hand und verfolgte ein Fußballspiel im Radio. Der andere hob seine Mütze, als er Isabel sah, allerdings nur, um sich am Kopf zu kratzen.

Nach zwei weiteren Toren gelangten sie zu einem Fluss, der die Grundstücksgrenze markierte. Clem parkte den Wagen, und sie sahen den Felsensittichen zu, die mit lautem Geschrei in eine mit Höhlen übersäte Felswand hinein- und wieder herausflogen.

Ein wenig abseits des Flusses ragten unter einer Gruppe Akazienbäume ein Dutzend Bienenkörbe aus den Binsen.

»Sie gehören dem Nachbarn«, erklärte Clem ihr. »Meine Sonnenblumen locken die Bienen an.«

»Bekommen Sie Honig von Ihrem Nachbarn?«

»Nein.«

»Warum nicht? Seine Bienen gewinnen Honig aus Ihren Blumen.«

Er dachte darüber nach. »Man lebt hier, aber man kennt seine übernächsten Nachbarn nicht.«

Auf der Rückfahrt wurde er plötzlich gesprächiger, als hätte er am Fluss eine Entscheidung getroffen. Sein Vater habe die Farm aufgebaut, erklärte er. Es war, als müsste er ihr die Geschichte bis zur Rückkehr am Haus fertig erzählt haben. Zuvor hatte er kaum mehrere Sätze hintereinander herausgebracht. Jetzt redete er wie ein Wasserfall.

Alec Caskey, der von den Falklandinseln stammte, hatte das Land als Bastion gegen eine indianische Bedrohung erhalten, die jedoch niemals eintrat. Er hatte eine Schaffarm aufgebaut. Doch der Wollpreis war seither laufend gesunken.

»Niemand kauft mehr Wolle, weil alle Leute Zentralheizung haben und Kleidung aus Kunststoff tragen.« Von Bahia Blanca bis Puerto Deseado machte ein Farmer nach dem anderen Pleite. Deshalb hatte Clem sich nach dem Tod seines Vaters um andere Ertragsmöglichkeiten gekümmert –

»leider hat mich niemand vor dem Felsensittich gewarnt.«
Nachdem die erste Sonnenblumenernte verloren ging, hatte
er Mais zwischen die Sonnenblumen gepflanzt. Daraufhin
ließen die Angriffe der Vögel nach. »Sie sind nicht besonders
geschickt im Landeanflug.«

Er hielt sich mit Sonnenblumen, Schafen und ein bisschen Viehzucht über Wasser. Den Flug nach London zur
Beerdigung seiner Mutter konnte er sich eigentlich gar
nicht leisten. Sein Vater, sagte er, habe sich mit der Finan-
zierung von Clems Internatserziehung ruiniert. »Wie Al-
jochins Vater«, sagte er.

»Wer?«

»Eine Figur bei Čechov.«

Alec Caskey war seit fünf Jahren tot, aber seine Gegenwart war noch überall zu spüren auf der Farm, die er aus
dem Nichts aufgebaut und seinem Sohn wie eine Krankheit
vermacht hatte. Nachdem Clem und sie geheiratet hatten,
entdeckte Isabel angelutschte und in Papier eingewickelte
Hustenbonbons in den Taschen von Alecs Anzügen, die
Clem manchmal trug. Sie rochen immer noch nach dem
Speichel eines Mannes.

Zu der Zeit dachte Isabel, Clem hätte bloß eine Liebe
zu dem Land geerbt, die unerfüllt geblieben war. Später
wurde ihr klar, dass seine Energie eher der eines unehelli-
chen Kindes glich, das fest entschlossen ist, seinen Makel
abzustreifen.

Clems wirtschaftliche Situation spiegelte sich in dem
Ford Pick-up: Die klemmende Tür auf Isabels Seite klap-
perte bei jeder kleinsten Unebenheit.

»Sind Sie sicher, dass sie sich nicht mehr öffnen lässt?«

»Schon ewig nicht mehr.«

Er stieg aus, um ein weiteres Tor zu öffnen. Auf dem Weg

zurück zum Pick-up wurde er von zwei lauten Schlägen aufgeschreckt.

Er rannte zum Wagen. »Isabel! Alles in Ordnung?«

Isabel öffnete die Beifahrertür, stieg aus und streckte sich. Entschuldigend sagte sie: »Wir werden an solchen Türen trainiert.«

»Ich glaub es nicht! Die Tür klemmt seit neunzehn Jahren!«

»Sie haben sie seit neunzehn Jahren nicht mehr geöffnet? Was haben Ihre Beifahrer gemacht?«

»Sie sind alle über meinen Sitz geklettert.«

Er war ihr unendlich dankbar. Als der Pick-up am letzten Zaun hielt, grinste er immer noch. »Der Beifahrer macht das Tor auf.«

Sie las ihm an diesem Abend vor, und auch am nächsten. Die russischen Erzähler mochte er am liebsten. »Sie sind vollkommen eins mit ihrer Umgebung!« An der Art seines Zuhörens erkannte sie, dass er sich von der Person angezogen fühlte, in die sie sich beim Lesen verwandelte. Es war die Konzentration eines Mannes, der dem Vortrag seiner Gedichte durch jemand anderen lauscht.

Als sich der Moment der Abreise näherte, empfand Isabel ein tiefes Mitgefühl mit diesem Mann, der so wenig Teil seiner Umgebung war, gegen sie ankämpfte.

Montagnachmittag fuhr er sie zur Busstation nach San Julián, vier Autostunden entfernt.

Am Stadtrand flog ein Sprühflugzeug über sie hinweg. »Es waren so schöne Tage«, brach sie ein langes Schweigen.

»Ja.«

»Ich winke Ihnen von oben zu.«

»Wo werden Sie kommende Woche sein?«

»London, Toronto, Kapstadt.«

»Sie kommen in der ganzen Welt herum.«

»Ich fliege um die Welt, aber ich kenne sie nicht.« Mit finsterem Blick dachte sie an ihren Dienstplan.

Er sagte etwas. Die Worte kamen leise und übereilt aus seinem Mund, und es dauerte einige Sekunden, bis ihre Bedeutung zu ihr durchdrang. Sie war zu perplex, um den Gedanken zu fassen.

Sie würde darüber nachdenken, sagte sie.

Zwei Wochen später rief er an. »Die Vögel vermissen Sie.«

Unwillkürlich musste sie lächeln. »Und der Pfeifreiher?«

»Er kommt jeden Morgen. Er wartet auf Sie – dabei hat er nicht einmal Ihre Bekanntschaft gemacht.«

»Sagen Sie ihm liebe Grüße von mir.«

»Wie war Toronto?«

»Ich habe geschlafen.« Es war tatsächlich so. Sie flog um die Welt, aber sie sah nichts von ihr. Sie begegnete unzähligen Menschen, aber sie lernte nie jemanden richtig kennen.

»Und wie geht es Ihnen?«, fragte er.

»Abgesehen von ein paar geprellten Fingern, ganz gut.«

Etwas abgeklärter und mit verwegener Energie hatte sie ihren Dienst wieder aufgenommen. Zwei Abende zuvor, auf dem Flug nach Moskau, hatte ein Fluggast seinen Kopf durch den Vorhang zur Bordküche gesteckt, Isabels Gesicht ergriffen und sie geküsst. Als sie seinen Kuss nicht erwiderte, hatte er ihr zugezwinkert.

»Wer solche Beine hat, sollte niemals sitzen.«

In diesem Augenblick hatte sie in dem lüsternen Blick des Mannes die unzähligen Leiber gesehen, die sie angegurtet hatte, die massenhaft verteilten Essenstabletts und die rotzverschmierten Kindernasen, die sie abgewischt hatte. Sie hatte das Mineralwasser, das sie gerade zu Platz 22G bringen wollte, abgesetzt, und ihre Hand hatte sich automatisch zur Faust geballt. Mit all ihrer bislang unterdrückten Wut, mit dem ganzen Bedauern über ihre unerfüllten abwegigen Hoffnungen hatte sie dem Mann ins Gesicht geschlagen.

Seither wurde Isabel bei der leisesten Bewegung durch das Stechen in ihrer Hand an Stolypin erinnert, der mit lautem Knacken ins Eis einbrach. Klar, kalt, wahrhaftig, schön.

»Haben Sie drüber nachgedacht?«

»Geben Sie mir noch eine Woche.«

Eine Woche später, ihre Lungen immer noch erfrischt von der Luft der Pampas, ihre Augen immer noch erfüllt vom gelben Reich seiner Blumen, hatte sie Clem Caskeys Heiratsantrag angenommen.

3

Sie konnte nicht schlafen. Sie hatte angeboten, Fürstin Tatjana zu sein, und Clem hatte sie zurückgewiesen. Sie horchte, während sie auf seine Rückkehr von der Scheune wartete.

Die Windmühle quietschte, und der Schein der Lampe, die sie im Flur für ihn angelassen hatte, fiel flach und fahl unter ihrer Tür hindurch. Sie schliefen in getrennten Zimmern, aber wie sehr sehnte sie sich manchmal danach, Clem möge die Tür öffnen und mit dem hereinflutenden Licht zu ihr kommen. Sie stellte sich vor, wie dieses ungenutzte Licht sich über Nächte und Wochen im Flur staute, bis sein

Gewicht unerträglich wurde und er in ihr Zimmer platzte, stumm und fließend, mit der gleichen athletischen Grazie, mit der er den Stadtplan aufgehoben hatte.

Er kam nie.

Um fünf Uhr früh wurde Isabel vom Geräusch eines Lastwagens geweckt. Nebenan hörte sie Clem aufstehen und im Dunkeln nach seinen Hausschuhen tasten. In Gedanken folgte sie ihm ins Badezimmer, durch die Küche, den Hang hinunter. Vorübergehend eingeschlossen in die Welt des Schlachthauses und der scharrenden Hufe, der Innereien und der Rufe der Wandermetzger, würde er bis zur Morgendämmerung benommen umherstapfen.

Um sieben Uhr stand sie auf. Der Regen hatte aufgehört, und sie beschloss auszureiten. Ganz plötzlich spürte sie das Bedürfnis, fern vom Haus und den Stallungen zu sein. Sie hatte sich nie an das Schlachten gewöhnen können, und Clems Verhalten am Vorabend hatte sie verunsichert.

Seine Stiefel standen noch unter dem Küchentisch, wo er sie ausgezogen hatte. Er musste die anderen genommen haben. Sie griff nach ihnen. Eigentlich waren sie ihr zu groß, aber aus irgendeinem Grund wollte Isabel sie tragen, und für einen Ausritt würde es gehen. Sie würde den Schafen beim Werfen der Lämmer zusehen.

Isabel lenkte ihr Pferd den Hang hinauf, ein Paar desinfizierter Handschuhe hatte sie in ihrer Satteltasche. Das Tier trabte mit nervösen Schritten durch das feuchte, versengte Gras, und ein- oder zweimal rutschte ein Huf auf dem schlammigen Untergrund weg. Als sie das letzte Mal diesen Weg geritten war, war Clem damit beschäftigt gewesen, das Gras abzusengen, und der von den schwarzen Strünken aufsteigende Rauch hatte ihr in den Augen gestochen.

Vor einem Erdwall gab sie ihrem Pferd die Sporen, denn

sie wollte zu einer kurzen Rast zum Gipfel, wo die Wolken zum Greifen nahe waren. In dem Augenblick flatterte ein Geierfalke von einem im Gras liegenden Gürteltierkadaver auf.

Das Pferd scheute, sodass Isabel das Gleichgewicht verlor, und preschte im Galopp davon. Sie wollte sich zu Boden fallen lassen, aber Clems Stiefel hing im Steigbügel fest.

Um zwei Uhr nachmittags hatten die Männer das noch warme Fleisch im Kühlwagen verladen. Erschöpft saßen sie auf blutigen Heuballen und tranken feierlich ihren Mate-Tee, bis der Vorarbeiter zum Aufbruch blies.

Clem war überrascht, dass Isabel nichts zu Mittag vorbereitet hatte, und machte sich ein Sandwich. Nachdem er es aufgegessen hatte, legte er sich aufs Bett. Eine halbe Stunde später, als er am Fenster stand und sich ein frisches Hemd zuknöpfte, sah er ihr Pferd am Hang grasen.

Er rannte zum Pick-up und raste schlingernd und mit durchdrehenden Reifen den Hügel hinauf.

Im ersten Moment dachte er, sie sei tot. Ihr Körper lag ausgestreckt im Gras, regungslos, die Hose mit Schlamm bespritzt.

»Isabel!«

Sie hob ihren Kopf. Wirkte vollkommen ruhig und versuchte zu lächeln. »Mein Knöchel. Ich kann mich nicht bewegen.«

Er hob sie vom Boden auf. Erst als er sie auf der Ladefläche des Wagens absetzte, hörte er ein leises Kieferknacken. Ihre Hände krallten sich in seinen Arm, und sie sah ihn aus ihren grünen Augen an. Der Schmerz musste unerträglich sein.

In Decken eingehüllt fuhr er sie in der Dämmerung nach San Julián.

Nach einer Stunde hielt er an, um nachzuschauen, wie es ihr ging.

»Alles in Ordnung«, sagte sie, ihr Nicken so schwach wie ihre Stimme. Ihr Blick wanderte von ihm weg zum Himmel.

Im Krankenhaus legte eine Schwester ihr vor dem Röntgen eine Bleiweste an. Im Warteraum war es heiß, und Isabel wurde bewusstlos. Zwei Männer hoben sie auf eine Rolltrage, und kurz darauf kam die Schwester mit einem Paar Krücken zurück. Ein junger Arzt mit sanften Zügen erschien und versuchte Clem zu beruhigen: »Alles gut. Sie können jetzt nach Hause fahren. Morgen werden wir Ihrer Frau einen Gips verpassen.«

»Ich schaue nachmittags vorbei«, sagte Clem.

Als er am nächsten Tag erschien, nahm der Arzt ihn zur Seite. Dieses Mal wirkte er weniger optimistisch.

»Wie geht es ihr?«, fragte Clem. Er erblickte Isabel auf Kissen gelagert am Ende des Krankensaals, das eingegipste Bein in der Luft. Er winkte ihr mit der kalten Pfeife.

»Sie hat einen ziemlichen Stoß abbekommen. Seit gestern hat sie wiederholt das Bewusstsein verloren, und jetzt ist sie ein wenig vergesslich.«

»Was soll das heißen?«

»Der Sturz hat sie durcheinandergebracht. Sie ist nicht ganz bei sich.«

Clem näherte sich dem Bett. Isabel war wach und wandte ihm ihr Gesicht zu.

»Ich habe dich mit dem Arzt reden sehen«, sagte sie. »Ist er nicht nett? Er ist so gut zu mir gewesen.«

Clem setzte sich neben sie. »Ja, er macht einen sehr netten Eindruck.«

Sie sah ihn mit neugierigen, aber klaren Augen an, und er war erleichtert.

Er berührte den Gips mit dem Pfeifenstiel und fragte: »Tut es noch weh? Ich habe heute Morgen angerufen und mich nach dir erkundigt.«

»Bist du auch ein Arzt?«

»Ob ich –?« Die Worte blieben ihm im Hals stecken. »Nein, mein Schatz«, sagte er, und gleich einem Menschen, der mehrere Stunden auf einer leeren Straße gefahren ist, fügte er mechanisch hinzu: »Ich bin dein Mann.«

»Mein Mann?« Sie schien entrüstet.

Er bemerkte die Herablassung in ihrem Blick. Er schwitzte leicht, an seinem Unterarm klebte etwas Stroh.

Mit sehr förmlicher Stimme sagte sie: »Du siehst aus, als wärst du in der Sonne gewesen.« Ihre Augen wanderten seinen Arm hinauf bis zu seinem schiefen Lächeln. »Wie lange sind wir verheiratet?«

Das Gefühl, allein zu sein, überkam ihn wie eine plötzliche Übelkeit. Ein fürchterliches Unrecht war geschehen. »Ich habe sie mit einem gebrochenen Knöchel eingeliefert«, sagte er zu dem Arzt.

Irgendwann in der Nacht hatte Isabel ihr Gedächtnis verloren. Sie wusste nicht mehr, wie sie hieß, wer sie war, was sie gemacht hatte: Sämtliche Erinnerungen an ihr Leben vor dem Unfall waren erloschen.

»Die Läsion kann schon vor dem Sturz existiert haben«, erläuterte der Arzt. Er bestätigte einen ernsten Sachverhalt, versuchte aber gleichzeitig optimistisch zu klingen. Aller Wahrscheinlichkeit nach würde ihr Erinnerungsvermögen zurückkehren. In der Regel komme es binnen kurzer Zeit zu einer völligen Genesung, sagte er. Entweder schrittweise oder schlagartig durch eine einzelne Erinnerung. Man brauche jetzt nur Geduld.

Drei Tage lang hielt das Krankenhaus Isabel unter Beobachtung, ohne Medikamente. Auf Wunsch des Arztes machte Clem eine Liste mit Dingen, die bei ihr eine Erinnerung auslösen könnten. Sie reagierte auf jeden Versuch mit dem gleichen niederschmetternden Gesichtsausdruck: Lord Peter Wimsey. Der Pfeifreiher. La Lucia. Das alles schien ohne Bedeutung für sie, löste keine Erinnerungsflut aus.

Lediglich ein Detail weckte in ihr ein vages Gefühl von Vertrautheit. Als sie nach Vulkanasche gefragt wurde, erwiderte sie: »Hat es irgendetwas mit den Australiern zu tun?«

»Liebling …« Geschlagen versuchte Clem ihrem Blick standzuhalten, und es war, als würde er im Dunkeln nach seinen Hausschuhen tasten.

Am vierten Tag verordnete der Arzt ihr Valium und Amobarbital. Seine Diagnose lautete: starke retrograde Amnesie.

»Ein noch wenig erforschtes Krankheitsbild, über das viel gestritten wird.« Am sinnvollsten wäre es, wenn Clem mit ihr reden würde, um sie daran zu erinnern, wer sie sei. »Manchmal wissen wir nur, was man uns erzählt.«

Am fünften Tag erschien Clem spätabends mit einer Reisetasche.

Als Isabel seine Schritte auf dem Flur hörte, sagte sie zur Schwester: »Das ist er!«

Wachsam und neugierig verfolgte sie, wie er die Gegenstände der Reihe nach auspackte und auf ihr Bett legte.

»Ich habe dir ein paar Sachen zum Anschauen mitgebracht«, sagte er.

Die gerahmte Fotografie weckte ihr Interesse. Gebannt betrachtete sie die Hochzeitsszene in der Kapelle von St. George in Quilmes.

»Sie sieht elegant aus«, sagte Isabel und zeigte auf Janis,

die ein Hermès-Tuch über die Schultern drapiert hatte. »Wer ist das?«

»Deine Brautjungfer.« Aufgeregt nahm er ihr die Fotografie aus den Händen. »Was ist mit diesem Stadtplan?« Er zeigte ihr das Hotel auf der Calle Lavalle, wo sie sich zuerst begegnet waren. Sie hatte jede Erinnerung daran verloren.

»Sagt dir das vielleicht etwas?«

Sie betrachtete sich selbst in Uniform mit dem silbernen Stewardessabzeichen am Revers.

»Nein.« Sie legte das Foto zur Seite und schien betrübt über seinen Kummer. Furcht und Anspannung zeichneten sich auf ihrem Gesicht ab. Sie blickte ihn mit dem angehaltenen Atem eines bedrohten Tieres an, und ihm war, als würde er aus der Dunkelheit einer Scheune heraus von einem Lebewesen beobachtet, das er nicht sehen konnte.

Dann sagte sie etwas so leise, dass er sie bitten musste, es zu wiederholen. »Hatten wir eine schöne Zeit?«

Er lehnte sich zurück und starrte auf den Kopf seiner Pfeife. »Ja, ich denke schon.«

Sie forschte in seinem Gesicht. Ihre Unterlippe zitterte. »Ich kann mich nicht erinnern. Ich kann mich an nichts erinnern.« Ihre Worte klangen wie Schneeflocken.

Er nahm ein weiteres Objekt aus der Reisetasche, ein Buch, und legte es aufs Bett. »Was ist-«

Unfähig, ihre Verzweiflung länger zurückzuhalten, strampelte sie unter der Bettdecke mit dem Bein. »Warum zeigst du mir all diese Dinge? Was soll das für einen Sinn haben?«

Das Buch rutschte von der Bettdecke, aber Clem sprang mit einer akrobatischen Bewegung nach vorn und fing es in der Luft auf. Als er sich aufrichtete, bemerkte er eine Veränderung an seiner Frau. Sie hielt ihren Kopf leicht geneigt wie ein Vogel, den Blick fest auf den Rücken seiner Hände gerichtet.

»Weißt du nicht mehr?«, sagte Clem. Er umklammerte den lavendelfarbenen Bucheinband noch fester. »Du warst meine Fürstin.« Es war ein Seufzer aus tiefster Seele.

»Fürstin Tatjana?« Sie sah ihn aufmerksam an. Und dann sagte sie mit veränderter, interessierter Stimme: *»Fürstin Tatjana faszinierte Stolypin von dem Moment an, als er sah, wie sie die Vögel fütterte.«*

4

Zehn Tage später brachte Clem Caskey seine Frau nach Hause.

»Was für ein Ausblick!« Sie stützte sich auf ihren Stock und nahm den Hügel, die Windmühle und die Felder in sich auf. Als er ihr den Arm reichte, drückte sie ihn vertrauensvoll und legte verspielt ihren Kopf an seine Schulter. So traten sie ins Haus.

Er hatte für ihre Rückkehr alles mit größter Sorgfalt vorbereitet. Im Wohnzimmer hatte er sämtliche Regale und Bücher sowie das Porträt seines Vaters entfernt. Auch in ihrem Schlafzimmer hatte er alle Spuren ihrer Vergangenheit gelöscht. Nichts sollte mehr Erinnerungen an die frühere Isabel Caskey heraufbeschwören.

»Stolypin, sieh nur!« Sie nahm seine Hand und wies mit der anderen durch das Fenster zur Scheune. »Dort habe ich die Vögel gefüttert.«

In einem Winkel ihres Gedächtnisses war die Geschichte seiner Lieblingsfigur, die sie für ihre eigene Geschichte hielt, Wort für Wort abgespeichert. Es war der einzige Teil ihres alten Lebens, der ihr zugänglich war. Sie kannte ihn auswendig.

Und Clem, der ihre Wärme erwiderte, konnte einfach nicht anders. Er war sich bewusst, dass es in seiner Hand lag, den Zauber zu brechen, aber warum sollte er das? Hatte der Arzt ihm nicht geraten: »Nur zu, spielen Sie das Spiel mit. Mit etwas Glück wird sie sich nach und nach an alles andere erinnern.«

Nein. Er würde den natürlichen Lauf der Dinge respektieren. Er würde nichts sagen.

Sie berührte sein Gesicht. »Du bist so schweigsam.«

Bei ihrer Berührung überkam ihn ein jähes Gefühl von Allmacht. »Ich bin bloß froh, dass du wieder da bist.«

»Ich bin froh, wieder da zu sein.« Sie lächelte ihn verführerisch an.

Nichts in ihrer Andersartigkeit hätte Clem auf das Hochgefühl vorbereiten können, das er an diesem Abend empfand, als er mit pochendem Herzen die Tür zu ihrem Schlafzimmer öffnete und im Licht des Flurs ihr hingebungsvolles Gesicht sah. Sie lag auf einen Ellbogen gestützt in sehnsüchtiger Erwartung da, als hätte sie hundert Jahre auf ihn gewartet.

In den folgenden Wochen wuchs die Vertrautheit, die im Krankenhaus vage, aber stetig entstanden war, zu einem kindlichen Gefühl von Ehrfurcht für ihre Umgebung. Dies traf insbesondere auf ihre Gefühle für ihren Ehemann zu. Oder Stolypin – wie sie ihn nannte.

Jedes Mal, wenn sie ihn mit diesem Namen ansprach, fühlte er sich wie elektrisiert. Es war ihm egal, dass er nicht Stolypin hieß und sie nicht Tatjana. Wer hätte Isabels neues Selbstbild infrage stellen können? In ihrem Umkreis war sie seine Fürstin.

Unter seiner Anleitung machte sie rasche Fortschritte. Schon bald verschwanden alle Sorgen um ihr löchriges Gedächtnis. Ihre Knöchelverletzung fesselte sie an Tatjanas Reich aus Küche, Schlafzimmer und an den Obstgarten vor dem Wohnzimmerfenster. Sie bewegte sich mit vollkommener Leichtigkeit durch diese Welt. Zum ersten Mal glänzte das ganze Haus. Sie kochte Marmelade aus den jungen Holzäpfeln und Kirschen, beschriftete die Gläser und reihte sie als kleine Geschenke für ihren Stolypin auf. In der Küche ersetzte der warme, süße Duft von frisch gebackenem Kuchen den Geruch von Schafsfett.

Manchmal hörte er, wie sie im Wohnzimmer in einer Art Singsang die Namen der Vögel bestimmte. »Das kann doch nur ein Fink sein, nicht wahr?« Aber ihr fiel immer nur die allgemeine Bezeichnung ein, nie der genaue Name, und ihre Enttäuschung darüber bekümmerte ihn so sehr, dass er eines Tages ein Geschenk mit nach Hause brachte, das sie mehr entzückte als alles andere: eine zweibändige Ausgabe von *Birds of La Plata*. Es waren die einzigen Bücher im ganzen Haus, aber die Freude, die er ihr damit bereitete, war für ihn gleichermaßen Erleichterung und Belohnung. Von diesem Tag an saß sie jeden Tag mindestens eine Stunde lang im Sessel am Fenster, neben sich einen der beiden Bände.

Nirgendwo war sie so agil wie im Bett. Im Schlafzimmer störte sie ihr verletzter Knöchel nicht. Jede Nacht, wenn er die Tür öffnete, sah sie ihn mit großen, glänzenden Augen an.

Und mit jedem Tag zeigte Clem, was wirklich in ihm steckte. Er vollendete lang aufgegebene Projekte. Er legte den Gemüsegarten neu an; er flickte die Risse im Swimmingpool, damit Tatjana darin schwimmen konnte; er rang seinem baskischen Nachbarn einen Karton mit zweiundzwanzig Gläsern Akazienhonig ab.

Nachbarn, die ihn in San Julián auf der Straße trafen, bemerkten, dass er an Autorität gewonnen hatte. Sein Gang war aufrechter, sein Körper straffer, und er schien in jeder Hinsicht mehr auf sich zu achten. Die wenigen Menschen, die es geschäftlich auf die Aschepiste jenseits von La Lucia verschlug, bemerkten erstaunt, wie gut die Frucht plötzlich auf seinen Feldern stand.

Selbst der Wollpreis spielte mit.

Zwei Monate ging das so.

Eines Morgens beobachtete Tatjana durch ihr Fernglas das Blechdach, als sie ein rasselndes Geräusch hörte. Sie senkte das Glas, und als sie sah, woher das Rasseln kam, stellte sie voller Bewunderung die Linse scharf.

Stolypin stand an der Scheunentür und zerrte an dem Vorhängeschloss. Schließlich bekam er es los. Er öffnete das Tor und verschwand im Innern.

Augenblicke später sah sie, wie er aus der Scheune kam und mit energischen Schritten zum Pick-up lief. Über seiner Schulter hing ein rotes Frauenkleid.

Am Morgen, beim Frühstück, hatte Stolypin angekündigt, er werde in die Stadt fahren, und sie gefragt, ob sie irgendetwas brauche.

»Ja«, hatte sie geantwortet. »Ein neues Kleid.«

Als er gerade das Haus verlassen wollte, war er noch einmal zu ihr zurückgegangen.

»Ich habe ganz vergessen zu fragen, welche Größe du hast.«

Verwirrt über seine Frage, hatte sie an sich herabgesehen. »Ich kann mich nicht erinnern.«

Noch lange, nachdem er fort war, kam ihr sein Verhalten merkwürdig vor. Bis zu diesem Morgen hatte sie sich nie dafür interessiert, was im Innern der Scheune war, nur für die Vögel auf ihrem Dach. Ihr war nicht entgangen, dass der Mann, den sie liebte, in der Eile vergessen hatte, das Tor wieder zu verschließen. Mit leiser Neugier überlegte sie, was in der Scheune sein mochte.

Mittlerweile konnte sie kleinere Strecken ohne Schmerzen zurücklegen. Sie schätzte die Entfernung quer durch den Obstgarten ab. Mit Hilfe ihres Stocks sollte es gehen.

Eine halbe Stunde später stieß ihr Knie im Dunkeln gegen einen Heuballen. Keuchend ließ sie sich auf das Stroh fallen. Die Sehnen an ihrem Fußrücken krampften, und sie konnte sich nicht erklären, warum das bloße Aufstützen auf den Stock einen pochenden Schmerz in ihrer rechten Hand verursacht hatte.

Froh, sich ausruhen zu können, sah sie sich um, wobei sich ihre Augen langsam an das Halbdunkel gewöhnten. Die Scheune roch nach Urin, Tierschweiß und Heustaub. Sie musste niesen und scheuchte etwas vom Dach auf.

Auf den Bodenbrettern zu ihren Füßen sah sie zwei schwache Schleifspuren. Sie folgte ihnen mit ihrem Blick und entdeckte zu ihrer Überraschung mehrere an der Scheunenwand gestapelte Pappkartons. Daneben ein schwarzer Metallkoffer. Mehr noch als die Kartons wirkte der Koffer fehl am Platz.

Nachdem sie wieder zu Atem gekommen war, stemmte sie sich in die Höhe.

Der Koffer war nicht verschlossen, und sie hob den Deckel.

Er war randvoll mit Frauenkleidung: Kleider, Blusen,

Tücher. Und obendrauf lag ein Buch. Sie nahm es heraus, trat einen Schritt zurück und betrachtete den Einband.

Der violette Farbton bewirkte bei ihr ein Kribbeln. Sie hatte das Gefühl, genau diese Farbe schon einmal gesehen zu haben. Aber wo? Bei einem Vogel? Einer Frucht? Einem Sonnenuntergang?

In der Scheune war es zu dunkel, um die verblichene Schrift auf dem Buchrücken zu lesen. In weniger als einer Minute war sie am Tor. Gegen den Rahmen gelehnt, stand sie in der Vormittagssonne. Sie sah weder die Sauerkirschen an den Bäumen noch das glitzernde Wasser im Pool oder die Halskrause einer Taube, die am Boden nach Futter suchte. Ihre Augen ruhten auf dem Buch in ihrer Hand.

Vorsichtig schlug sie es auf.

Das Buch war 1922 bei Chatto & Windus in London herausgekommen und von Constance Garnett aus dem Russischen übertragen. Sie sah, dass die Erstausgabe 1897 veröffentlicht worden war.

Sie blätterte um zur ersten Seite.

Broken Hill

I

Es ist kurz vor zehn Uhr am Neujahrstag des Jahres 1915, und an der Bahnstation Sulphide Street warten die Ausflügler in der prallen Sonne. Hüte und Schirme bieten den 1239 Männern, Frauen und Kindern, die in den offenen Erzwagen sitzen oder stehen, piksende Weidenkorbgriffe umklammern, sich den Schweiß von den Schläfen wischen und mit den Fingern zeigen, nur wenig Schutz.

Das Thermometer zeigt 38 Grad im Schatten.

Seit August haben viele von ihnen hier Freiwillige verabschiedet, die sich zum Dienst in den Commonwealth Expeditionary Forces gemeldet haben. Heute steigen sie selbst vom Bahnsteig in einen Zug. »Broken Hill« steht in schwarzer Farbe auf einem weißen Schild.

In frisch gewaschener Sommerkleidung eilen die letzten Fahrgäste über den Bahnsteig und klettern in die von der Silverton Tramway Company mit Wasserschläuchen gereinigten Waggons.

Im vierten Wagen hinter der Lokomotive, die gerade aufgeheizt wird, erzählt Mrs Rasp, eine rundliche, flachgesichtige Frau, deren männliche Züge manch einen an den Premierminister erinnern, Mrs Kneeshaw mit atemloser Stimme von dem Brief ihres Sohnes Reginald.

Sein Infanterietrupp ist in Ägypten angekommen!

»Er sagt, der Kanal sei nur 30 Meter breit … und kilometerweit sei kaum ein Baum zu sehen. Man könnte glauben, man sei in der Umgebung von Broken Hill.« Sie wischt sich eine Schweißperle vom Nasenrücken und fächelt sich wieder Luft zu. »Sie sind in der Nähe des Ortes, an dem die Kinder Israels das Rote Meer durchschritten haben sollen.« Ihr Strohhut flimmert bei dieser Nachricht im Sonnenlicht; sie hat ihn extra für diesen Picknickausflug im Textilgeschäft in der Argent Street gekauft.

Mrs Rasp ist weiß wie Mehl, groß und unförmig, so wie ihre Gedanken und plumpen Äußerungen. Als Vorsitzende der League of the Helping Hand betrachtet sie die Meinungen anderer mit jener Gleichgültigkeit, die man häufig mit einem Doppelnamen verbindet. Ihr runder Kopf sticht unter dem strohblonden Haarkranz hervor. »Er möchte, dass ich ihm eine Sturmmütze für die Nacht schicke, da er im europäischen Winter wahrscheinlich eisigen Temperaturen ausgesetzt ist«, sagt sie, darauf bedacht, Mrs Kneeshaws Aufmerksamkeit nicht zu verlieren.

Die sitzt ihr in einem rosafarbenen Seidenkleid stumm gegenüber, hält schützend ihre Hand über die zusammengekniffenen Augen und sagt nichts.

Winifred Kneeshaw betreibt seit September die Teestube des Roten Kreuzes in der Argent Street. Sie ist eine elegante Frau, die ihre Ausbildung beim Ortsverband des Roten Kreuzes abgeschlossen und eine Urkunde für ihre Kenntnisse im Sanitätswesen erworben hat – später wird sie sagen, sie hätte nicht gedacht, ihr Wissen so schnell einsetzen zu müssen. In der Hitze fällt es ihr schwer, ihre Aufmerksamkeit Reginald Rasp in Ägypten zu schenken.

Dies ist ein Tag, einmal nicht an die Abwesenden zu denken und die leidigen Gedanken an den Krieg beiseite zu schieben. Jeden Moment wird ein schriller Pfiff ertönen, und der Zug wird schnaubend aus dem Bahnhof rollen, nicht um seine gut gelaunte Fracht nach Adelaide und von dort über den Indischen Ozean nach Suez zu bringen, sondern vierzehn Meilen in nordwestlicher Richtung, entlang der Schmalspurstrecke nach Silverton.

Der Neujahrstag ist der Tag des Manchester Unity Independent Order of Oddfellows, einer gemeinnützigen Loge, und das von ihr veranstaltete Picknick ist das größte gesellschaftliche Ereignis des Jahres in Broken Hill. Der heutige Tag gehört denjenigen, die zurückgeblieben sind, zumindest was Mrs Kneeshaw hinter ihren abschirmenden Fingern betrifft. Eine Gelegenheit für alle zusammenzukommen und, nach einer Zeit der schwersten Prüfung in der Geschichte der Stadt, ihren Gemeinschaftssinn zu demonstrieren.

Sechzehn Jahre lang wurden die in Broken Hill geschürften Metalle mit der Eisenbahn nach Port Pirie transportiert und von dort nach Freiberg in Sachsen verschifft, dem »Mekka der Erze«, um daraus Kugeln für die Gewehre des Kaisers zu fertigen. Aber Australien befindet sich im Krieg mit Deutschland. Seit fünf Monaten türmen sich Berge von Zink- und Bleikonzentrat unberührt auf dem Gelände. Verlassen, genauso wie der German Club in der Delamore Street.

»Ich wünschte, wir könnten uns etwas von Reggies kühlem Wetter borgen«, murmelt Mrs Kneeshaw und wischt sich mit dem Saum ihres Kleids das Auge, wobei sie Mr Dowter, der aufrecht wie in der Kirchenbank neben Mrs Rasp sitzt, einen Blick auf ihren leuchtend weißen Unterrock gewährt.

Um nicht durch ein rasches Wegdrehen auf sich aufmerksam zu machen, blickt Clarence Dowter weiter starr und mit geschürzten Lippen in Richtung der hervorschauenden Unterwäsche von Mrs Kneeshaw. Er ist der Hygieneaufseher der Stadt und hat sich bereiterklärt, beim 75-Meter-Lauf der Frauen auf dem Picknickgelände als Schiedsrichter zu fungieren. Ein kleiner, traurig dreinblickender Ire mit heruntergezogenen Mundwinkeln, die Stirn so verbeult wie sein Homburg, einem Schopf blauschwarzen Haars, das einen seltsamen Kontrast zu seinem spärlichen, viel helleren Bart bildet, und schmalen grauen Augen, denen nichts entgeht. In der brennenden Sonne scheint sein ausgehöhltes Gesicht jeden Moment zu zerfließen. Den Kopf leicht zur Seite geneigt, klopft er mit seiner Zigarette auf sein Silberetui, um nach einer für ausreichend befundenen Zeitspanne den Blick auf Mrs Lakovskys Baby zu richten.

»Verausgab dich nicht, Mann!«

Mrs Rasp sieht sich mit offenem Mund um, um festzustellen, wen Roy Sleath, der Sohn des Polizisten, auf sich aufmerksam machen möchte.

Es ist nicht schwer, den jungen Mann zu erkennen, der elegant an Bord springt, eine prall gefüllte Papiertüte unter den Arm geklemmt. Er ist einer der athletischeren Typen unter den Bergarbeitern von Broken Hill, schlaksig, mit rotblondem Haar und einer spitzen Nase.

»He, Ollie, hier drüben!«

Doch der Angesprochene winkt nur ab und bleibt vor Lizzie Filwell stehen, einer blassen Vierzehnjährigen mit dunkelbraunen Haaren und frühzeitig zerfurchter Stirn, und öffnet ihre Hand. Dann lässt er zum sichtlichen Entzücken des Mädchens einen gelben Pfirsich hineinfallen. Er plaudert mit ihren Eltern, die links und rechts von ihr sitzen, sieht sich kurz um, verschwindet für einen Moment aus dem Blickfeld, taucht dann hoch aufgerichtet vor Roy auf, stupst ihn unters Kinn und geht weiter.

Für Lizzies ältere Schwester Rosalind, die im gleichen Wagen sitzt, verspricht der Tag ein bedeutsames Ereignis.

Rosalind trägt ein weißes Kleid, das ihr bis zu den Knöcheln reicht, die sie sich, genau wie ihre Hände und Füße, zierlicher wünschte, dazu einen granatapfelfarbenen Filzhut mit einem Schleier aus Musselin zum Schutz vor der Sonne und den Fliegen. Ihr dichtes schwarzes Haar ist über ihrem ovalen Gesicht zu einem französischen Knoten gesteckt. Die tief sitzenden, haselnussbraunen Augen liegen im Schatten, sodass ihr Gesicht je nach Lichteinfall attraktiv oder unauffällig wirkt. Als sie Oliver Goodmore fixieren, den Mann, der durch die Menge auf sie zukommt, sieht sie müde aus.

Einen Monat vor ihrem zweiundzwanzigsten Geburtstag ist Rosalind überzeugt, dass Oliver die Ereignisse dieses Nachmittags – das Picknick unter den Pfefferbäumen, das Verteilen von Puppen und Lutschern, die Laufwettbewerbe (bei denen man glänzende Leistungen von ihm erwartet) – nutzen wird, mit ihr am ausgetrockneten Flussbett entlang zu gehen, wo es keine starke Brise und keinen aufgewirbelten Staub gibt, um ihr einen Antrag zu machen.

Sie weiß es deshalb, weil ihre beste Freundin Mary Brodribb, die ihr gerade vom nächsten Wagen aus zugewinkt hat, Oliver persönlich dabei behilflich war, in Harveys Schmuckgeschäft den Verlobungsring auszusuchen.

Aber will Rosalind das überhaupt?

Sie sieht zu ihm auf, wie er blinzelnd auf sie herablächelt, mit dem schmalkrempigen Hut und dem tief ausgeschnittenen Flanellhemd seine Haut der grellen Sonne aussetzt. Er hat einen Fahrschein für die zweite Klasse, aber er benimmt sich, als säße er in der ersten.

Er schwingt ein Bein über das Holzbrett, das Mrs Rasp zuvor mit ihrem Fächer von Staub befreit hat, und hält ihr seine Papiertüte hin. »He, Ros, steck die in deinen Korb, ja, wie ich mich kenne, lass ich sie sowieso nur fallen.«

Während ihre Hände damit beschäftigt sind, seine Pfirsiche und Äpfel zu verstauen, streckt er seine Hand aus und streicht mit seinem dicken Zeigefinger, dessen Nagel ein Trauerrand ziert, über ihre Wange.

»Hast du an Toms Motorrad herumgeschraubt?«

Er antwortet nicht und scheint über irgendetwas verwundert.

»Ich habe dort drüben nach dir gesucht«, sagt er und zwängt sich neben sie auf die provisorische Holzbank. »Ich dachte, du wärst bei Lizzie.«

2

Rosalind war früh aufgestanden, nachdem ein Hund sie geweckt hatte. Sie hatte im Bett gelegen und dem lauter und wieder schwächer werdenden Jaulen gelauscht. Bei Tag ein harmloses Geräusch, durchfuhr sie das Geheul jetzt wie die geisterhafte Stimme ihres Bruders und peitschte ihre Gedanken in der Hitze des kleinen Schlafzimmers zu einem Strom wirrer Ängste auf, der sie donnernd davontrug.

Sie schlug das Laken zurück und schlüpfte aus dem Bett. Ihr Schatten folgte ihr über die Dielen, während sie sich vorsichtig durch das Zimmer tastete, vorbei an dem Nachttopf, den ihr Vater ersteigert hatte, als Ratsherr Turbill nach Adelaide ging, um den mit Bändern und Tüchern geschmückten Beistelltisch herum, der sogar einen eigenen Spiegel hatte – ovalförmig in einem Silberrahmen, an dem eine unbenutzte Handtasche, ein Erbstück ihrer Großmutter, hing –, und weiter bis ans Fenster. Rosalind stieß es ein Stück auf und sog unwillkürlich die Luft ein. Sie roch nach Salzbusch und erinnerte sie daran, wie fremdartig die Gerüche der Nacht im Vergleich zu denen des Tages waren und mehr mit dem Heulen gemein hatten, das von jenseits der Halde zu ihr herüberdrang.

Immer wenn Rosalind aus dem Schlafzimmer blickte, das sie bis zu seinem Tod vor drei Jahren mit William geteilt hatte und seither mit ihrer jüngeren Schwester Lizzie teilte, die im Schlaf in ihrem schmalen Bett vor sich hin murmelte, ragte dort, sechshundert Meter weit entfernt, der Schlackeberg empor. Er thronte über der Stadt wie ein riesiger Schlapphut, der einen weiten, unliebsamen Schatten warf.

Normalerweise wäre die gigantische Abraumhalde ein Schutzwall für Rosalinds irrlichternde Gedanken gewesen. Aber ihre Gedanken gehorchten ihr nicht. Sie starrte auf die schwarze Silhouette und spürte eine verwirrende Anziehungskraft. Als ob der Berg seine dunklen Hände nach ihr ausstreckte und ihren Schatten mit dem seinen verschmelzen wollte.

Rosalind hatte ihn oft bei Tageslicht bestiegen – mit Oliver, und zuvor mit William. Von oben blickte man auf Broken Hill wie auf eine Spielzeugstadt herab.

Sie sah sich zwischen den rauchenden Schloten hindurch hinabschauen: auf das Haus ihrer Eltern in der Rakow Street, die Wiese mit den Milchkühen und dem kaputten Gespann, über die verzinkten Dächer und einfachen Hütten von North Broken Hill, über die auf Winkeleisen thronenden Wassertanks, die aussahen, als wollten sie losmarschieren, über die von einer Kamelkarawane aufgeworfene Staubwolke, über den mit Salzbüschen und Schlangenkraut bewachsenen roten sandigen Lehmboden hinweg, Meile um Meile, bis nach Silverton. Dies waren Umfang und Begrenzung ihrer Welt, eingezwängt zwischen dem Umberumberka Creek in Silverton, wo die Morgendämmerung über dem trockenen und öden Tafelland heraufzog wie – womit hatte er es noch verglichen? – zwei leuchtende Ochsenhäute, und dem Schlackeberg, der sich finster über die Straßen erhob.

Es war in der Tat eine trostlose Welt. Die einzige Abwechslung im monotonen Einerlei der Tage war die Eisenbahn.

Sydney befand sich 2327 Eisenbahnkilometer entfernt, und die Fahrt über Adelaide, Melbourne und Albury kostete genauso viel wie die Schiffspassage nach London. Wahrscheinlich würde sie das Meer ein Leben lang nur als Fata Morgana sehen.

Auf der gestreiften Tapete zeichnete sich der Schatten ihrer Brüste unter dem eng anliegenden Nachthemd ab.

Williams Abwesenheit hatte ein Gefühl der Rebellion in ihr ausgelöst. Seit seinem Tod fürchtete sie alles und nichts.

Ihre Finger drückten den Fensterknauf, bis es schmerzte. All diese dummen Fragen, wen sie heiraten werde. Komm zur Vernunft, Rosalind. Ihre bloß geflüsterten Worte in der Dunkelheit lösten ein Zucken im Bett hinter ihr aus.

Plötzlich wollte sie verschwinden. Nicht mehr hier sein, in diesem Zimmer, mit ihrem Schatten an der Wand und Lizzies Stöhnen, das sie stets dann hören ließ, wenn ihre Blase voll war. Schon zwei Mal hatte Rosalind ihre Schwester in dieser Nacht geweckt und ihr auf den Nachttopf geholfen.

In ihrem Schmerz um William schienen die Eltern Lizzies Handikaps vergessen zu haben. Die Verantwortung lag nun ganz bei Rosalind. Aber sosehr Rosalind ihre kleine Schwester auch liebte, sie wollte fort.

Wenn sie nur mit einem der Sterne am Himmel tauschen könnte.

Sie betrachtete sich als ebenso entwickelt wie sie. Sie wusste, was sie wollte. Sie wusste, dass man nichts geschenkt bekam, kannte alle Preise im Textilgeschäft von Stack & Tyndall's, wo sie hinter der Ladentheke stand. Sie konnte sich ihre Zukunft mit Oliver ausmalen. Dazu bedurfte es nicht viel Phantasie. Selbst Lizzie hätte es in einer ihrer normalen Phasen gekonnt.

Sie drehte sich, und ihr Schatten bewegte sich mit. Die anderen Frauen sagten ihr immer wieder, dass sie eine gute Figur habe. Rosalind wagte nicht, darüber nachzudenken, was das bedeutete.

Sie hielt den Fensterknauf noch immer umklammert und beugte sich nach vorn, von einem anderen Gedanken geschüttelt: wie seine rauen Finger sie berührten und ihre Körper Nacht für Nacht zusammenkamen.

Ihre Gedanken bäumten sich auf, und sie riss sich zusammen. Es war furchtbar, sich in einem Zustand solcher Verwirrung zu befinden.

Die Sterne glitzerten im Wassertrog vor dem Freiberg Arms Hotel und auf den dahinter verlaufenden Gleisen. Ihr Blick folgte dem eisernen Schienenstrang entlang der Gartenzäune in Richtung des Picton Viehmarkts. Die Gleise verliefen parallel zum Bogen des Grabens, durch den die hölzerne Wasserleitung nach Silverton lief.

Der Zug war die einzige Möglichkeit hier rauszukommen. Entweder das, oder man tauchte hinab in die Erde.

Zu Williams Lebzeiten hätte sie wahrscheinlich eine lange Schlange von Männern gesehen, die, wie Bergarbeiter überall auf der Welt, mit gesenkten Köpfen vorbeiliefen, bereit für den Abstieg in die Dunkelheit. An diesem Morgen lag die Rakow Street still und verlassen da. Seit August arbeiteten die Minen nur noch halbtags. Die Gegenwart so vieler arbeitsloser Männer auf den Bürgersteigen, in den Bars und Pensionen, ohne Hoffnung auf Arbeit, es sei denn, sie meldeten sich als Soldaten, war verstörend. Miss Pollock hatte ihnen beigebracht, dass die Aborigines diese Gegend Willyama nannten, was Jugend bedeutete. Einst war dies eine Stadt der Prospektoren gewesen, die nach Erzadern suchten und diese auch fanden. Jetzt gab es für einen jungen Menschen in Broken Hill nichts mehr zu tun, außer zu sterben oder fortzugehen. Oder mit dem Schiff nach Suez zu fahren.

Oliver war einer der Glücklichen und verdiente sechsundzwanzig Shilling für drei Schichten in der Woche. Er war siebenundzwanzig und vor zehn Jahren auf Drängen seines Onkels, Clarence Dowter, aus Melbourne gekommen, um ihm beim Bau der Wasserleitung zu helfen. Danach war er geblieben und hatte sich mit verschiedenen Jobs durchgeschlagen, bis ihm eine Stelle in der South Mine angeboten wurde, in der gleichen Schicht wie ihr Bruder.

In Kürze würde er sich in seinem gemieteten Zimmer in der Piper Street aus dem Bett schälen. Rosalind sah ihn vor sich, wie er Nase und Gesicht einseifte, um den Rauch und die Dämpfe und den muffigen Karbidgeruch von der Haut zu waschen, und wie er seinen Anzug für das Oddfellow-Picknick anzog. Und wie er, bevor er die Tür hinter sich schloss und zu Tom Blows Werkstatt und dann zu Alf Fiddamans Lebensmittelgeschäft lief, den goldgefassten Opal in die Tasche seines Flanellhemds steckte.

Sie fühlte sich als Geisel der Erwartungen ihrer Eltern.

Oliver stand für das Leben, das sie sich für sie wünschten. Vor allem Rosalinds Mutter.

Ihrer Mutter zufolge konnte Rosalind sich glücklich schätzen, einen Verehrer gefunden zu haben. Emmy Filwell hatte ihren Sohn an das Bergwerk verloren, ihre jüngste Tochter an das Wasser in ihrem Kopf. Mit dem Mädchenüberschuss in Broken Hill wollte sie ihre zweite Tochter in sicheren Verhältnissen wissen.

Ermutigt durch Mrs Filwell, hatte Oliver Rosalind stetig und hartnäckig bearbeitet, um sie dazu zu bewegen, ja zu sagen.

Was hätte William davon gehalten?

Oliver war mit ihrem Bruder in jener Novembernacht vor drei Jahren in der South Mine gewesen. Sie hatten in 270 Metern Tiefe Gestein gesprengt, als William auf Händen und Knien davonkroch und Oliver ihn noch sagen hörte, »Ich kann's nicht finden«. Dann war da ein Geräusch, als ob etwas herabstürzte, und als er hinter ihm her kroch, entdeckte er, dass sein Kumpel achtzehn Meter tief in einen Schacht gestürzt war und dabei einen Schädelbruch erlitten hatte.

Oliver hatte an dem Gedicht mitgearbeitet, das im *Barrier Miner* erschienen war:

Frag nicht, ob wir ihn vermissen,
Dunkel ist's, wo einst sein Licht;
Wer könnt' je seine Schritte vergessen,
Und sein geliebtes, vertrautes Gesicht?

Er hatte ihr nie genau erklären können, wonach William in der Dunkelheit, auf Händen und Knien gesucht hatte.

Oliver, den alle, die ihn kannten, nur Ollie nannten (außer Rosalind), hatte die Hände und Fingernägel ihres Bruders.

Er hatte eine praktische Ader und konnte mit seiner Kiste gebrauchter Werkzeuge einen Elektromotor mit geschlossenen Augen reparieren, oder einen Radiatorschlauch, oder ein verstopftes Waschbecken, und in seiner Freizeit war er Vizekapitän der Rugby-Mannschaft von Broken Hill und Schriftführer des Rifle Clubs.

Er machte kein Geheimnis daraus, wie sehr er sich freute, wenn er Rosalind sah.

Sie genoss ihre Macht über ihn. Unter dem Druck ihrer Mutter hatte sie begonnen, von ihrem Verdienst im Textilgeschäft etwas für ihre gemeinsame Zukunft auf die Seite zu legen. Oliver Goodmore würde es ihr zumindest ermöglichen, vor der morbiden Atmosphäre des Filwell-Haushalts und der nagenden Verantwortung für ihre Schwester zu entkommen.

Oliver war gut zu Lizzie. Er ging ganz selbstverständlich und geduldig mit ihr um und lachte nie, wenn sie etwas Dummes tat. Rosalind mochte das.

Sie spürte an ihm eine Freundlichkeit, die ihr gefiel.

Er war anders als seine Freunde, die ständig einen über den Durst tranken. Zuweilen blitzten Intelligenz und Zärtlichkeit auf, und er war bereit, anderen zu helfen. Er konnte ziemlich bestimmend sein, aber er konnte sich auch zurückhalten, wenn er gefallen wollte. Wenn er ihr gefallen wollte, schenkte er ihr seine gesamte Aufmerksamkeit.

Daran dachte Rosalind, als sie eine Bewegung an der Ecke der Garnett Street bemerkte. Die Straße war also doch nicht gänzlich verlassen. Aus dem Schatten des Schlackebergs sah sie ein klappriges Pferd stapfen, das einen weißen Wagen hinter sich herzog.

Der Wagen glänzte wie ein silberner Flecken, während er quietschend die Straße herabkam. Sie beugte sich vor. Zwei

Männer hockten nebeneinander unter dem Verdeck. Sie waren dunkelhäutig, trugen rote Jacken unter ihren offenen Khakimänteln und hatten weiße Turbane auf dem Kopf. Die Stoffenden der Turbane hingen über ihren Schultern.

Im Sternenlicht gaben die beiden Männer ein seltsames Paar ab. Der ältere Mann war klein und dick und saß mit verschränkten Armen da; der jüngere war dünn, glatt rasiert wie der andere, aber größer, und knallte mit den Zügeln. Und über ihnen die pyramidenförmige Halde.

Die Konstellationen dieser Nacht waren so unerklärlich wie der Wahnsinn ihrer Schwester. Der ältere Mann schien funkelnde Ringe an seinen Fingern und Zehen zu tragen.

Als hätte Rosalind »Stopp!« gemurmelt, zog das Pferd zur Seite und begann aus dem gegenüberliegenden Wassertrog zu trinken. Erst jetzt erkannte sie den jüngeren Mann – Gül Mehmet. Sie hatte Gül noch nie mit einem Turban gesehen.

Der beleibte alte Mann kam ihr ebenfalls bekannt vor, auch wenn er seinen in zwei Spitzen geteilten Vollbart, der sonst über seiner Wampe hing, abrasiert hatte.

Rosalind legte den Kopf zur Seite. Aber ihre Unterhaltung war wegen Lizzies Gegluckse im Schlaf, das so klang wie das Kichern, mit dem die Kinder ihr auf der Straße begegneten, nicht zu verstehen.

Widerwillig wandte Rosalind sich vom Fenster ab. Sie musste ihre Schwester wecken, damit sie nicht ins Bett machte.

Die beiden Männer waren an diesem Morgen vom North Camel Camp am äußersten Ende der Williams Street aufgebrochen. Das Camp bestand aus einigen Wellblechhütten, die von einem losen Drahtzaun umgeben waren. Daneben gab es ein kleines Ziegelgebäude mit Blechdach, das als Moschee diente, und zwei Reihen kümmerlicher Dattelpalmen. Etwa dreißig Kameltreiber, die meisten von ihnen Afghanen und Inder, lebten hier zusammen mit ihren Familien und Tieren.

Die Ansiedlung existierte seit 1890 und wurde von einer Minderheit in Broken Hill abgelehnt, die ihr den Spitznamen »Ghantown« gegeben hatte. Ihre Vorurteile fanden ein Sprachrohr im ehemaligen Herausgeber des *Barrier Miner*, Ralph Axtell, der seit einigen Jahren in Melbourne lebte, aber vor zwei Wochen nach Broken Hill zurückgekehrt war, um eine kranke Cousine zu besuchen. Der Wohltätigkeitsverein hatte ihn zu einer Ansprache am Silvesterabend eingeladen, nachdem man erfahren hatte, dass Axtell bis nach Weihnachten in der Stadt bleiben wollte. Diese Veranstaltung hatte am Vorabend im Haus der Zünfte in der Blende Street stattgefunden.

Da es der Silvesterabend war, waren viele Mitglieder des Wohltätigkeitsvereins zu Hause bei ihren Familien geblieben. Die spärliche Zuhörerschaft, die sich über die drei ersten Reihen verteilte, hatte Axtell aber weder entmutigt noch die Leidenschaft seines Vortrags gemindert. Die Anwesenden, zu denen auch ein Reporter seiner alten Zeitung gehörte, lauschten gespannt, was er zu sagen hatte.

Der untersetzte Sozialist mit hoher Stirn und einem dichten fuchsroten Schnauzbart verwandelte sich auf der Bühne in einen feurigen Redner. Axtell war ein geschickter Agitator gegen Afghanen und anderes »Türkenvolk«, wie er sie nannte. Seine aufwiegelnde Rede war eine Zusammenstellung seiner alten Parolen und darauf aus, die antitürkische Stimmung anzufachen, die seit dem Ausbruch des Kriegs wiederaufgeflammt war. Die Zielscheibe seines Spotts war der stolz sich aufblasende deutsche Kaiser, aber Axtell ging noch weiter und bezog auch den osmanischen Sultan und Kalifen Mehmet V. mit ein, der in diesem Sommer einen Vertrag mit den Deutschen unterzeichnet hatte; ebenso alle Muslime, die den Sultan als ihren Herrscher betrachteten; und zuletzt nahm er diejenigen ins Visier, die am Ende der Straße wohnten, »in dem stinkenden Pfuhl namens Ghantown«.

Axtell erinnerte seine Zuhörer daran, dass er nichts gegen Ausländer habe – vorausgesetzt, sie seien Gewerkschaftsmitglieder und hätten eine weiße Haut. Besonders die Afghanen seien ihm ein Dorn im Auge, wie viele im Raum sich bestimmt erinnerten. Vor zehn Jahren habe er genau in dieser Halle gestanden und die Bürger von Broken Hill gewarnt, wenn sie nicht in der Lage wären, die Afghanen zu beseitigen, würden die Afghanen sie beseitigen. Nichts habe Axtell seither dazu bewogen, seine Meinung zu ändern. Diese »Hammelfresser« und »Kameltreiber« seien gefährlich. Sie seien durch ihren Glauben gebunden, dem Dschihad zu folgen, den der Sultan im November ausgerufen hatte, und seien denen freundschaftlich zugewandt, gegen die Broken Hills Söhne, Männer und Brüder, wie er sagte, »genau in diesem Moment unter Einsatz ihres Lebens kämpfen«.

Axtell schaute in die Runde. Auf den Gesichtern vor ihm sah er eine lange Geschichte der Furcht, überlagert von Hass. Die da zu ihm aufblickten, waren weißbärtige Veteranen, die im Burenkrieg gekämpft hatten, sowie Bergarbeiter, die gegen den Krieg waren und im Protestmarsch zur Sulphide Street Bahnstation gezogen waren, begleitet von einer Kapelle, die die Internationale spielte, während sie die Rekruten ausbuhten und auspfiffen, die zum Ascot Park Trainingslager in Adelaide ausrückten.

Mit ruhiger, plötzlich einschmeichelnder Stimme versicherte Axtell seiner kleinen Zuhörerschaft: »Selbsterhaltung ist das oberste Gesetz der Natur.« Welche Gründe man auch immer gegen den Konflikt in Europa habe – als guter Sozialist habe Axtell viele –, das ganze Mitgefühl der Nation müsse bei der Politik des weißen Australien liegen.

Mehrere Ratsherren in der ersten Reihe murmelten »Bravo! Richtig!«, und Clarence Dowter, der neben seinem Neffen saß, begann zu nicken.

»Die Afghanen nehmen uns die Arbeitsplätze weg«, fuhr Axtell fort. Sie seien roh und verkommen. Und schmutzig in ihren täglichen Gewohnheiten. Selbst die Aborigines fänden sie untragbar! In der kurzen Zeit, seit Axtell zurück in Broken Hill sei, habe er erfahren, dass es nahezu unerträglich für die Anwohner sei, in der Nähe des Camel Camps zu leben, aufgrund des widerlichen Gestanks der verwesenden Eingeweide geschlachteter Tiere, die von den Bewohnern einfach auf die Straße geworfen würden.

Axtell schloss mit der Empfehlung, die Afghanen zu vertreiben und ein neues Bürgerwehr-Komitee gegen dieses asiatische Krebsgeschwür zu bilden, was der Afghane am sichtbarsten verkörpere: »mit jenem geheuchelten diabolischen Grinsen, das er von allen Völkern am perfektesten beherrscht«. Er bat sein Publikum um ein zustimmendes Handzeichen.

Neben Oliver schoss der Arm seines Onkels in die Höhe, genau wie die Arme seiner Freunde aus dem Rifle Club – junge Männer wie Roy Sleath, der Sohn des Polizisten; Alf Fiddaman, der Lebensmittelhändler; und Tom Blows, ein freundlicher Kerl mit rundem Gesicht und Segelohren, der bei der Wasserleitungsgesellschaft arbeitete. Selbst der alte Ern Pilkinghorne hob trotz seiner Taubheit nach einem Moment seinen Arm. Mit Augen, die tief in seinem schmalen

Kopf ruhten, und einem sorgsam getrimmten weißen Bart hatte Ern kein einziges Wort verstanden, aber er nahm gern an diesen Versammlungen teil; der Anblick so vieler enthusiastischer Gesichter war eine Wohltat.

Ermutigt durch ihr Beispiel, hob Oliver, der im letzten Moment auf Tom Blows Drängen gekommen war, seine Hand in die Höhe. Dennoch hatte Axtells Rede ihn verunsichert. Sie hatte Emotionen, Vorbehalte und latente Missgunst in ihm geweckt, die er lieber ruhen gelassen hätte.

Um das Geld für den Verlobungsring aufzubringen, hatte Oliver sich für die halbe Schicht am Silvesterabend eingetragen; er musste erst um 22 Uhr an der Mine sein. Anstatt mit Tom Blows zurück zur Cobalt Street zu gehen, wo er einen Blick auf dessen Motorrad werfen sollte – Tom klagte über Fehlzündungen –, war Oliver zu Rosalinds Haus gegangen. Er hatte beschlossen, ihr am nächsten Tag beim Oddfellows-Picknick einen Heiratsantrag zu machen. Aber die Zeit wurde knapp. Bevor er um ihre Hand anhalten konnte, musste er Mr Filwells Zustimmung einholen – Oliver hatte das bereits Anfang der Woche vorgehabt, allerdings waren ihm ein paar Kamele dazwischengekommen.

Das Licht am Himmel wurde schwächer, der letzte Sonnenuntergang des Jahres. Oliver lief mit federndem Gang die Blende Street entlang und verlangsamte seine Schritte, als er sich dem Haus der Filwells näherte. Vielleicht um sich zu beruhigen, stimmte er ein Lied aus der Music Hall an, das William ihm beigebracht hatte.

Rosalind war mit ihrer Mutter in der Küche und schnitt Tomaten, als sie ihn hörte.

»Hör nur …«, sagte ihre Mutter und richtete ihren matronenhaften Leib auf. Sie wartete immer noch auf Williams Rückkehr, doch er kam nicht.

Stattdessen war es Olivers Baritonstimme, die mit dem Hacken von Stahl auf Holz wetteiferte.

Mit ihrem hübschen Häubchen und ihrem Baumwollkleid,
Ist sie so schön wie jedes Mädchen aus vornehmem Haus …

Von seinem Sessel im grün tapezierten Wohnzimmer rief ihr Vater: »Macht Ollie die Tür auf.« Seine Stimme dröhnte durchs ganze Haus.

Mit seinem roten Gesicht und einem grauen Schnurrbart machte Albert Filwell stets einen strengen und missgelaunten Eindruck, selbst wenn er lachte. Doch Williams Tod hatte ihn gebrochen. Gleich nach dem Unfall seines Sohnes hatte er den Beruf des Bergmanns gegen den des Viehzüchters getauscht; zweimal in der Woche brachte er den Jungen von der Broken Hill Brigade das Schießen bei. Aber seine Selbstachtung rottete vor sich hin.

Gegenüber Oliver legte er eine heikle Feindseligkeit an den Tag. Er wusste, dass er das Werben des jungen Mannes um seine Tochter unterstützen sollte. Es war die Verbindung zu seinem Sohn, genau wie das Lied.

Rosalind wischte ihre Hände an der Schürze ab und ging zur Tür, um Oliver hereinzulassen.

»Wie wär's, wenn du uns etwas zu trinken holst, Ros?«, sagte ihr Vater, nachdem er Oliver ins Wohnzimmer geschoben hatte.

Sie brachte zwei Gläser und eine Flasche Ingwerbier und ging zurück in die Küche, versprach aber, zurückzukommen, sobald sie mit den Vorbereitungen für das Picknick fertig sei. Sie und ihre Mutter machten Sandwiches mit

Lammfleisch, Tomaten und Salat und einen Lamington-Kuchen. Oliver hatte bereits angekündigt, Obst mitzubringen.

Mit übertriebener Vorsicht schenkte Oliver das Ingwerbier ein. Er war in mehrfacher Hinsicht dankbar, mit Rosalinds Vater allein zu sein. Unabhängig von der Sache, die sie miteinander besprechen mussten, wäre Albert Filwell ein guter Resonanzboden für die Gefühle, die Ralph Axtell in ihm geweckt hatte.

Filwell zuckte, als er seinen Ellbogen hob, um das Glas in die Hand zu nehmen. »Hat Rosalind Ihnen erzählt, was passiert ist?«

Oliver setzte sich und klopfte auf der Suche nach seiner Pfeife auf seine Jackentasche. »Ihr Pferd ist durchgegangen, richtig?«

»Das kann man wohl sagen.«

Den rechten Arm in einer Schlinge, wollte Filwell die Geschichte nur zu gern noch einmal erzählen, wie sein Pferd das Geschirr zerrissen hatte, als es einer Kamelkarawane auf dem Weg nach Ghantown begegnete. Sein Milchwagen, den selbst Oliver nicht mehr reparieren konnte, war umgestürzt, und er war aus dem Sitz geschleudert worden und hart auf dem Boden gelandet.

Durch die dünne Wand hörte Rosalind ihn sagen: »Ich habe die ganze Gegend zusammengebrüllt, und wie. Ich habe lauter geschrien als ein gestraucheltes Maultier. Dr. Large hat mich gleich in das verdammte Krankenhaus bringen lassen. Und das am zweiten Weihnachtstag!«

Sie öffnete den Backofen und sah nach dem Kuchen. Mit ihr redete ihr Vater nie so. Ihre Gedanken sollten sich auf die Küche beschränken, wie Teig geknetet und in feste Formen gedrückt wird, um anschließend in den Ofen geschoben und gebacken zu werden.

Im Nebenzimmer setzte Filwell seine Klagen fort. Es sei kein Wunder, dass sein Pferd durchgegangen sei. Kamele waren bösartige Kreaturen, mit ihrem unerträglichen Geschrei. Sie fraßen den Busch und verdreckten die Wasserlöcher. »Ich würde sie am liebsten erschießen!«

Rosalind hörte seinen Ausführungen mit finsterer Miene zu, während sie einen Finger in den Teig drückte, um zu sehen, ob die Masse sich wieder ausdehnte: *Ein Pferd geht beim Anblick eines Kamels durch. Ein Kamel geht beim Geschrei eines Kakadus durch. Wir alle gehen bei irgendetwas durch.* Sie schob die Form zurück in den Ofen. *Selbst ein vorbeispringendes Kaninchen kann die Kühe in Aufruhr versetzen.*

»Hör mal, Rosalind, die Küche ist nicht zum Rumstehen da.« Der Schmerz hatte ihre Mutter streitsüchtig gemacht. Sie hielt ein Bündel Kleidung in ihren von Dellen überzogenen Armen. »Warum wäschst du nicht den Salat, statt dich hier herumzudrücken?« Sie öffnete die Tür und ging hinaus.

Olivers Stimme drang durch die Wand. Sie konnte jedes Wort verstehen. »Kennen Sie den Besitzer?«

»Oh, ich denke schon«, sagte Rosalinds Vater. Der Sessel ächzte, als er sich zurücklehnte. »Es ist dieser Schlachter. Den Ihr Onkel laufend vor Gericht zerrt.«

»Diese Afghanen und ihre verdammten Kamele.«

Rosalind sah Oliver vor sich, wie er mit seinem dicken Zeigefinger den schwarzen Kopf seiner Pfeife säuberte.

Bevor er eine Anstellung beim Bergwerk fand, hatte Oliver als Holzhändler gearbeitet. Dann waren die Afghanen gekommen und hatten im Umkreis von achtzig Kilometern sämtliches Feuerholz weggeschleppt. Genauso wie sie die streikenden Schafscherer ersetzt und die Fahrer der Ochsen- und Pferdegespanne verdrängt hatten. Wenn sein Onkel sich nicht für die einheimischen Schlachter einsetzte, würde es nicht lange dauern, bis die Afghanen auch deren Jobs übernähmen.

»Wissen Sie, was das Problem ist, Mr Filwell?« Für einen Augenblick nahm Oliver den Gewerkschaftsführerton seines Onkels an. »Die Leute machen den Mund nicht auf. Wenn ich jemanden nicht leiden kann, sage ich, was ich denke, und ich kann die Afghanen nicht leiden.« Er las die Zeitungen, fand darin aber nie eine Erklärung, warum sie hier sein sollten. »Ich weiß nur, dass ich nicht schmarotze, Mr Filwell. Und ich nehme mir das Recht heraus, jede Art von Schmarotzertum abzulehnen.«

Rosalinds Vater ruckte auf dem von den Sesselbeinen zerkratzten Fußboden vor und schob seine Vorbehalte gegen Oliver beiseite. »Ganz meine Meinung«, sagte er und hob mit dem gesunden Arm sein Glas. Er nahm einen kräftigen Schluck Ingwerbier und trank ihn geräuschvoll.

Rosalind schien es, als wäre die ganze Beherrschung und innere Stärke ihres Vaters mit der Erinnerung an die Kollision mit Molla Abdullahs Kamelen verschwunden, und bei Oliver ebenso. Noch nie hatte sie Oliver mit solcher Verachtung reden gehört. Entsprach das seinen tiefsten Überzeugungen? Prüfend untersuchte sie den Salatkopf, den Alf Fiddaman ihr günstig verkauft hatte.

Aber Oliver war noch nicht fertig. Noch mehr rege ihn auf, wie die Afghanen die weißen Frauen ansähen. Die afghanische Konkurrenz habe nicht nur die Holzhändler, die Fuhrleute und andere aus traditionell weißen Jobs verdrängt, auch die weißen Frauen seien in Gefahr, dessen war Oliver sich sicher.

Rosalind spürte, wie ihr Herz schneller schlug. Eine Schnecke kroch tief in den Salatkopf hinein. Sie nahm sie, schnippte sie in die Spüle – und wurde im selben Moment von der Erinnerung eingeholt, wie sie vor kurzem gebannt auf Olivers klobige, verdreckte, selbstsichere Hände gestarrt hatte, mit denen er das verstopfte Abflussrohr unter der Spüle gereinigt hatte.

»Ich rede nicht nur von Sukey.«

Rosalind neigte den Kopf, bis er die dünne Holzwand berührte. Mary Brodribb hatte ihr letzten Januar von Sukey erzählt, einem großen, knochigen Mädchen, das auf einem grauen Pferd in die Stadt geritten kam und zehn Shilling für zwanzig Minuten hinter einer über einem Zweig hängenden Decke verlangte.

»Auch andere weiße Frauen lassen sich mit ihnen ein.«

Dachte Oliver an Gül? Dachte er an *sie*? Sie überlegte panisch, ob Mary mit ihm gesprochen haben könnte.

Oliver erklärte es wie Axtell. Junge australische Frauen, die es besser wissen sollten, trieben sich beim Camel Camp herum. Irgendetwas zog sie an. Und einige könnten in Schwierigkeiten geraten oder gar heiraten …

So tauschten Oliver und ihr Vater Geschichten von Krankheit, Schmutz und Verderbtheit aus. Rosalind, die alles mithörte und sich nicht von der Wand losreißen konnte, kam das Gerede ihrer tiefen, höhnischen Stimmen schrecklich vor. Es war, als ob irgendetwas an den unzivilisierten und abstoßenden Afghanen eine Furcht in ihnen weckte, die tiefer reichte als jeder Schacht der South Mine. Sie wünschte, sie würden aufhören.

Durch die Wand hörte sie, wie Oliver mit veränderter Stimme sagte: »Da ist noch etwas, über das ich mit Ihnen reden wollte.«

Ihr Puls raste, während sie ihr Ohr ganz fest an die Wand drückte, aber ihre Mutter rief vom Hof, sie solle den Kuchen aus dem Ofen nehmen.

Kuchenbacken war das Einzige, wozu ihre Mutter nach Williams Tod noch in der Lage war, und es war ihr ganz und gar unmöglich, damit aufzuhören. William hatte ihre Kuchen geliebt – mehr als Rosalind. Von seinen beiden Schwestern hatte nur Lizzie seine Vorliebe für Süßes geteilt.

Die Tür ging auf.

»Soll ich Marmelade für die Glasur nehmen?« Ihre Mutter stand in einer lehmfarbenen Strickjacke vor ihr und starrte sie an.

»Du weißt, dass ich keine Marmelade mag«, sagte Rosalind. »Und auch keinen Kuchen.«

»Der Kuchen ist nicht für dich.«

»Für wen dann?«

Aufgedunsen durch Depression und mit hängenden Schultern lief ihre Mutter durch die Küche zum Schrank und hielt dabei die Arme seitlich vom Körper gestreckt, als würde sie zwei schwere Zinkeimer mit fremder Wäsche tragen, die sie zur Aufbesserung der Haushaltskasse für andere erledigte.

Unvermittelt wurde Rosalind ganz direkt. »Es wird ihn nicht zurückbringen, Mutter. Er ist fort. Er wird nie wieder einen deiner Kuchen essen.«

»Nun, Ollie mag Marmelade«, sagte sie herausfordernd.

Rosalind lachte rau. »Er heißt Oliver. Du bist nicht seine Mutter. Und du bist auch nicht seine Schwiegermutter.« Sie band ihre Schürze los und warf sie auf den Küchentisch.

Sekunden später stapfte sie ins Wohnzimmer. »Was habt ihr miteinander ausgeheckt?« Sie blickte von ihrem Vater, der seltsam verlegen aussah, als wollte er sie in ein Geheimnis einweihen, zu Oliver, der mit dem Rücken am Kamin lehnte und lächelte.

»Wenn das nicht Rosalind ist«, sagte Oliver, ganz mit seiner Pfeife beschäftigt, wie damals, als er spät mit William nach Hause gekommen war und sie nicht angesehen hatte, aber stolz auf etwas schien, das er gesehen oder getan hatte. (Wie sich herausstellte, hatte er »Schuft« auf ein Grab geschrieben.)

Sie ging mit federnden Schritten durchs Zimmer und legte ihre Hände auf die Rückenlehne des Sessels ihres Vaters. Sie holte tief Luft. »Wollt ihr es mir nicht verraten?«

Oliver schwieg. In der Küche wurde der Schrank mit der Marmelade geöffnet und wieder geschlossen. Ihr Vater schien sich ganz in seinen zuckenden Arm zu pressen. Das einzige Geräusch war das hilflose Ticken der Uhr an der tapezierten Wand.

Oliver klopfte seine Pfeife über der leeren Feuerstelle aus. »Nun, gute Nacht, Mr Filwell. Ich bin froh, dass wir uns einig sind. Ich gehe dann mal zum Förderturm.« Im Flur sagte er: »Gute Nacht, Mrs Filwell! Ich hoffe, der Abfluss macht Ihnen keine Sorgen mehr!« Und mit sanfterer Stimme sagte er zu Rosalind, die ihm die Haustür geöffnet hatte: »Auch dir, gute Nacht.«

Er stand unter der lilienförmigen Deckenlampe und sah in ihre Augen, als ob sie nun ihm gehörte und er einen Anspruch auf sie hätte. »Ich sehe dich morgen um zehn am Bahnhof.« Er berührte ihren Arm. »Tom hat mich gefragt, ob ich kurz nach seinem Motorrad schauen kann. Falls es etwas später wird …«

Rosalind fand ihr Lächeln wieder und gab ihm einen flüchtigen Kuss auf die Wange. »Ich halte einen Platz für dich frei.« Ihr Arm war angespannt, und sie wartete darauf, dass er ging.

Er versuchte die Tür von außen zuzuwerfen, aber sie hielt immer noch die Klinke in der Hand.

Rosalind horchte seinen Schritten hinterher. Er sang leise vor sich hin – das einzige Lied, das er kannte.

Sie ist ein hübsches kleines Ding von nirgendwoher ...

Mit langsamen Schritten lief sie zurück ins Wohnzimmer. Ihr Vater sah sie aus seinem Sessel an.

Sie wischte eine graue Haarsträhne hinter sein Ohr und griff nach der Flasche. »Mehr?«

»Danke, ich habe genug.« Er leerte sein Glas und reichte es ihr.

Sie hielt das leere Glas vor ihre Brust.

Sein Gesicht hatte einen ernsten Ausdruck angenommen, als bedrückte ihn etwas. »Du hast dich wieder mit deiner Mutter gestritten?« Und als sie nicht antwortete, fuhr er fort: »Ros ... Ich weiß nicht ... Stimmt etwas nicht?« Seine Stimme klang plötzlich vertraulich, als sähe er Oliver Goodmore vor sich, wie er ihr das Glas aus den Fingern nahm. Ihre blassblaue Bluse aufknöpfte. Ihre spitzen jungen Brüste berührte ...

Er hob seinen verletzten Arm und streckte ihn nach Rosalind aus, sodass sie den Geruch von Chamberlain's Schmerzsalbe roch, die er zwei Stunden zuvor auf seinen Ellbogen geschmiert hatte.

Die Armschlinge roch auch schon danach.

»Ich kann es nicht beschreiben«, sagte sie, seiner Aufforderung widerstehend, ihn zu umarmen. »Es ist bloß ...« Sie schüttelte ihre Schultern, als würde irgendein Tier darauf herumkrabbeln.

Gegenüber von Rosalinds Fenster hörte das Pferd auf zu trinken. Der Wagen fuhr klappernd weiter entlang der Gleise in Richtung Picton Viehmarkt. Sie sah, wie die beiden Männer ihre Unterhaltung fortsetzten. Sie mussten in aller Frühe aufgestanden sein, um rechtzeitig zum Picknick in Silverton zu sein. Gül musste sein Eis verkaufen, bevor die Sonne zu heiß schien.

Rosalind war Gül acht Tage zuvor beim Weihnachtstanz im Festsaal begegnet. Er stand mit zwei anderen dunkelhäutigen jungen Männern im Eingangsbereich.

Lizzie starrte ihn mit trägen und zusammengekniffenen Augen an. Auf dem Gesicht ihres überdimensionierten Kopfes zeichnete sich die Energie eines noch unfertigen Satzes ab.

»Ros«, sagte sie freudig, »sieh nur.«

Rosalind erinnerte sich, wie Oliver seine lange Nase in Richtung der Männer gewandt und sie vernichtend angesehen hatte.

»Ka-me-li-en«, sagte er in einer Art Singsang, als stäche ihm bereits ein strenger Kamelgeruch in die Nase.

»Wie bitte?«, sagte Rosalind, empört über den Ausdruck.

»Aus Ghantown.«

Rosalind wusste, wo sie herkamen. Sie wollte Gül nach der Verletzung an seiner Hand fragen. Aber in dem Moment baute sich Roy Sleath protzig vor ihm auf und versperrte ihm den Weg.

Irgendetwas an Güls Ausdruck hielt Rosalind gefangen. Er trug europäische Kleidung und stand aufrecht und selbstbewusst da.

»Ich werd verrückt«, sagte Oliver und blähte seine Backen wie ein Trompeter auf. »Ist das nicht Lakovskys kleiner Türke?«

Aber sie reagierte keineswegs angewidert, wie Oliver es von ihr zu erwarten schien.

Ebenso wenig Lizzie.

Ihre jüngere Schwester kaute auf ihren Knöcheln und sah in Güls verletzte, dunkle Augen. Er weigerte sich, von der Stelle zu weichen.

»Alf wird sich drum kümmern, die rauszuwerfen«, beschloss Oliver und rief nach einem stämmigen jungen Mann mit einer Warze auf der Augenbraue.

»Soll ich ihn um einen Tanz bitten?«, fragte Lizzie und warf ihre Beine mehrmals plump in die Luft, gänzlich unbekümmert.

»Nein«, befahl Oliver streng, »du tanzt mit mir.«

Er hakte sich bei ihr unter und führte sie durch das Gedränge im Saal bis zur Bühne, wo gerade eine Blaskapelle zu spielen begann.

Rosalind ließ er einfach stehen.

Inzwischen drängte Alf Fiddaman, der sich gerne in Szene setzte und den Marschschritt der Deutschen nachäffte, die drei Afghanen mit Roy Sleaths Unterstützung zurück zum Ausgang. »Tut mir leid, Kanaken.«

Rosalind spürte Wut in sich aufsteigen. Gül schien sie anzusehen, bevor er die Hand hob – sie war immer noch mit ihrem Taschentuch umwickelt. Es war bloß eine unscheinbare Geste, an die Rosalind sich aber wie an eine Art Abschiedsgruß erinnerte.

Dann drehte er sich um und ging widerstandslos hinaus.

Tags darauf dachte sie an Gül, als ihr Vater einige afghanische Kinder verscheuchte, die erwartungsvoll in ihren besten Kleidern vor der Tür standen und darum baten, am Weihnachtsfest teilnehmen zu dürfen.

Ein Mädchen, das tapferer war als die anderen und eine hellere Haut hatte, sagte mutig: »Bitte, Mister.«

»Geht wohin ihr wollt, aber wenn ihr noch einmal vor dieser Tür hier erscheint, prügel ich euch windelweich.«

Der aufgebrachte Ton seiner Stimme machte Rosalind wütend, und sie beging den Fehler, ihrer Schwester gegenüber daraus kein Hehl zu machen. »Schließlich sind auch die europäischstämmigen Kinder des Ortes beim Ramadan-Fest willkommen.«

»Woher weißt du das?«, fragte Lizzie, die aus dem trägen Karussell ihrer Gedanken aufschreckte. Sie löste ihren Blick von der Zeichnung des Krokodils, das sie seit Ewigkeiten unter ihrem Bett wähnte, und sah zu Rosalind auf. »Ros, du hast dich doch nicht dort rumgetrieben, oder?«

Das hatte sie, aber sie verriet es Lizzie nicht. Ihre kleine Schwester war der letzte Mensch, dem sie es sagen würde.

Acht Monate zuvor hatte ein lauter Knall Rosalind zu der Siedlung geführt. Ein Schuss im Camp hatte sämtliche Hunde und Katzen in der Williams Street aufgescheucht, die kurz darauf alle mit einem Stück Innereien im Maul zurückgerannt kamen. Offenbar wussten sie, wenn ein krankes Kamel geschlachtet wurde.

Rosalind war unterwegs zum Haus der Brodribbs, um Mary einen Roman zu bringen, den sie aus der Bücherei ausgeliehen hatte, und befand sich in einer seltsam rastlosen Stimmung. Gerade hatte sie eine unangenehme Begegnung mit ihrer früheren Lehrerin gehabt.

Eine gelöste Verlobung, ein griechisch klingender Name. Miss Pollock war vor kurzem mit einem orangefarbenen Kleid und nicht viel mehr nach Broken Hill zurückgekehrt, nachdem es in Adelaide schiefgelaufen war. (»Er hat ihr das Blaue vom Himmel versprochen«, vertraute Mary ihr an, die alles glaubte, was sie bei Harveys aufschnappte, selbst wenn es von Mrs Rasp stammte, »und sie dann wie den letzten Dreck behandelt.«) Und obwohl Miss Pollock strahlend behauptete, zu Hause sei es am schönsten, war sie nicht wirklich wieder zu Hause angekommen.

Sie waren am Straßenrand stehen geblieben. Miss Pollock, die sich in der Öffentlichkeit nie von ihrer besten Seite zeigte, war zunächst freundlich gewesen, hatte aber schon bald sonderbar neugierige Fragen gestellt und wissen wollen, was Rosalind seit ihrer letzten Begegnung vor vier Jahren, kurz bevor sie die Schule verließ, gemacht habe.

»Mrs Stack hat mir eine Lehrstelle angeboten.«

Miss Pollock nickte. Eine Stelle im örtlichen Textilgeschäft war nichts, worüber man die Nase rümpfte, da alle an der Front waren oder entlassen wurden; fünfundsiebzig Prozent der Bevölkerung arbeiteten nur noch halbtags.

Aber ihr Lächeln wirkte verkniffen.

»Und irgendwann wirst du heiraten«, sagte sie, das Gesicht ungewöhnlich zerfurcht. »Und hier wohnen. Mit deinen Enkelkindern.«

Rosalind erinnerte sich an ihre Großmutter, die in ihrem moosgrünen Kleid durch die Stadt gezogen war und vor sich hin gemurmelt hatte.

Sie wollte sagen, »Wahrscheinlich haben Sie recht«, änderte es aber in »Ich möchte mehr als das.« Sie war selbst überrascht über die Worte, die aus ihrem Mund kamen, als hätte jemand anderes sie hineingelegt.

»Mehr als das?«

»Ja. Mehr.« Rosalinds Stimme klang eiskalt nach ihren höflichen Worten.

Miss Pollock sah Rosalind an. »Mehr gibt es nicht«, sagte sie nüchtern, und ihr Ausdruck wurde mitleidig. »Du musst erkennen, dass dies eine selbstsüchtige Stadt ist, Rosalind. Hier denkt jeder nur an sich.«

PENG.

Als der Schuss krachte, brach Miss Pollock die Unterhaltung ab und eilte davon.

Ganz gegen ihren Willen hatte Rosalind sich von der Stimmung ihrer Lehrerin anstecken lassen. Sie lief weiter die Williams Street entlang und war keine hundert Meter mehr vom Haus der Brodribbs entfernt, als sie einen kleinen grauen Hund sah, der zu klein war für das, was er erbeutet hatte, und nun im Schatten lag und einen großen glänzenden Klumpen ableckte. Wie von einem unsichtbaren Seil gezogen, ging sie in Richtung Ghantown, um sich diesen Ort, über den alle redeten, mit eigenen Augen anzusehen.

Wenn du nicht brav bist, kommen die Afghanen dich holen, scherzte ihr Vater immer.

Dadurch angestachelt und durch das Bild, das einer oder zwei von Olivers Freunden vermittelt hatten, vor allem aber wegen ihres unerfreulichen Gesprächs mit Miss Pollock lief Rosalind den Zaun entlang, bis sie zum Eingang des Camel Camps kam. Sie wusste nicht, was sie dort finden würde, noch, wonach sie suchte. Ihr Bruder hatte im Dunkeln nach etwas gesucht, das er nicht sehen konnte.

Und was hatte sie gesehen?

Rechteckige Wollballen, die aussahen wie Wombat-Kot.

Von der Schule heimkehrende Kinder, alle in einer Reihe, die Jungen mit Turbanen, leuchtend weißen Hosen und schwarzen Westen mit großen Knöpfen.

Ein Mann mit nackten Füßen, der auf einer Leiter stand und die Dattelpalmen bestäubte.

Aus dem Schatten der Bäume wehte ein strenger Kloakengeruch.

Auf einem Stück Plane hockte ein schwarzhaariger junger Mann im Schneidersitz und flickte einen gerissenen Sattel mit einer Packnadel. Er bewegte nicht den Kopf, als sie an ihm vorbeiging.

Weiter hinten lagen Kamele auf dem flachen Boden und schoben kauend ihre Unterlippen vor und zurück. Sie wirkten nervös und sahen irgendwie anders aus als die Kreaturen, die in friedlichen Reihen entlang der Straße nach Silverton zogen. Ein Junge hatte den Arm um den Hals eines Kamels gelegt, kraulte sein Ohr und redete sanft in einer fremden Sprache – war es Paschtu? – auf die Tiere ein.

Dieser Kontrast stimmte Rosalind fröhlich. Noch vor wenigen Augenblicken war sie die Williams Street entlang gelaufen und hatte ihrer ehemaligen Lehrerin gespreizt einen schönen Tag gewünscht, und jetzt hätte sie genauso gut am Ufer des Nils sein können. Es war ihr kaum möglich, alles aufzunehmen.

Gebückt unter dem Ast eines Rutenförmigen Eukalyptus, zersägte ein kahlköpfiger alter Mann mit hervorquellendem Bauch geräuschvoll einen Tierkadaver. Sein altväterlicher, in zwei Spitzen geteilter, dichter grauer Bart schien den Boden zu fegen.

Rosalind stand verunsichert da und sah dem kleinen, stämmigen Metzger zu, der das tote Kamel zerlegte und zwischendurch eine Meute heranspringender Hunde und Katzen verscheuchte, bis eine verschleierte Frau hinzukam und ihr bedeutete, ihr zu einer primitiven, mit einem Vorhang aus Sackleinen abgetrennten Holzhütte zu folgen, die keine Fenster hatte, aber an einer Seite offen war. Alte Kleidung und getrocknete Dingofelle hingen an verbogenen Drähten, die aussahen wie die Haken für das Zaumzeug ihres Vaters. Auf einem Tisch aus Packkisten standen ein Marmeladeneimer mit Bratfett und eine Talglampe mit einem Streifen Hosenstoff als Docht.

Die verschleierte Frau rieb einen Teller mit nassem Sand aus, nahm etwas aus einer an Drähten aufgehängten Schachtel und forderte sie auf, zu essen. Rosalind bedankte sich. Sie betrachtete den Teigfladen, auf dem die Abdrücke von Daumen zu erkennen waren, und nahm einen vorsichtigen Bissen. Er hatte einen scharfen, pfeffrigen Geschmack, ganz anders als die Johnny Cakes ihrer Mutter.

Auf dem Boden lag ein Teppich in leuchtenden Farben mit fremdartigen Mustern und Motiven. Als sie gebeten wurde, sich zu setzen, kniete Rosalind nieder und sah nach draußen zu den Kamelen. Sie nahm das leise Klimpern der Glöckchen wahr und wie sich die Muskeln an den geschwungenen Hälsen lockerten. Und auch die seltsame Art, mit der die Tiere sie betrachteten. Miss Pollock hatte ihnen erklärt, Kamele verfügten über eine Membran, die sich bei einem Wüstensturm wie ein schwarzer Film über das Auge lege, während das Lid weit geöffnet bleibe, und es so vor dem stechenden Sand schütze. Rosalind kaute auf ihrem nach Curry schmeckenden Chapati und blickte zu den Tieren.

Ohne Kamele, hatte Miss Pollock ihrer Klasse in der Gypsum Street erklärt, *wären die leeren Weiten niemals erschlossen worden.*

Eine Ziege erschien im Eingang der Hütte und starrte Rosalind an, während der Sand um ihre Hinterläufe zu brodeln begann und ein dunkler Fleck entstand. Unter dem Eukalyptus sägte der Mann mit dem langen Bart. Sie dachte an Sukey, die sich dort niederließ, wo die Nacht sie überraschte, und fragte sich, ob es genau jener Ast war, über den sie ihre Decke warf.

Ende Juni hatte Rosalind das Camp noch einmal besucht. Ein heiliger Mann aus Sinde bereiste die Moscheen im Busch. Es war die Zeit des Ramadan, und aus dem gesamten Umkreis waren Kamelreiter zusammengekommen, um sich von der Aura des reisenden Imam zu überzeugen, von dem alle Welt redete.

Sie war sehr gespannt auf das Aussehen des heiligen Mannes, von dem die Zeitungen schrieben, er habe gleich zwei Vorfahren in der Nachkommenschaft des Propheten.

Als sie sich dem Camp näherte, schlug ihr als Erstes der Lärm entgegen. Das Schreien und Blöken war lauter, als wenn die Blaskapelle der Stadt sich einspielte. Wieder wurde Rosalind freundlich empfangen. Man reichte ihr ein Glas Tee und bedeutete ihr, auf einer Bank Platz zu nehmen. Dort saß ein schmächtiger junger Mann, der sich verspätet hatte und seine Sandalen auszog, um sie zu anderen auf einen Haufen zu werfen. Außerdem sprangen zahlreiche Kinder umher, deren Gesichter sie kannte – die Prisks, Rutts, Spanglers, Deebles. Ihre Familien lebten in der Nachbarschaft.

Gestalten in weißen wehenden Gewändern eilten vorbei. Was Rosalind sah, spottete den Geschichten, die sie gehört hatte. Diese Menschen waren nicht schmutzig. Ganz im Gegenteil, sie war überrascht über die makellose Reinheit ihrer Kleidung. Ihre Mutter hätte sie nicht so strahlend sauber waschen können.

Rosalind wurde erklärt, dass sie nicht am Gebet teilnehmen dürfe, aber es gelang ihr, einiges aufzuschnappen. Es waren so viele Gläubige zur Moschee gekommen, dass man die Tür geöffnet hatte, damit die Menschen draußen etwas hören konnten. Über ihre Rücken hinweg spähte sie in einen ungefähr fünfundzwanzig Quadratmeter großen

Raum, der mit dichtem Teppich ausgelegt war und von zwei Lampen erhellt wurde. Nach ein paar flüchtigen Blicken entdeckte sie einen Ständer aus Treibholz, auf dem ein aufgeschlagenes Buch lag. Ein Büschel Emu-Federn an der Wand. Zwei Bilder – Mekka? Bethlehem? Und flach auf dem Teppich liegend eine runde Uhr mit Holzrahmen, die vom Bahnhof stammen konnte.

Vorne im Raum stand der heilige Mann und betete vor, zwischendurch immer wieder nach der Uhr sehend. Rosalinds einziger Maßstab für Heiligkeit war Pastor Cornelius Hayball, aber der Imam sah vollkommen anders aus. Er war vergleichsweise klein, hatte sandbraune Haut und einen weißen Bart und trug einen leuchtend weißen Turban auf dem Kopf. Er beugte sich vor und küsste den Koran, dann blätterte er von hinten nach vorne darin und las einzelne Abschnitte laut vor.

Gebannt starrte Rosalind auf die Reihen der Gläubigen, die auf Gebetsteppichen knieten, mit der Stirn den Boden berührten, sich wieder aufrichteten und gemeinsam ›La-ilaha-illa-Allah wa ashhadu anna Muhammadan abduhu wa rasuluh‹ sangen.

Ein kahlköpfiger Gehilfe mit einem zweigeteilten grauen Bart lief humpelnd ein oder zwei Schritte hinter dem Imam her. Rosalind erkannte in ihm die sägende Gestalt unter dem Eukalyptusbaum. Und dann fiel ihr wieder ein, wo sie den Mann zuvor schon einmal gesehen hatte: Er hatte geholfen, nach dem Sandsturm im Januar die Straßen freizuschaufeln.

Es war einer der heftigsten Stürme seit Menschengedenken gewesen, angekündigt durch wirbelnde dunkle Punkte hoch in der Luft – Zweige, Knochen und anderer Unrat, den jähe Windstöße hoch in die Atmosphäre geweht hatten, lange bevor die wütende graue Rauchwalze entlang des Horizonts von Osten nach Westen gerollt war. Sie und Lizzie waren ins Haus gerannt und hatten alle Schlüssellöcher, Fenster und Kamine zugestopft. Vier Tage lang waren rotbrauner Sand und Kiesel auf das Blechdach in der Rakow Street geprasselt und hatten die Sonne verdunkelt. Nachdem der Sturm seinen Weg in Richtung Mallee fortgesetzt hatte, war ihr Haus bis zu den Giebelbrettern im Sand versunken. Die Kameltreiber mussten ihr Schaufelgerät herbeischaffen, mit dem sie Wasserlöcher ausheben. Stundenlang hatten sie gearbeitet. Und dieser kahlköpfige Mann mit dem langen zweigeteilten Bart und dem humpelnden Gang war ihr Vorarbeiter gewesen.

Ansonsten sah Rosalind um sich lauter Männer von beeindruckender Statur und mit eleganten Bewegungen. Und sie sah auch eine weiße Frau mit fünf Kindern.

All das geschah im Juni. Beinahe fünf Monate später, in der zweiten Novemberwoche, begegnete sie Gül. Sie hatte ihre Nachmittagsschicht im Textilgeschäft beendet und war auf dem Weg nach Hause, als sie ein Läuten hörte.

Der weiß gestrichene Wagen, auf dem er saß und eine Kuhglocke schwang, zog zunächst mehr Aufmerksamkeit auf sich als Gül selbst. Er wurde von einem dürren rotbraunen Pferd gezogen, dessen Kopf in einem Futtersack steckte, und war an den Seiten offen wie das Himmelbett ihrer Großmutter, und Rosalind musste unwillkürlich an sie denken, wie sie in einem abgewetzten Kleid durch den Staub gestapft war, nachdem sie von einem windigen Straßenhändler unter dem Balkon des Denver City Hotels faule Minenaktien erworben und dadurch ihre gesamten Ersparnisse verloren hatte.

Rosalind wartete, bis die Dampf-Straßenbahn vorbeigefahren war, und trat dann näher. Die vier spiralförmig gewundenen Pfosten trugen eine dunkelgrüne Zeltplane zum Schutz der darunter stehenden Kühlbox.

Sie las den kursiv geschriebenen Text auf der Längsseite des Wagens.

Lakovskys köstliche ITALIENISCHE EISCREME. Vorzüglich für Kinder und Versehrte.

Sie wollte gerade die Straße überqueren, als er ihr in erstaunlich gutem Englisch zurief: »Warnen Sie Ihre Kinder vor Händlern mit minderwertigen Produkten!«

»Ich habe keine Kinder«, rief sie zurück und sah ihn an. Er trug Weste und Uhr.

War er einer der Männer, die vor der Moschee auf dem Boden gekniet hatten? Zumindest hatte sie einen Grund, ihn anzustarren. Er trug eine weite blaue Leinenhose, die an den Knöcheln zusammengebunden war, und unter der Weste ein Arbeitshemd, das viel zu groß war und über der Hose hing. An einem Stiefel fehlte der Schnürsenkel.

Sie spürte, wie ihr Gesicht rot anlief. »Sind Sie neu in Broken Hill?«, fragte sie aus Verlegenheit. Sie hatte den zweirädrigen Wagen noch nie gesehen.

Aber er wich ihr geschickt aus. »Prompte Bedienung und allgemeine Zufriedenheit, lautet mein Motto.«

Rosalind musste lächeln. Es waren die Worte seines Arbeitgebers.

»Heißt das, Mr Lakovskys Kühltruhe funktioniert wieder?«

Leo Lakovsky war ein russischer Jude aus Odessa, der als »Die Nummer 1 der Eiscremelieferanten von Broken Hill« für sich warb. Kürzlich hatte er eine teure Kühltruhe mit elektrischem Motor aus Amerika importiert. Aber eine Woche, nachdem er sie in seinem Geschäft in der Blende Street aufgestellt hatte, war der berühmte elektrische Motor ausgefallen. Verzweifelt hatte Lakovsky Oliver Goodmore um Hilfe gebeten. Das Gerät musste repariert werden, wenn der Russe vermeiden wollte, dass der übereifrige Gesundheitsinspektor der Stadt, Olivers Onkel Clarence Dowter, ihm die Lizenz entzog.

»Oh, funktioniert sehr gut.« Er legte die Kuhglocke ab und drehte sich um. Aus einer der Trommeln im Innern der Eisbox löffelte er eine Kugel Eis.

Er hielt es ihr zum Probieren hin.

»Buttermilcheis. Nur vier Prozent Fett. Einfach köstlich.«

Die Sonne schien. Sie sah, dass seine Hände sauber waren.

Aus lauter Schüchternheit wusste sie nicht, was sie tun sollte.

»Ich …«, sagte sie, von einer plötzlichen Windböe getroffen, die niemand sonst in der Argent Street zu spüren schien.

Sie kannte die Person, die die Kühltruhe repariert hatte. Das konnte sie ihm sagen. Oder dass Oliver im Gegenzug Lakovsky dazu drängte, seine Milch hauptsächlich von Rosalinds Vater zu beziehen, statt von diesem Gangster Beek, der nicht einmal Mitglied in der Genossenschaft der Milchbauern war.

»Probieren Sie nur.«

Die Eiscreme begann an seinen Fingern herunterzulaufen.

»Woher kommen Sie?«, fragte sie.

»Broken Hill.«

»Und davor?«

Er hob sein Kinn. »Afghanistan.«

Während sie ihren Mund öffnete, spürte Rosalind, wie

seine Augen auf ihr ruhten. Sie waren klar und rein. Wie seine Hand.

Dann stieß sie einen Schrei aus, den Oliver noch in der South Mine hören musste.

Nach Luft ringend, stolperte sie rückwärts. Der Grund ihres Zurückweichens waren zwei Wollfäden. Einen davon hatte sie verschluckt. Den anderen zog sie aus ihrem Mund – feucht, lang, scharlachrot – und hielt ihn zwischen den Fingern in die Luft.

Im Nu sprang er auf, so schnell wie ein liegendes Kamel auf die Beine kommt. Er sei neu im Geschäft, entschuldigte er sich. Er könne sich nicht erklären, wie die Wolle … wie sie in die Eiscreme geraten sei.

Er schnappte ihr den ärgerlichen Faden aus der Hand und drängte sie, eine andere Sorte zu probieren. Er flitzte zum Wagen und kehrte mit einer neuen Kugel zurück, dieses Mal von gelber Farbe und noch größer als die erste.

Sie presste die Lippen aufeinander.

Er stand neben ihr, den Löffel in der Hand.

Aus dem bloßen Spaß war nun eine ernste Sache geworden. Rosalind hatte nicht die geringste Lust, Mr Lakovskys köstliches Buttermilcheis zu probieren. Sie wusste genau, dass sie sich umdrehen und weggehen sollte. Aber sie hatte Mitleid mit diesem seltsamen Menschen, dem das Eis in der Hitze die Finger hinablief, verloren im Ausland und weit weg von seiner Familie.

»Na gut«, gab sie nach. »Aber Sie dürfen sich nicht beschweren, wenn ich genauer hinschaue.«

Sie prüfte die zweite Kugel genau, die dieses Mal frei von Fäden zu sein schien.

Vermutlich stammten sie von einer ausgeschüttelten Wolldecke. Vorsichtig streckte sie ihre Zunge aus.

»So schmeckt echte Eiscreme«, sagte er in dem von Mr Lakovsky übernommenen Englisch.

Es war eiskalt, wie ein frostiger Windstoß.

Neugierig fragte sie nach der Geschmacksrichtung.

»Ananas.« Sein Lächeln wurde breiter.

»Wie teuer?«

»Drei Pence.«

Sie atmete tief ein. Die Luft roch nach heißem Leinenstoff.

»Okay, ich nehme eins.«

Rosalind fischte in ihrer Geldbörse, während er eine Waffel füllte. »Ich habe bloß ein Sixpence-Stück.« Sie gab ihm die Münze und nahm in der gleichen Bewegung das Eis entgegen.

Er sah geknickt aus – er hatte kein Wechselgeld. Mrs Rasp hatte ihm mit ihrem Sovereign seine letzten Pennys abgenommen.

Plötzlich war alles bloß ärgerlich. »Behalten Sie das Sixpence-Stück«, sagte sie. Er könne ihr das Wechselgeld später geben. Sie arbeite bei Stack & Tyndall's. »Ich bin morgen dort.« Und übermorgen auch, sagte sie zu sich selbst.

Es war einfacher, als die Waffel zurückzugeben.

»Aber nach wem soll ich fragen?«, sagte er.

Sie sah ihn mit ihren haselnussbraunen Augen an. »Rosalind Filwell.«

»Rosalind Filwell, ich komme morgen zu Ihnen.« Es lag nichts Beiläufiges in seinem Versprechen oder der Art, wie er ihren Namen aussprach.

»Ich bin Gül Mehmet.«

Am folgenden Nachmittag probierte Mrs Rasp im Textilgeschäft einen Strohhut auf, den Mrs Stack im Preis heruntergesetzt hatte. Breitbeinig betrachtete sie sich in dem mannshohen Spiegel. Ihr plattes weißes Gesicht sah aus wie ein Briefumschlag, in dem allerdings nichts steckte außer einem Dankschreiben der League of the Helping Hand. Sie sollte aufhören zu versuchen, andere davon zu überzeugen, dass sie kein Walross sei, dachte Rosalind.

Mit einer flotten Kopfbewegung, als wäre sie wieder eine junge Frau, sagte Mrs Rasp zu Rosalinds Spiegelbild: »Kannst du dir vorstellen, die nächsten zwölf Jahre hinter dieser Ladentheke zu stehen? Leute wie mich im Spiegel zu betrachten? Hast du keine anderen Pläne?«

»Ich weiß nicht.«

Mrs Rasp sah prüfend auf Rosalinds Brüste, die sie stets ärgerten, und schlagartig purzelten ihre sämtlichen Jahre zurück. »Es gibt gute Geschäfte in Adelaide. Du könntest es jederzeit versuchen«, sagte sie mit tonloser Stimme. Sie wandte sich um und legte den Hut auf die Theke. »Ich nehme ihn.«

Mrs Rasp hatte Stack & Tyndall's schon verlassen, als Gül Mehmet erschien. Er stand im Eingang. Sein Blick irrte im Laden umher – an der Decke hängende Tischdecken; Hüte auf hölzernen Ständern, die aussahen wie ein Modell des Planetensystems; Petticoats, Strümpfe und Büstenhalter – und senkte sich dann zu Boden.

Nach einem Moment der Unentschlossenheit trat er mit großen Schritten vor, legte ein Dreipence-Stück auf die Theke und zog seine Hand sofort wieder zurück.

Mrs Stack saß außer Sichtweite nebenan in der Hutabteilung und unterhielt sich lautstark mit Ern Pilkinghorne über die Schlagzeilen des Tages im *Barrier Miner*. Das Osmanische Reich kam darin vor. Und irgendetwas über einen Heiligen Krieg.

»Natürlich stecken die Hunnen dahinter!«, rief Ern, der

mit den Victorian Mounted Rifles in Ost-Transvaal im Einsatz gewesen war.

Gül wandte den Kopf zur Seite, aber die Nachrichten aus Europa wurden von den Hüten und einem großen Schild gedämpft, auf dem zu lesen war: »Wenn Sie nicht zu unseren Kunden zählen, gibt es zwei Verlierer.«

Er wandte sich Rosalind zu und fragte, ob sie wisse, wie es stehe. Hatten die alliierten Armeen die Türkei erreicht?

Sie gestand, dass sie die Geschehnisse nicht verfolgt habe. Sie hielt es mit Mrs Brodribb, die erst am Vorabend zu ihr gesagt hatte: »Die Nachrichten sind so deprimierend, da höre ich lieber Musik.«

Gül redete eine Weile über den Krieg. Vier seiner Freunde hatten sich zu den Expeditionary Forces gemeldet. Sie waren letzte Woche mit dem Zug abgereist. Er erwähnte die Tapferkeit der Gurkhas im Kampf in Europa. Das Kriegsgeschehen schien ihn sehr zu interessieren.

Aber er verhielt sich im Vergleich zum Nachmittag des Vortags anders. Er schien über irgendetwas erregt. Mit durchdringenden braunen Habichtsaugen sah er Rosalind an. »Warum gehen so viele in den Krieg?«, fragte er, nicht länger Mr Lakovsky nachplappernd.

Sie zeigte nach draußen. »Sie wollen gehen. Sie wollen fort von hier. Es gibt hier nicht viel zu tun.«

Auf der Straße schimpfte eine Frau mit einem kleinen Jungen.

Er war der Bewegung ihrer Hand nicht gefolgt. »*Wir* sind hier«, sagte er mit einem Lachen.

In ihren Augen blitzte es spöttisch auf. »Ja, wir sind hier. Aber meinen Sie nicht, das sagt mehr über uns aus?«

Er sah sie missbilligend an. »Sie glauben, wir sind Feinde?«

»Feinde?« Und weiter, um nicht ausweichend zu erscheinen: »Wie meinen Sie das, Feinde?« Sie hielt den Handrücken vor den Mund, um ein Husten zu unterdrücken.

»Was haben Sie ihm gesagt?« Er schleuderte ihr die Frage entgegen.

»Wem?«

Sein Blick verfinsterte sich. »Mister Dowtah. Sie haben mit ihm gesprochen!«

»Mr Dowter?« Sie sah zu ihm auf, und ihr Oberkörper hob und senkte sich.

»Er sagt, Eiscreme ist schmutzig. Er sagt, ich muss Strafe zahlen.« Alles sprudelte nun mit heiserer Stimme aus ihm heraus. »Er sagt … warum haben Sie es ihm erzählt?«

Angelockt von den Stimmen, erschien Mrs Stack. »Rosalind, ist alles in Ordnung?« Manchmal wollten Leute bei Stack & Tyndall's mehr als bloß einen Hut.

»Ja, ja.«

Als sie sich umdrehte, war er verschwunden.

Tatsächlich hatte Rosalind gegenüber Clarence Dowter nichts von dem Vorfall erwähnt. Die einzige Person, der sie davon erzählt hatte – und das eher amüsiert –, war ihre beste Freundin Mary Brodribb. Das war im Tea Room der Rotkreuzgesellschaft in der Argent Street gewesen.

Nach der Arbeit ging sie, ohne recht zu wissen, warum, zu Mary nach Hause. Hatte sie mit jemandem darüber gesprochen? Bestürzt erfuhr sie, dass Mary die Geschichte erst heute Vormittag weitererzählt hatte – und zwar niemand anderem als Oliver.

Mary hatte sie ihm in Harveys Juweliergeschäft unterbreitet, während er einen passenden Ring aussuchte.

So war das also, sagte sich Rosalind mit einem verkniffenen Lächeln, wenn man in einem Ort lebte, der sich nicht einfach nur irgendwo am Rand befand, sondern mitten im Nirgendwo. Ein Loch in der Erde, ein großer Haufen Erde daneben, und keine Nachbarn im Umkreis mehrerer Hundert Meilen, und die wenigen Nachbarn, die man glücklicherweise hatte, plötzlich alle in Ägypten. Betrat dann jemand das Juweliergeschäft – ein Mensch, der einen aus lustigen Augen ansah und einem das Gefühl gab, selbst witzig und intelligent zu sein –, suchte man nach einem Grund, ihn ein bisschen länger festzuhalten, bis man über seine Schulter hinweg eine läutende Messingglocke und einen vorbeipolternden weißen Pferdewagen erblickte. Und dann beugte man sich vor, die Hände an die Wangen gelegt, und erzählte von einer Kugel Buttermilcheis, in der etwas Widerliches versteckt war, und wiederholte sogar Rosalinds eigene Worte: »Es sah aus wie ein roter Wurm!«

Es war klar, dass Oliver sich verpflichtet gefühlt hatte, die Sache seinem Onkel zu melden.

Und noch etwas erfuhr Rosalind von Mary. »Der Verlobungsring war für dich, Rosalind!«

Rosalind wünschte, sie hätte mit einem überzeugenderen Lächeln antworten können. Nachdem Mary ihr in einem Tonfall, der ihren Neid nicht verbergen konnte, verraten hatte, sie wisse, wo – und wann – Ollie den goldgefassten Opal über Rosalinds Finger streifen wolle, sah Rosalind nicht Oliver am Umberumberka Creek vor ihr niederknien, sondern Güls Augen, die wie zwei schwarze Schnäbel über sie herfielen.

Für den Rest des Tages konnte sie ihren Kummer darüber, Gül Leid zugefügt zu haben, nur weil sie Mary gegenüber beim Tee eine unbedarfte Bemerkung gemacht hatte, nicht abschütteln. Clarence Dowter, dieser elende Prinzipienreiter.

Jedenfalls war der vor ihr liegende Weg nicht so eindeutig und aufregend, wie Mary ihn sich vorstellte. Sie musste eine Entscheidung treffen. Und vorher musste sie sich entschuldigen.

Er tauchte an der Ecke der Sulphide Street auf, die Kuhglocke aus Messing läutend. Schon von weitem sah sie den grünen Baldachin über der Eisbox und den Wagen in der Form eines Himmelbetts. Sie sah ihre Eltern darin, auf der Straße im grellen Licht.

Aber als Rosalind ihm zuwinkte, als hoffte sie, mit dieser Geste ihren Fehler wiedergutzumachen, warf er ihr einen verletzten Blick zu und trieb sein Pferd an, wobei er so hart gegen den Wagen trat, dass er seinen linken Stiefel verlor.

Er musste herabspringen und ihn vom Boden aufheben.

In den zwei darauffolgenden Tagen, während derer Rosalind sich ihrer widerstreitenden Gefühle bewusst wurde, sah sie Gül nicht wieder. Ein Teil von ihr hoffte, er habe ihr Interesse für ihn nicht bemerkt. Dann wieder ertappte sie sich dabei, wie sie in den Straßen und entlang der Ladenfronten nach einem fahlen rotbraunen Pferd Ausschau hielt und nach dem Klang seiner Glocke lauschte. Jetzt, da sie ihn verletzt hatte, bekam der Afghane etwas Anziehendes.

Es war ein Fehler gemacht worden. Von ihr. Aber es ärgerte Rosalind, dass Oliver kein Wort zu ihr gesagt hatte. War es nicht ihre Geschichte? Es hatte ihm nicht im Geringsten zugestanden, sie hinter ihrem Rücken seinem Onkel zu erzählen. Als deshalb der Gesundheitsinspektor eines Morgens vor ihre Ladentheke trat und Rosalind um die Bestätigung einer Gül Mehmet betreffenden Anschuldigung bat, reagierte sie mit einem bleichen Lächeln.

Die Antwort plumpste aus ihrem Mund wie geronnene Milch. »Nein, es muss sich um ein Missverständnis handeln.«

Clarence Dowter hatte sie angestarrt. »Bist du dir ganz sicher?« Alles an ihm war verkniffen und misstrauisch. Wenn ihr Vater lachte, lachte sein ganzer Körper mit, während Olivers Onkel in den seltenen Momenten, in denen er seine Freude nicht verbergen konnte, bloß mit den Lippen zuckte. Jetzt waren sie regungslos.

»Vollkommen sicher«, sagte Rosalind unbekümmert. »Das Eis war köstlich. Ananasgeschmack.«

»Ananas?«

»Ananas. Ganz genau.«

Der Gesundheitsinspektor setzte seinen Homburg wieder auf und ging ohne ein Wort des Dankes.

Der Tea Room der Rotkreuzgesellschaft befand sich im Keller. Rosalind drehte sich um, um nachzusehen, ob es Mary war, die die eiserne Treppe hinunterkam, aber es war Mrs Kneeshaw, die sie freundlich begrüßte und in der Küche verschwand. In diesem Augenblick bemerkte sie die Frau in der Ecke. Sie war um die dreißig, hatte lange blonde Haare und ein Muttermal auf dem Nasenflügel, wie der Edelstein bei einer Inderin. Sie saß etwa drei Meter von ihr entfernt im Schatten der Wendeltreppe und rührte in ihrem Tee.

Als sich ihre Blicke durch das gusseiserne Treppengeländer begegneten, lächelte die Frau seltsam, nahm Tasse und Untertasse vom Tisch und kam zu ihr herüber. Sie trug ein langes, pflaumenblaues bedrucktes Kleid und Sandalen.

»Kenne ich Sie nicht?«

Ihr Blick kam ihr vertraut vor.

Jetzt überlegten beide, wo sie sich möglicherweise begegnet waren. Im Textilgeschäft? Im Lebensmittelladen? In der Methodistenkirche?

Die Frau setzte ihre Tasse ab und hielt ihren Arm horizontal vor ihr Gesicht, sodass er das irritierende Muttermal verdeckte. Darüber hinweg sahen zwei grüne Augen Rosalind an wie über den Rand eines Schleiers. »Erinnern Sie sich jetzt?«, fragte sie und streckte die Hand aus.

Sie wirkte dünner als die blau verhüllte Frau inmitten ihrer fünf kleinen Kinder, kantiger.

»Sally Khan«, sagte sie und fragte, ob sie sich zu ihr setzen dürfe.

Rosalind stellte sich vor. Sie habe den Platz für eine Freundin frei gehalten. »Aber sie ist noch nicht da«, fügte sie überflüssigerweise hinzu.

Sally war neugierig zu erfahren, was Rosalind ins Camel Camp geführt hatte.

»Ich wollte herausfinden, ob die Afghanen mich entführen würden«, sagte Rosalind scherzend.

»Und? Haben sie das?«

Rosalind hörte sich lachen. »Ich habe mehr Angst vor den Australiern, um ehrlich zu sein.«

Sally warf ihr einen überraschten Blick zu. »Aber Sie sind Australierin?«

»Ich denke schon.« Wenn man mit vier aus Irland stammenden Großeltern Australierin sein konnte.

»Wie alt sind Sie?«

»Zweiundzwanzig. Fast zweiundzwanzig.«

»Ich weiß noch, wie das war«, sagte Sally, als ob das etwas erklären würde.

Sie war zweiundzwanzig gewesen, als sie ihren ersten Ehemann in Port Pirie kennenlernte. Alastair. Ihr breiter Mund presste sich fest zusammen, als sie seinen Namen erwähnte. »Er gehörte zu der schwierigen Sorte Männer. Er interessierte sich mehr für sein Pferd als für mich. Für Badsha bin ich das Wichtigste im Leben. Alastair hatte nie etwas anderes als Spott für mich übrig. Vermutlich war es mein Fehler. Ich habe ein paar dumme Sachen gemacht. Dennoch.«

Sie setzte klirrend ihre Tasse ab. Sie habe die Nase voll von australischen Männern. Diese Schwächlinge. Dagegen spreche einiges für eine alte Kultur. Badsha werde nie wütend, wenn sie allein in die Stadt ging.

Rosalind bewunderte ihre positive Einstellung. Sally schien ein glückliches Leben zu führen, auch wenn sie die Ingwerwaffeln vermisste – und die von Mrs Kneeshaw waren die besten! –, weshalb Sally gerne im Tea Room vorbeischaute, wenn ihre Kinder in der Schule waren. Selbstverständlich nur hin und wieder.

Dann entschuldigte sie sich nachdrücklich, dass sie so viel redete. Im Camp gebe es nicht viele australische Frauen, und Badsha sei nicht sehr gesprächig. Sie kam hierher, um sich über bestimmte Dinge in ihrem Kopf klar zu werden. Sie dankte Rosalind, dass sie eine so geduldige Zuhörerin war. Sie konnte es ganz und gar nicht leiden, wenn man ihr den Mund verbot. »Ich bin nicht so alt geworden, um mich ständig von jemandem anbrüllen zu lassen. Oder um für jeden Penny betteln zu müssen. Badsha gibt mir die Hälfte seiner Einkünfte. Wie gesagt, für Badsha bin ich die Nummer eins. Essen Sie die nicht?«

»Greifen Sie zu.«

Sally nahm mit dankbarem Lächeln einen Keks. »Den einen noch, dann muss ich weiter.«

Schließlich tauchte Mary auf. Sie entschuldigte sich für ihr Zuspätkommen. Zufällig war sie Oliver auf dem Weg zur South Mine begegnet. Sie hätten eine Weile über den Opalring geredet, für den er eine Anzahlung geleistet hatte, und wann er bei Harveys vorbeischauen wollte, um den Rest zu bezahlen.

Rosalind machte sich auf, Stack & Tyndall's nach einem anstrengenden Freitagnachmittag zu verlassen, als sie Güls Glocke hörte.

Sie ging die Oxide Street hinunter, blieb dann stehen und schaute auf eine imaginäre Uhr. Von ihrem eigenen Wagemut überrascht, drehte sie sich um und stiefelte mit schweren Schritten über das Pflaster, auf dem sie als kleines Mädchen einmal gestolpert war und sich das Knie aufgeschürft hatte.

Ein dumpfer Schlag erschütterte den Boden. Vor den Geschäften angebundene Pferde rissen ihre Köpfe zurück, sodass sich die Zügel spannten. Rosalind war diese gedämpften unterirdischen Explosionen gewohnt, obwohl sie seit August seltener geworden waren. Neu war dagegen der Nachhall in ihrer Brust.

Sie sah den weißen Wagen die Argent Street entlang rumpeln und lief mit einem Gesichtsausdruck auf ihn zu, an dem Gül sofort erkannte, dass er ihm galt.

In seinem leicht gebrochenen Blick spiegelte sich das, was Menschen wie sie ihm angetan hatten, sagte sie sich. Er ließ die Zügel locker, aber sie griff nach dem Geschirr und hielt das Pferd fest. Sie wusste, wie man ein Fuhrwerk zum Stehen brachte.

Das Pferd schnaubte wie eine sich aufrollende Fahne. Der Geruch von Tierschweiß hing in der Luft.

Sie sah zu ihm hoch. »Ich habe etwas für Sie«, sagte sie und griff in ihre Tasche.

Neugierig sah er auf das Geschenk, das geschlängelt wie eine junge Tigerotter auf seiner Handfläche lag, bevor er es vorsichtig auseinanderzupfte: Es war ein Schnürsenkel aus einem von Williams Stiefeln.

Rosalind wartete, bis Gül ihn eingefädelt hatte, bevor sie ihn befragte. Auch wenn er nicht in der Stimmung war, zu reden, brachte sie zuletzt aus ihm heraus, was Olivers beflissener Onkel gesagt hatte, als er Lakovskys Kühlhaus in der Blende Street aufgesucht hatte.

Das war Güls Geschichte.

Dowter hatte Gül in dem kleinen vorderen Raum bei der Arbeit unterbrochen, als er gerade Fässer befeuchtete, und hatte ihn gefragt, was er da mache, und Gül hatte gesagt: »Fässer befeuchten.« Da hatte Dowter gesagt: »Du wirst Schwierigkeiten bekommen.« Und Gül hatte gesagt: »Warum soll ich Schwierigkeiten bekommen? Mr Lakovsky stellt das Eis im Raum dort drüben her, der genau den Vorschriften entspricht, wie Sie wissen.« Daraufhin war Dowter in den Kühlraum gegangen, aber diesmal nicht, um nachzusehen, ob der Motor lief oder die Temperatur minus dreißig Grad betrug oder ob bei keinem der Kanister der Deckel fehlte oder ob Lakovsky, wie von ihm angeordnet, einen Betonboden eingezogen hatte. Der Gesundheitsinspektor schien nach etwas anderem zu suchen.

Was auch immer Dowter zu finden hoffte, es befand sich nicht in den Kanistern, deren Inhalt er mit übertriebener Gründlichkeit auf dem Boden ausschüttete und die wachsende schmutzige Lache inspizierte.

Dowter wollte schon wieder gehen, als er ein aufgerolltes Objekt an der Wand lehnen sah. Er ging hin und entrollte es mit einem Tritt. Dann beugte er sich hinab und zog, mit einem verräterischen Ausdruck der Genugtuung und scheinbar ohne jede Anstrengung, einen rötlichen Wollfaden daraus hervor.

Während sie Gül ansah, erinnerte Rosalind sich an die Decke, auf der sie bei ihrem Besuch im Camel Camp gesessen hatte, an die seltsamen Muster und Motive, die Rauten und Zickzacklinien, die in Braun, Karminrot und Indigo hineingewebt waren. In ungewöhnlich klaren Bildern sah sie Gül im Kühlraum unbeobachtet seinen Teppich ausrollen und sein Nachmittagsgebet sprechen. Anschließend mussten einige lose Fäden an seiner Kleidung beim Füllen eines Kanisters hineingefallen sein.

Genau wie ich es vermutet habe, dachte sie im Stillen.

»Und er hat sich nicht wieder bei Ihnen gemeldet?«

Gül schüttelte den Kopf, aber damit konnte er das Bild des sehr wütenden Meester Dowtah, der ihm eine gesalzene Strafe androhte, nicht aus seinem Kopf vertreiben.

Rosalind fügte sämtliche Fakten zusammen, was nicht weiter schwer war. Es gab nur einen Grund, warum Clarence Dowter keine weiteren Schritte unternommen hatte. Er besaß keine Probe der verunreinigten Eiscreme, wie es das Lebensmittelgesetz verlangte. Rosalind hatte das einzige Beweismittel verschluckt. Sie spürte ein Kitzeln von dem wollenen Phantom in ihrer Kehle.

»Er war wütend, weil ihm aufging, dass er kein Bußgeld verhängen konnte.«

Rosalind war so in ihre Gedanken vertieft, dass sie es kaum bemerkte, als Gül sagte, er müsse weiter. Er habe die aufgeregte Gestalt von Mrs Lakovsky gesehen, der Frau seines Bosses, die einen riesigen Kinderwagen über die Straße schob. Rosalind sah, wie er gegen den Wagen trat, und war froh, dass der Stiefel dieses Mal am Fuß blieb.

Der Zwischenfall brachte sie einander näher. Jedes Mal, wenn sie Güls Pferd und seinen Wagen sah, spürte Rosalind eine innere Anziehung und zugleich eine Woge der Erleichterung.

Wie oft sie sich in den folgenden fünf Wochen begegneten? Niemand hätte dies mit Gewissheit sagen können. Aber es war nicht schwer, sich in Broken Hill zufällig über den Weg zu laufen.

Schwerer wurde es allerdings, sich loszureißen. Rosalinds Furcht, im Gespräch mit einem »Kümmeltürken« gesehen zu werden, vermischte sich mit einem unbekannten Gefühl, als breche etwas in ihr auf, und gleichzeitig war sie von Aufregung und dem Gedanken an ungeahnte Möglichkeiten erfüllt. Gül mochte eine dunkle Haut haben, aber sein Herz unterschied sich nicht sehr von ihrem, und in Rosalinds Augen war es ein gutes Herz.

Sie hätte nicht schlüssig über ihre Beziehung reden können, wenn man es denn so nennen konnte. Es war etwas Privates, Geheimnisvolles, und sie spürte, wie es sich ausbreitete. Sie begann das Geld, das sie für ihr Brautkleid angespart hatte, für Eiscreme auszugeben.

Wenn die Leute Rosalind mit Gül erblickten, sahen sie eine junge Frau an der Spitze einer Schlange Kinder, die sich ihre triefenden Nasen wischten und sie anraunzten, schneller zu machen. Manchmal hatte sie Lizzie dabei, die mit Gül von Anfang an all die süßen Sachen verband, die sie so sehr mochte. In den vergangenen drei Jahren hatte Rosalind bei den Mahlzeiten praktisch automatisch die Rolle der Aufpasserin übernommen, um zu verhindern, dass Lizzie an ihrem Essen erstickte. Aber Eis, das einem wie von selbst die Kehle hinabflutschte, war sicher.

Lizzie wurde zu ihrem Alibi.

Bis Weihnachten hatte Rosalind sämtliche von Lakovskys Eissorten probiert, ganz zu schweigen von den Limonaden, Milchshakes und Sirupgetränken, für die Lizzie schwärmte.

Einmal hatte sie bemerkt, wie Roy Sleath zu ihr herübersah, die Nase in die Höhe gereckt wie der Vater den Schlagstock, und sie hatte zu Gül gesagt: »Ich muss gehen.«

Ansonsten schien nur Mary Brodribb etwas zu ahnen.

»Wie geht es deinem neuen Freund?«

»Wovon redest du?«

»Ich habe dich mit ihm vor Harveys gesehen.«

»Oh, du meinst Gül Mehmet ...« Und dann erzählte sie, Lakovsky, sein Boss, habe ganz dringend Milch gebraucht.

»Und du verheimlichst mir auch nichts, Ros?« Mary glaubte ihr nicht.

»Ganz bestimmt nicht!«

Mary sah Rosalind an. Sie hörte bei Harveys alle möglichen Dinge. »Du weißt doch, wie es heißt. Es macht einen krank, wenn man nicht sagt, was man fühlt.« Zuletzt komme die Wahrheit doch immer ans Licht. Eine Frau daran hindern zu wollen, ihr Herz auszuschütten, sei genauso unsinnig, als wolle man einen Grubenschacht mit einem Taschentuch abdecken.

Aber es war gefährlich, Mary davon zu erzählen, was sie beschäftigte. Mary war eifersüchtig auf ihre Beziehung mit Oliver Goodmore, und Rosalind hatte den starken Verdacht, Mary wäre nur allzu bereit, ihre Freundin gegen deren Verlobten einzutauschen, ohne sich dessen überhaupt richtig bewusst zu sein.

Abgesehen von Mary sprach niemand darüber, dass Rosalind Filwell plötzlich eine ungewöhnliche Vorliebe für Süßes entdeckt hatte oder dass sie und Gül mehr miteinander redeten, als für den Kauf eines Eises nötig war. An der

Kreuzung von Wolfram Street und Kaolin Street. Vor dem Freiberg Arms Hotel, während er sein Pferd tränkte. Wenn er mit einem Eiskübel in der Hand aus Lakovskys Kühlhaus kam. Oder wenn er unterwegs zur Sattlerei der Gebrüder Gilbert war.

Ende November beschloss Lakovsky, seine Milch von Rosalinds Vater zu beziehen, was es ihnen erleichterte, sich zu treffen, ohne Aufsehen zu erregen. Selbst das größte Klatschmaul in Broken Hill dachte sich nichts weiter dabei, wenn er Albert Filwells Tochter mit einem Blecheimer in jeder Hand auf dem Weg zur Eiscremefabrik in der Blende Street sah. Und wenn der weiße Wagen mit Lakovskys Namen manchmal auf der Straße anhielt, um Rosalind mit ihrer Milch mitzunehmen, war auch das nichts Besonderes.

Nachdem er seine anfängliche Scheu überwunden hatte, fragte Gül sie nach ihrem Glauben, wo sie schon überall gewesen sei und nach ihrer aschgrauen Mutter, die sich mit Waschen und Näharbeiten ein Zubrot verdiente. Und nach Lizzie, deren Situation er zu verstehen schien. Für Rosalinds Freundinnen war Lizzie ein seltsames Mädchen mit einer gewaltigen Stirn, die sie sich zwanghaft rieb, und die Selbstgespräche führte, als fürchtete sie sich unablässig vor etwas in ihrem Inneren. In Güls Heimatdorf in der Nähe des Khaiberpasses hatte es eine Tante gegeben, die viele Steine im Kopf hatte, wie er sagte.

Rosalind brannte vor Neugierde. Gül schien in der Welt herumgekommen zu sein. Eines Nachmittags zog er aus seiner Westentasche eine verknitterte Postkarte der Hagia Sophia und beschrieb leidenschaftlich ihre leuchtenden Farben, die die Schwarz-Weiß-Fotografie nicht wiedergeben konnte. Er legte seine Hand auf ihre, als sie die Postkarte zurückgeben wollte. »Nein, behalten Sie sie.« Ihre Hände blieben einen Moment so, die eine über der anderen.

Am folgenden Nachmittag riss er sich böse den Handrücken an einem Splitter auf, als er die Eiscremetruhe zur Seite rückte, um Platz für einen ihrer Milcheimer zu schaffen. Sie zog ihr Taschentuch hervor und verband damit seine Hand. Sie spürte einen leichten Schauer, als sie es um die Wunde wickelte und bestätigt fand, was sie die ganze Zeit vermutet hatte. Sein Blut hatte die gleiche zinnoberrote Farbe wie die blutroten Flecken in ihrer Unterwäsche, die sie nie rechtzeitig vorhersehen konnte.

Sie beneidete ihn um das, was er gesehen hatte. Seine Reise nach Istanbul, die Segelboote und Minarette und Kacheln, blauer als der Himmel. War es das, wovon Miss Pollock hinter ihren sonnenverblichenen Vorhängen auf der Oxide Street träumte und was sie so verhungert aussehen ließ? Broken Hill ließ keine Vergleiche zu. Rosalind konnte über Milch, Kuchen und Bergbau reden. Gül stand für das Leben jenseits der Halde. Er war der Beweis dafür, dass die Rakow Street nicht die einzige Straße der Welt war.

Was er alles wusste! Er setzte ihr Bilder in den Kopf. Erstickt von der Enge ihres Lebens, sehnte sie sich nach dem, was ihr entging. Alles, was sie hatte, waren dieses flache Land und der weite Himmel, schwarze und braune Nattern und der dunkelbraune Schlackenhaufen mit seinen blauen und grünen Einsprengseln auf dem Gestein, die von den abgebauten Erzen stammten. Und natürlich Oliver Goodmore.

Jedes Mal, wenn die Erde bebte und die Pferde wieherten, wurde sie an Oliver erinnert. Aber sie hielt ihn aus ihren Gesprächen heraus.

Rosalind erfuhr von Gül die Dinge, von denen er glaubte, sie einem einundzwanzigjährigen Mädchen anvertrauen zu können, das ihn als Einzige freundlich behandelt hatte. Mit der Zeit würden auch andere sich mit fieberhaftem Eifer um die Rekonstruktion von Güls Geschichte bemühen, für die sie zuvor nur Verachtung empfunden hatten.

Schon im Januar hatte Rosalind ihren Vater gefragt, »Was, glaubst du, wo *sie* herkommen?«, und hatte dabei über die Straße in Richtung der Gruppe von Kameltreibern genickt, die lärmend das Haus der Filwells freischaufelten. Statt darauf zu antworten, hatte ihr Vater voller Stolz von Rosalinds Großmutter erzählt, einer Doughty, die von einem Cottage in Farranavara im County Cork nach Australien gekommen war und das Himmelbett aus Rosenholz mitgebracht hatte, in dem er und ihre Mutter jetzt schliefen und in dem alle drei Filwell-Kinder gezeugt und geboren worden waren. Doch zeigte er nie einen Funken Interesse für irgendeinen Menschen aus Ghantown, dessen Herkunft oder Namen. Türken, Hindus, Afghanen, Inder – das war alles ein Volk. Er sah zu dem schmerbäuchigen Vorarbeiter, der – wie sie später erfuhr – Molla Abdullah hieß, und sagte bloß: »Er sieht aus, als komme er aus einem guten Stall.«

Alles, was sie von Gül wusste, hätte sie auf seine Postkarte schreiben können. In ihrer festen, winzigen Handschrift, die Miss Pollock ihr beigebracht hatte.

Gül war ein Afridi aus dem Tirah-Tal, der vor siebzehn Jahren in Australien gelandet war, im dunklen Bauch eines von einem Afghanen gecharterten Schiffes, der ihm drei Pfund monatlich für Kamelhüten versprochen hatte. Güls Plan war es, Geld nach Hause zu schicken und nach drei Jahren in seine Heimat zurückzukehren. Aber es gab nicht genügend Arbeit für Kameltreiber, und Gül war plötzlich mittellos. Da ihm das Geld für die Heimreise fehlte, hatte er als Gleisarbeiter Schotter gestreut, für kurze Zeit bei einer Firma für Tiefenbohrungen gearbeitet und Schwellen für die Verlängerung der Bahnlinie nach Wilcannia gesägt, bevor es ihn nach Broken Hill verschlug, wo er einen irischen Bergmann dazu überredete, ihm beizubringen, wie man mit Hammer und Drill umgeht, und sich einen Job als Lastwagenfahrer unter Tage für sieben Shilling und acht Pence am Tag besorgte. Er erzählte ihr, er habe genügend Geld gespart gehabt, um in die Türkei zu reisen und dort eine Zeit lang zu bleiben, aber bei seiner Rückkehr nach Broken Hill habe er erfahren, dass die Bergleute ihre Jobs verloren hatten, weil sämtliche Verträge mit den Hauptabnehmern des in Broken Hill geförderten Bleis und Zinks, den deutschen Schmelzhütten, aufgekündigt worden waren. Also wurde er wieder Kameltreiber, brachte Post und Lebensmittel zu den Schaffarmen und kehrte mit Wollballen zurück. Aber der Krieg verschonte auch das Kamelgewerbe nicht, und Anfang November hatte er schließlich einen Eiswagen von einem Italiener gekauft. Seine erste Begegnung mit Rosalind in der Argent Street fand statt, nachdem Leo Lakovsky ihn angestellt hatte, um mit seinem Wagen durch Broken Hill zu fahren und Eis zu verkaufen. Er gestand ihr, dass er sein Englisch nicht von Lakovsky hatte, sondern von einer Gruppe Sandelholzfäller aus Tarrawingee. Außerdem sagte er, er hätte nach wie vor die Absicht, in seine Heimat zurückzukehren und sich dort niederzulassen.

Rosalind konnte nicht behaupten, sie *kenne* Gül. Es gelang ihr nie, sein Geheimnis zu durchdringen oder ihn zu verstehen; sie waren wie zwei unterschiedlich gefärbte Fäden, die einander überkreuzten. Er gehörte in die gleiche Kategorie wie Miss Pollock, die ihre Neugierde entfacht hatte. Aber er war wie die Kakadus, die in den Gummibäumen entlang des Flusses kreischten; seine Gegenwart machte den Ort weniger einsam.

Auch bei Gül setzte der Aufruhr in seinem Innern aus, wenn er sie sah, und für einen Moment schwanden der Schrecken darüber, was man ihm angetan hatte, genauso wie die Furcht und das ständige Gefühl der Einsamkeit, die ihn unter den Ungläubigen beschlichen.

Wer überredete wen? Für einige in der Stadt war es Gül; andere glaubten, es sei Molla Abdullah gewesen. Wahrscheinlich entwickelten sie den Plan gemeinsam, kurz nachdem man Gül aus dem Festsaal hinausgeworfen hatte. Großer Anstiftung bedurfte es da sicher nicht. Gül hatte bis dahin jede Menge Spott erdulden müssen. Und Molla Abdullah war ohnehin ganz außer sich, nachdem Clarence Dowter zum zweiten Mal ein Bußgeld gegen ihn verhängt hatte.

Je nachdem, wem man zuhörte, kannten sich die beiden kaum, oder aber sie kannten sich schon seit Jahren. Unstrittig war, dass Molla Abdullah nach einem Brand in seiner Unterkunft in der Williams Street vorübergehend in einer Wellblechhütte direkt neben dem sackleinenen Biwak lebte, in dem Gül nach der Rückkehr von seinen jüngsten Reisen Unterschlupf gefunden hatte.

Gül war freundlich und offen und überlegter in seinem Handeln. Sein Nachbar war ein alter Kameltreiber, der ein Bein nachzog. Vor einigen Jahren war Molla Abdullah zwischen einen tobenden Kamelbullen in der *Musth* und seine Kuh geraten, und der Bulle hatte ein Stück Fleisch aus seinem rechten Bein gerissen. Seither lief Molla Abdullah gekrümmt, wie jemand, der unter Magenschmerzen leidet oder fürchtet, jeden Moment von einem Stein am Kopf getroffen zu werden.

In einer Kleinstadt bewerfen die Kinder Leute mit Steinen, weil das für sie zu den unterhaltsamen Dingen des Lebens gehört. Seine Hautfarbe, die seltsame Kleidung und die nicht angelsächsische Herkunft machten Molla Abdullah – ein zurückhaltender, einfacher, kindlicher Mensch – zu einem unwiderstehlichen Ziel. Die Jungen lachten, wenn er vorbeigehumpelt kam, und jagten ihn die Straße hinab. Er wehrte sich nie, aber mehr als einmal beklagte er sich bei Sergeant Sleath, der jedes Mal versprach, ein ernstes Wort mit den Bengeln zu reden.

Molla Abdullah hatte andere Gründe, verbittert zu sein. Neben seiner Tätigkeit als Imam im Camel Camp, der das Freitaggebet leitete und wegen eines fehlenden festen Geistlichen Beerdigungen abhielt, war er auch der Metzger der Gemeinde, der die Tiere in der für Muslime vorgeschriebenen Weise tötete. Die Tatsache, dass er in der gewerkschaftlich am stärksten organisierten Stadt im Land nicht Mitglied der Metzger-Innung war, hatte ihm die Gegnerschaft derjenigen eingebracht, die keine Ausrede brauchten, um einen Paschtunen von der Nordwestgrenze Indiens als feindlichen Ausländer zu behandeln.

Seit seiner Ankunft in Broken Hill vor achtzehn Jahren hatte Molla Abdullah Tiere im North Camel Camp geschlachtet und zerlegt, außer Sichtweite der Stadt. Es hatte dagegen keinerlei Beanstandungen durch den Gemeinderat gegeben, bis vor einem Jahr Olivers Onkel Gesundheitsinspektor wurde.

Vielleicht rührte Clarence Dowters Übereifer daher, dass er keine offizielle Qualifikation besaß. Zweimal hatte er versucht, die dazu notwendige Prüfung abzulegen, und beide

Male war er durchgefallen. »Warum sollte die Gemeinde für Mr Dowter eine Ausnahme machen?«, war die feste Meinung von Ratsmitglied Turbill. Aber nachdem Turbill abgesetzt worden war und seine Schlüssel übergeben hatte, wandte sich Bürgermeister Brody an Dowter, den er aus der Zeit kannte, als Dowter die Arbeiterkolonne beim Bau der Wasserleitung von Silverton nach Broken Hill beaufsichtigt hatte.

1913 wurde Dowter zum Gesundheitsinspektor ernannt. Er mochte zwar kein Zeugnis besitzen, brachte aber genügend Durchsetzungskraft mit. Und er war Gewerkschaftler. Er gehörte nicht »zu jenen Herren mit silbernen Schläfen, die dem Gesundheitswesen keinen großen Dienst erweisen«.

Dowter machte sich an die Arbeit, und er schonte niemanden. Als er den Zustand der Fußböden in den Rathaustoiletten sah, ließ er Münzschlösser anbringen und warf den Ratsmitgliedern vor, ihr Reinlichkeitsempfinden mache ihnen »alles andere als Ehre«.

Fest entschlossen, sich im Kampf gegen Scharlach, Diphterie, Lungenentzündung und Typhus zu beweisen, entwickelte Dowter sich zum Tyrannen gegen alle Art von Schmutz. Unter Verweis auf die Bestimmungen des Lebensmittelreinheitsgesetzes verhängte er ein Bußgeld gegen einen Ladenbesitzer, weil er Butter verkauft hatte, die sich nach Dowters Auffassung »nicht einmal als Stiefelfett eignete«. Er verfolgte einen jungen Mann mit einem verdächtigen Milchgespann – »je lauter er ihm hinterherrief, desto panischer trieb der Fahrer sein Pferd an«, berichtete der *Barrier Miner* –, bis der Wagen gegen einen Stein fuhr und umkippte, woraufhin Dowter acht Proben nahm und ging. Er erstattete Anzeige gegen eine Frau, die eine verlauste

Trage verkauft hatte, und gegen eine andere, weil sie ihren Putzeimer auf der Straße geleert hatte.

Und er verfolgte jeden, den er verdächtigte, gegen die Markt-, Schlachthof- und Viehmarktgesetze von Broken Hill zu verstoßen.

In seinem ersten Amtsjahr ließ der ehemalige Leitungsleger ohne Zeugnis zwei Metzger gerichtlich vorladen, weil sie ihr Fleisch auf offenen Wagen transportiert hatten. Einen der Männer hatte er in der Slag Street angehalten. Er hatte buchstäblich auf dem Fleisch gesessen, die Fliegen wie Möwen hinter sich herziehend. Seine Arbeitshose war bis zu den Knöcheln mit Blut getränkt, und eine Schafskeule drohte jeden Moment herunterzufallen. Er verklagte einen dritten Metzger, weil dieser sein Hackfleisch in einem Raum lagerte, dessen Boden von einer »beträchtlichen Schleimschicht« überzogen war, und zwei Schweinestallbesitzer, weil sie ihre Stallungen nicht sauber hielten. Am schärfsten aber überwachte er Molla Abdullah, den Metzger von Ghantown.

Dowter hatte bereits eine Verwarnung gegen die Anwohner von Ghantown ausgesprochen, nachdem er entdeckt hatte, dass sie auf dem städtischen Friedhof, in dem kleinen, für Muslime reservierten Teil, unbefugt ein Grab ausgehoben hatten. Mit strengen Worten erinnerte er sie daran, dass nur die städtischen Totengräber dies durften, auch wenn es den Afghanen erlaubt war, den Leichnam herzurichten und in den Sarg zu legen, solange sie den Deckel nicht festschraubten.

Dowter nahm Anstoß daran, dass die Afghanen und Inder des Ortes nur das Fleisch von Tieren aßen, die von ihren eigenen Leuten geschlachtet wurden. Kurz nach seiner Ernennung hatte er einen Brief von den Bewohnern von Ghantown erhalten, in dem sie »im Namen religiöser Freiheit« um eine Genehmigung für Molla Abdullah baten, Tiere in ihrem Lager töten zu dürfen, statt im Schlachthof, wo Schafe und Rinder zusammen mit Schweinen geschlachtet wurden (»die nach den Gesetzen unserer Religion unreine Tiere sind«). Der für den Schlachthof zuständige Ausschuss hatte die Bitte auf Dowters Geheiß abgelehnt. »Es gibt hier fünfzig verschiedene Konfessionen, deren Angehörige dann ebenfalls Privilegien beanspruchen.«

Für Molla Abdullah würde es keine Ausnahme geben.

Im April erhob Dowter erstmals Anzeige gegen ihn, weil er ein Schaf im North Camel Camp statt im städtischen Schlachthof geschlachtet hatte. Vor Gericht las der Metzger von Ghantown stockend von einem Blatt Papier ab: »Ich nicht schuldig, nicht gewusst, gegen Gesetz zu verstoßen, Entschuldigung vielmals, ich nicht wieder tun.«

Vor die Wahl gestellt, ein Bußgeld von einem Pfund zu bezahlen oder sieben Tage ins Gefängnis zu gehen, entschied Molla Abdullah sich für das Bußgeld. Dowter hatte nicht auf die Verhängung der Höchststrafe von zwanzig Pfund gedrängt.

Vierzehn Tage nachdem er bei Stack & Tyndall's aufgekreuzt war und Rosalind nach der Reinheit von Gül Mehmets Eiscreme befragt hatte, besuchte der Gesundheitsinspektor erneut Ghantown und entdeckte vier über einem Zaun hängende Schaffelle.

Er sah sich nach Molla Abdullah um und erblickte ihn über ein Feuer gebeugt. Aus einer schwarzen Pfanne, in der irgendetwas brutzelte, stieg Rauch auf.

Beim Anblick des Gesundheitsinspektors lächelte Molla Abdullah gequält und entblößte dabei zwei braune Zähne. Dann erhob er sich langsam.

Er stand mit gesenktem Blick da und wartete.

Mit emotionsloser Stimme erläuterte Dowter die Vorschrift, nach der jedes im Schlachthof getötete Tier einen wasserbeständigen roten Stempel tragen müsse.

»Auf diesem Schlachtfleisch sehe ich keinen Stempel.«

Molla Abdullah sah zu ihm auf. »Nicht verstehe. Nicht verstehe.«

»Das hast du schon beim letzten Mal gesagt. Aber nicht zu verstehen schützt vor Strafe nicht.«

Molla Abdullah wiederholte seinen Satz.

Der Wortschatz des Mannes erschien dem Gesundheitsinspektor unerträglich dürftig. Er schob seinen rechten Stiefel vor und begann mit der Spitze einen Kreis auf dem Boden zu ziehen.

In der Hütte nebenan öffnete eine Frau die Tür und sah hinaus. Dann drehte sie sich um und flüsterte mit jemandem.

Ringsum erschienen neugierige Gesichter in den Fenstern und lauschten. Molla Abdullah erhob klagend seine Stimme. Der Gesundheitsinspektor schwieg. Sein Stiefel fuhr weiter im Kreis über den Boden, als wäre er dabei, die Welt zu erschaffen.

In dieser angespannten Situation kam Gül aus seiner Hütte und lief zu ihnen hinüber.

Dowter erkannte Gül sofort von der Eiscremefabrik in der Blende Street. Als Gül sich als Dolmetscher anbot, sah Dowter ihn bloß misstrauisch und abweisend an. Er hatte den Gebetsteppich neben den Eisfässern nicht vergessen. »Glaube nur nicht, ich hätte nicht auch ein Auge auf dich. Aber wo du schon einmal da bist, kannst du deinen Kumpel fragen, ob er die Schafe hier auf dem Gelände geschlachtet hat.«

Gül wandte sich an Molla Abdullah, und die beiden Männer redeten aufgebracht miteinander. Ja, er habe die Schafe vor Ort getötet. Aber der Schlachthof wurde bestreikt.

Dowter sah Gül gleichgültig an. Die Tatsache, dass der Schlachthof nicht in Betrieb war, bedeutete nicht, dass man ihn nicht nutzen konnte. Ein Schlachter war dadurch keineswegs von den geltenden Vorschriften befreit. Noch berechtigte es dazu, heimlich und unter der Hand zu schlachten. »Er hat gegen geltende Gesetze verstoßen. Also wird er eine Strafe zahlen müssen.«

Molla Abdullah packte Güls Arm und wollte, dass er Dowter seine Position erklärte. Er schwor beim Barte des Propheten und den Gebeinen seiner sieben Vorfahren, dass er sein Fleisch nur an die eigenen Leute und niemals an eine öffentliche Kundschaft verkaufe.

»Ist das so?«, sagte Dowter nachdenklich. Er kratzte weiter mit seiner Stiefelspitze am Boden, als hoffte er, auf irgendetwas zu stoßen. »Vielleicht fragst du deinen Kumpel einmal, ob er Mitglied der Australasischen Vereinigten Metzgergenossenschaft ist?«

Diese Mal wurde gegen Molla Abdullah ein Bußgeld von 3 Pfund zuzüglich der sechs Shilling Gerichtskosten verhängt. Der Polizeirichter gab ihm eine Zahlungsfrist bis Ende Dezember, anderenfalls drohe ihm eine einmonatige Gefängnisstrafe.

Eine Wüste schloss sich um den alten Mann. Er hörte, wie sein Name in verunglimpfendem Tonfall durch den Gerichtssaal gerufen wurde, in einer Sprache, die er weder sprechen noch schreiben konnte, und er fragte sich, wie sein Leben nur so tief im Schmutz hatte versinken können.

Nachdem er eilig das Gerichtsgebäude verlassen hatte, kämpfte Molla Abdullah sich die Straße entlang. Ein harter Gegenstand traf ihn an der Schulter, und er wirbelte mit wütendem Blick herum. Er nahm den Stein von der Straße und schleuderte ihn gegen die johlende Horde Jungen und Mädchen, woraufhin ein Mädchen mit wunden Stellen im Gesicht aufschrie.

Er stolperte vorwärts. Seine Schläfen schmerzten. Zurück in Ghantown, verfiel er zwei Wochen lang in einen apathischen Zustand, aus dem allein Gül Mehmet ihn befreien konnte.

Spät am Weihnachtsabend kehrte Gül ins Camel Camp zurück und betrat aufgebracht Molla Abdullahs Hütte. Er zog eine Handvoll *pituri* hervor, das sie auf dem Boden sitzend durch eine langstielige Bambuspfeife rauchten, während sie ihre missliche Lage diskutierten.

Gül war kampfeslustig, nachdem man ihn aus dem Festsaal geworfen hatte. Er hatte Haltung bewahrt, bis er das Gebäude verlassen hatte, aber während des Heimwegs mit seinen beiden Begleitern verfolgte ihn das Bild von Rosalind Filwell, deren Blick durch ihn hindurch und in weite Ferne gegangen war.

Dennoch – sie hatte nichts unternommen, um Oliver Goodmore und seinem höhnenden Mob Einhalt zu gebieten.

In einer raschen Folge von Bildern erinnerte er sich an Goodmores Gesicht und wie Alf Fiddaman und Roy Sleath ihn zum Ausgang gedrängt und ihn »Lakovskys kleinen Türken« genannt hatten. Diese weißen Männer und ihre Familien waren bei den Festen im Camel Camp Ehrengäste gewesen. Warum sollte Gül und seinen Freunden der Zutritt zu einer Tanzveranstaltung in Broken Hill verwehrt bleiben? War es nicht genauso Güls Stadt wie die von Oliver Goodmore? Besaßen Gül Mehmet und Molla Abdullah nicht auch britische Pässe?

So leckten sie ihre Wunden. Je später es wurde, desto stärker empfanden sie das erlittene Unrecht und ihre eigene Hilflosigkeit, etwas dagegen zu unternehmen.

Molla Abdullah war nach seinem Auftritt vor Gericht vor zwei Wochen immer noch zutiefst deprimiert. Er konnte die 3 Pfund Strafe bis Ende Dezember nicht bezahlen. Sein unversichertes kleines Haus in der Williams Street war bei einem Feuer, ausgelöst durch siedendes Fett in der Pfanne, völlig niedergebrannt. Er hatte alles verloren. Und in weniger als einer Woche drohte ihm der Verlust der Freiheit, weil Dowter auf der Einhaltung von Vorschriften beharrte, die seinen religiösen Grundsätzen widersprachen und für ihn keinen Sinn ergaben.

»Wir hätten beide schon vor langer Zeit nach Hause zurückkehren sollen.« Gül seufzte bedächtig.

Molla Abdullah zupfte an seinem Bart und schüttelte zornig den Kopf. Selbst wenn er das Geld für die Überfahrt gehabt hätte – in Indien lebte niemand mehr von seiner Familie. Er hatte keinen Grund mehr zu leben, und dank Dowter durfte er nicht einmal sein eigenes Grab schaufeln!

Seit seiner Ankunft in Australien vor fast zwei Jahrzehnten hatte Molla Abdullah Erniedrigung und Schande ertragen, sie immer wieder hinuntergeschluckt, und jetzt, während er mit Gül in seiner verräucherten Hütte saß, kamen sie zum Ausbruch und mündeten in Empörung.

Der türkische Sultan hatte recht. Europäer wie Clarence Dowter waren eine Beleidigung des Islam – und Oliver Goodmore und seine Freunde waren nicht besser. Sie durchtrennten die Lebensadern. Sie waren unreine Schweine.

Weder Gül noch Molla Abdullah mussten daran erinnert werden, dass sich die Türkei im Krieg mit Australien befand und dass der Sultan erst vor fünf Wochen zum Heiligen Krieg gegen die Entente-Mächte aufgerufen hatte, »die Todfeinde des Islam«, und alle Muslime, ob jung oder alt, zu Fuß oder zu Pferde, zu seiner Unterstützung verpflichtet waren. Wäre der Krieg früher ausgebrochen, als er noch in Istanbul war, gestand Gül sich ein und streckte seine langen Beine aus, dann wäre er der türkischen Armee beigetreten und hätte gekämpft.

Vermutlich machte Gül an dieser Stelle seinen verwegenen Vorschlag: Sie sollten dem Ruf des Sultans folgen, zu den Waffen greifen und den Heldentod sterben, indem sie seine Feinde Tausende Meilen von der Heimat entfernt attackierten. Sie waren als Türken gebrandmarkt, was konnten sie schon verlieren, wenn sie sich wie Türken verhielten? Wäre es nicht besser, ihr Dasein als Verfolgte in Broken Hill aufzugeben und mit der Gewissheit auf Glückseligkeit im kommenden Leben zu sterben, indem sie so viele Australier wie möglich töteten? Die Australier verübten schreckliche Dinge an den Rechtgläubigen, nicht nur in Broken Hill, sondern auch in Ägypten und zweifellos bald auch in der Türkei. Warum sie nicht angreifen, hier in Broken Hill, in der Wüste?

Molla Abdullahs Augen blitzten wie züngelnde Flammen, die plötzlich über einer heißen Pfanne tanzten, während er in der Hütte hin und her lief. Auf die gleiche Weise war sein Haus in der Williams Street niedergebrannt.

Aber am Morgen waren die Hitze und das Flackern immer noch da.

Nachdem die Entscheidung getroffen war, fühlte Gül sich heiter, wie schwerelos. In der Gemeinde, deren Zerstörung er jetzt als seine Pflicht ansah, hatte nur Rosalind ihn anständig behandelt, und vielleicht noch ihre Schwester. Aber er dachte nicht länger an sie. Er war in eine zweite Existenz hinübergewechselt, die ihn mit stiller Verzückung erfüllte und parallel zu der verlief, in der er am nächsten Morgen aufwachte und seiner Arbeit nachging.

Gül und Molla Abdullah rauchten kein Haschisch mehr, aber sie redeten viel im Verlauf der nächsten sechs Tage. Sie diskutierten, wie ihr Kreuzzug aussehen sollte. Sie erkundeten den Verlauf der Eisenbahnlinie. Auf dem Rückweg kollidierten Molla Abdullahs Kamele mit Albert Filwells Milchwagen. Und sie legten eine Zeit und ein Datum fest: der Morgen, an dem Molla Abdullah verhaftet werden sollte.

Nachdem Ort und Zeitpunkt feststanden, machten sie sich unverzüglich an die Arbeit. Der Metzger übernahm das Schneidern der türkischen Uniformen, in denen zu kämpfen sie geschworen hatten. Der Eiscremeverkäufer sollte, weil er Englisch sprach, Waffen und Munition organisieren.

Dem Verkäufer im Geschäft in der Slag Street erzählte Gül, er brauche die Büchsen für die Kaninchenjagd. Zu Frank Pincombe, in dessen Laden er für zwei Shilling achtzig Snider-Bleispitzpatronen kaufte, sagte er nichts, aber Pincombe war mehr als zufrieden, das alte Zeug loszuwerden. Im Geschäft gegenüber erstand Gül zwei besonders robuste Patronengurte, jeweils gut einen Meter lang und zwei Zentimeter breit, sowie zwei Paar Überhosen, die er am Silvesterabend abholte.

Zur gleichen Zeit an diesem Abend, als Rosalind in der Küche ihrer Mutter in der Rakow Street Sandwiches mit Hammelfleisch und Salat zubereitete, saßen die beiden Männer in Güls Hütte und färbten ein Baumwolltischtuch mit Schafblut. Auf das blutrote Tuch stickte Gül eine gelbe Mondsichel und einen Stern, damit es aussah wie die Flagge des Osmanischen Reiches. Anschließend falteten sie sie zusammen und legten sie in die Eisbox mit den Patronengurten, einem belgischen Marinerevolver, einem neuen Schlachtermesser und den beiden Büchsen: eine Snider-Enfield für Molla Abdullah, die Gül für 5 Pfund erstanden hatte, und ein Martini-Henry Hinterlader mit langem Stahllauf für ihn.

Während die Sonne flackernd hinter den Blättern der Dattelpalmen aufging, schrieben beide ein Bekennerschreiben, das sie unter ihren Kummerbund schoben.

In seinem Schreiben, das er in einer Mischung aus Urdu und Dari verfasste, erklärte Molla Abdullah, dass er für niemanden außer Clarence Dowter Feindschaft empfinde. *An einem Tag beschuldigte der Inspektor mich. An einem anderen bettelte und flehte ich ihn an, aber er hörte mir nicht zu. Ich saß da und brütete voller Zorn. In dem Augenblick kam Gül Mehmet zu mir, und wir erzählten einander unser Leid. Ich frohlockte und schloss mich seinen Plänen bereitwillig an und bat Gott um einen schmerzlosen Tod für meinen Glauben. Ich habe seit dem Tag, an dem einige Jugendliche mich mit Steinen beworfen haben, keinen Turban mehr getragen, und das ist mir nicht leichtgefallen. Heute trage ich einen Turban.*

Molla Abdullahs Groll gegen den Inspektor war so stark, dass er Dowter als Ersten töten wollte.

Gül schrieb:

Ich muss eure Leute töten und auf Geheiß des Sultans mein Leben für meinen Glauben opfern, weil eure Leute sein Land bekämpfen.

Er überlegte hinzuzufügen, dass er niemanden über sein Vorhaben informiert habe, um Rosalind Filwell nicht in die Sache hineinzuziehen.

An diesem Abend gingen die beiden Männer drei Mal durch den Eingang in die Moschee, lasen unter Anleitung von Molla Abdullah aus dem Koran und sprachen ihre Gebete. Der Gedanke an seinen Tod ängstigte Gül nicht, wenn er an den bevorstehenden Ruhm und die Reichtümer dachte, die den im Kampf Gefallenen zuteilwurden.

Die Köpfe nach Norden gewandt, schliefen sie einige Stunden und standen dann in aller Frühe auf, um sich auf rituelle Weise zu rasieren und zu reinigen. Sie wuschen sich gründlich am ganzen Körper mit Wasser aus einem Feldgeschirr und massierten Hände, Unterarme und Füße mit parfümierten Ölen und Moschus. Nachdem er seinen Bart abgeschnitten und sein Kinn rasiert hatte, zog Molla Abdullah ein kragenloses Hemd mit Seidenbesatz an. Er trug Ringe an Fingern und Zehen, Kajal um die Augen und hatte auf seinem kahlen Schädel eine kleine blaue Kappe, die mit Spiegelscherben verziert und einer Borte bestickt war, in der Art, wie die Wüstenstämme um Kandahar sie tragen. Zuletzt zogen sie ihre roten Jacken und die Überhosen an und setzten ihre weißen Seidenturbane auf.

Kurz vor fünf Uhr früh kletterte Allahs zweiköpfige Armee auf Güls Eiswagen und fuhr, gezogen von seinem rotbraunen Pferd, aus Ghantown die Rakow Street hinunter und weiter entlang der Eisenbahnlinie in Richtung Silverton, um Australien den Krieg zu erklären.

3

»Platz nehmen zur Vergnügungsfahrt!«

»Nicht drängeln!«

Über Rosalind hängt der Rauch der Lokomotive waagerecht und bewegungslos in der Luft wie einer von Olivers Pfeifenputzern.

Als eine der Letzten erscheint Miss Pollock, die auf dem Bahnsteig für einiges Aufsehen sorgt mit ihrem knielangen orangefarbenen Kleid, hohen weißen Schnürstiefeln, dazu scharlachroten und smaragdgrünen Bändern, die sie wie eine Tangotänzerin um die Waden gebunden hat.

Eine Dreitonpfeife ertönt. Jim Nankivell, der Lokomotivführer, beugt sich aus dem Führerhaus und winkt. Um Punkt zehn rollt nach mehreren ruckartigen Stößen der längste und bestbesetzte Picknickzug, der Broken Hill jemals verlassen hat, aus dem Bahnhof.

Unter Hüten und Sonnenschirmen nehmen Hunderte Passagiere fröhlich plaudernd und winkend in den vierzig gereinigten Erzwagen Platz. Körbe, Decken und Schaukeln, die später an Ästen aufgehängt werden sollen, liegen unter den Bänken verstaut.

Rosalind sieht sich in dem offenen Erzwagen um, in dem einst Zink und Blei für deutsche Kugeln transportiert wurden und in dem jetzt Mrs Rasp sitzt, die sich die Lippen mit einem rhabarberroten Lippenstift schminkt.

Mrs Rasp hat sich inzwischen von Mrs Kneeshaw abgewandt und erzählt, während sie die Farbe aufträgt, dem Gesundheitsinspektor von ihrem Freund, dem Ratsherrn Turbill, der sich vor zwei Wochen in Adelaide erschossen hat – »obwohl er ein sorgenfreies Leben hatte«. Sie leckt sich die Lippen. Diese Ausflüge machen sie immer ganz gesprächig. Sie empfindet es als tröstlich, über das Versagen ihrer Freunde nachzusinnen und sich in übertriebenem Mitleid zu ergehen. »Man fand ihn leblos mit einem Loch in der Schläfe und einer rostigen Pistole in der rechten Hand.«

Oliver bekommt von alledem nichts mit. Er hat bereits sein Jackett ausgezogen und sich zu Roy und Alf gesetzt. Sie haben die Köpfe zusammengesteckt und diskutieren über Rugby. Mindestens die Hälfte der Spieler der ersten Liga haben sich zum Kriegsdienst gemeldet, sagt Oliver ernst, und die Regionalliga wird für die nächste Saison neu zusammengestellt werden müssen. Er nimmt einen Schluck aus Roys Wasserbeutel.

In der Umgebung von Rosalind, die Olivers Platz mit ihrem Picknickkorb verteidigt, damit Mrs Rasp sich nicht weiter ausbreitet, wird über die Wettläufe in Silverton gesprochen.

Mrs Kneeshaw spricht Rosalind von der Seite an. »Bei Oliver bin ich mir sicher« – sein Name klingt hässlich aus ihrem Mund; sie verdächtigt Oliver Goodmore, zu jenen Extremisten zu gehören, die ausrückende Rekruten wie Mrs Rasps Sohn Reginald mit Steinen und Beschimpfungen verabschieden –, »aber wirst auch du an den heutigen Wettläufen teilnehmen?«

Noch etwas, das Rosalind bisher nicht entschieden hat. Sie schiebt ihren Korb einige Zentimeter weiter nach rechts. Man hat den Erzwagen mit dem Schlauch ausgespritzt, aber er riecht dennoch metallisch.

Sie hat das Gefühl, außer Atem zu sein, was nicht allein an der überhitzten Luft liegen kann.

»Vielleicht laufe ich bei den unverheirateten Frauen mit.« Und anschließend, während ihre Mutter und Lizzie einen Garten in Penrose Park besuchen, wird Oliver sie ein Stück flussaufwärts führen.

Mrs Kneeshaw zeigt Verständnis. »Im letzten Jahr hatte meine Tochter wegen der extremen Hitze Probleme, bis zum Ziel durchzuhalten, und heute könnte es noch heißer werden.«

»Oder«, fährt Rosalind fort, während ihre Brüste unter

ihrer Bluse zwicken, »ich nehme beim Nagelwettbewerb der Frauen teil.«

Mrs Lakovsky macht gurrende Vogellaute für ihr jüngstes Baby, das nach saurer Milch riecht, während sie gleichzeitig den dreijährigen Ivan unter der Bank hervorzuziehen versucht. Kleine schwarze Fliegen tanzen in der Luft. Und Mrs Rasp betrauert weiter ihren toten Ratsherrn. Sie sieht sehr weiß aus in ihrem weiten Kleid und dem neuen Strohhut, mit dem sie die Sonne verdecken könnte.

»Angeblich war die Pistole defekt und könnte versehentlich losgegangen sein, als er in die Mündung schaute und mit einem Nagel nach der scharfen Patrone stocherte.«

»Was ihm durchaus zuzutrauen wäre«, bemerkt Mr Dowter, ohne seine Bosheit zu verbergen. Turbill war als Einziger im Gemeinderat entschieden dagegen gewesen, Dowter ohne Qualifikation einzustellen.

Mrs Kneeshaw sieht Rosalind noch immer an und denkt: Sie hat eine gute Figur und dichtes schwarzes Haar, aber ein eher ausdrucksloses Gesicht. »Bist du zufrieden mit deinem Job bei Stack & Tyndall's?«, fragt sie.

»Oh, ja, Mrs Kneeshaw, ich denke schon.«

»Die Rotkreuzgesellschaft sucht eine Krankenschwester«, sagt sie lächelnd. Sie hat weiße, unterschiedlich lange Zähne. »Miss Pollock ist überzeugt, dass du eine erstklassige Schwester abgeben würdest, Rosalind. Und ich denke, sie hat recht.«

»Ich … eine Krankenschwester?« Rosalind fehlen die Worte, als hätte man sie aufgefordert, Cornelius Hayballs Sonntagspredigt zusammenzufassen. Sie hat nichts erlebt, und deshalb weiß sie auch nichts. Oliver hat seine Maschinen und seinen Werkzeugkasten. Wie kann sie hoffen, irgendwen wiederherzustellen?

Sie sieht auf ihre Handflächen herab. »Ich weiß nicht, ob ich dafür geeignet wäre.«

»Nun, wenn du deine Meinung änderst«, sagt Mrs Kneeshaw und beugt sich vor. Sie möchte ihre Hand ausstrecken. Sie hat Rosalind mit Lizzie beobachtet. Und auch mit Oliver. »Du weißt, Rosalind, du kannst jederzeit zu mir kommen, wenn du über etwas reden möchtest.«

Plötzlich möchte Rosalind unbedingt über etwas reden, aber Oliver zwängt sich direkt neben sie.

Die Abraumhalde liegt hinter ihnen im grellen Sonnenlicht, ihres Schattens und ihrer beklemmenden Stärke beraubt. Stattdessen ragt Oliver drohend über ihr auf.

Aus Gewohnheit beginnt er seine Pfeife zu stopfen. Aber es ist zu heiß zum Rauchen. Selbst Clarence Dowters Zigarette verschwindet mit einem schnappenden Geräusch in dem silbernen Etui.

Oliver lehnt sich zurück, Mrs Kneeshaw ebenso.

Über dem niedrigen Rand des Waggons erscheint der Morgen als ein Durcheinander aus Dächern und Zäunen. Der Zug fährt vorbei an Häusern und Gärten, die ein wenig nach Dung riechen. Beim Übergang an der Rakow Street verlangsamt er das Tempo.

Im Hof stehen die Kühe und Kälber trinkend am Wassertrog. Ihre Schatten bilden schwarze Lachen am Boden.

»Das da ist dein Zimmer, nicht wahr?«, sagt Oliver und deutet mit dem Pfeifenstiel auf ein Fenster, um sie in ein Gespräch zu verwickeln.

Ihr Blick fällt auf den sich abzeichnenden kleinen runden Gegenstand in seiner Hemdtasche, auf die Haare in seinen Nasenlöchern und das Mundstück seiner Kirschholzpfeife. Einmal hat sie im Spaß daran gezogen und den unglaublich bitteren Geschmack eines Kügelchens klebrigen Teers im Mund gehabt. Sie weiß noch, wie sie laut aufgeschrien hatte.

»Ja.« Sie verzieht ihre Lippen. Sie kann es nicht lassen, ihren zukünftigen Ehemann zu verurteilen, zum Beispiel für seine schmutzigen Fingernägel.

Oliver hingegen strahlt. Vor einer Stunde, als er Obst für das Picknick kaufte, erzählte Alf Fiddaman ihm, er habe ein Haus in der Mercury Street zu vermieten. Das Paar, das dort wohne, ziehe mit den beiden Kindern nach Hobart.

»Würdest du das Haus mit mir ansehen, Rosalind?«

»Wenn du möchtest.« Die positiven, aber unverbindlichen Worte verbergen ihre Bestürzung.

»Wie wär's mit morgen?« Er kann sie gar nicht genug anschauen, obwohl sein treuer Blick nicht zu seinem sonnenverbrannten Gesicht passt. Er rückt näher. »Alf sagt, es sei ideal für eine junge Familie …« Ihre Schatten fließen auf dem Wagenboden ineinander und verschmelzen zu einem sich aufrichtenden, kampfeslustigen Wesen.

Sie sieht aus, als würde sie jeden Moment in Schweiß ausbrechen.

»Ich glaube …« Die Worte sind zu groß, um sie aussprechen zu können. Sie spürt, dass Mrs Kneeshaw sie beobachtet, während sie einen zweiten Anlauf nimmt.

»Vielleicht morgen.« Sie rückt ihren pinkfarbenen Hut zurecht.

Ein Schleier ist zwischen ihnen, aber er scheint ihn nicht wahrzunehmen.

Sie schließt die Augen, um seinem Blick zu entkommen. Das Rauschen des Bosporus klingt in ihren Ohren, und weiße, dreieckige Segel kreuzen hinter ihren Lidern. Sie sieht sich selbst am Ufer des Roten Meers, wie sie Wunden verbindet.

Als sie die Augen wieder aufschlägt, zieht Clarence Dowter seine Jacke aus. Er kramt eine Taschenuhr hervor und schaut nach der Uhrzeit, bevor er mit glasigem Blick zu ihr herübersieht, als könnte er ihre Gedanken lesen. Sie erinnert sich, wie sie bestritten hat, den Wollfaden verschluckt zu haben, und lächelt.

»Emmy wollte, dass ich zu Hause bleibe, aber ich habe noch bei keinem Oddfellows Picknick gefehlt.«

Das vertraute Lachen ihres Vaters gibt Rosalind Gelegenheit, sich umzublicken. An der Frontseite des Waggons, mit dem Rücken in Fahrtrichtung, sitzt aufgereiht ihre Familie.

Rosalind wollte sich nicht zu ihnen gesellen. Der Streit mit ihrer Mutter über Oliver war noch nicht ausgestanden, als sie den Zug bestiegen hat. Und sie möchte ihn erst aus der Welt schaffen.

Den Arm in einer frischen Schlinge, die sie ihm am Morgen angelegt hat, plaudert ihr Vater mit einem kleinen, fröhlich dreinblickenden Mann mit einer großen Fliege um den Hals.

Rosalind beugt sich vor und winkt ihrer Mutter zu. Sie fürchtet, sie könne noch bedrückt wegen ihres Gesprächs sein. Aber ihre Mutter ist mit Lizzie beschäftigt, die von Oliver einen Pfirsich bekommen hat und mit der Hand den Flaum abreibt.

Für ihre Mutter war die Schwester, die nachts schreiend im Bett hochfuhr, die Empfindsame.

Aber für Rosalind war es immer William.

Wenn Lizzie ganz Himmel war, waren sie und William die Erde.

Sie erinnert sich, wie ihr Vater sie nach dem Unfall ihres Bruders mit in die Mine genommen hat. Der jähe Fall nach unten. Das von schwarzen Felswänden tropfende Wasser und die furchtbare Hitze. Dann stoppte der Käfig. Überall Lichter. Und am Ende des Tunnels ein Büro mit einem Mann in Hemdsärmeln vor einem großen Verzeichnis, wie am Fahrkartenschalter im Bahnhof, und Männer, die sich eintrugen. »Das ist William Filwells Schwester«, sagte ihr Vater. »Sie wollte sehen, wo er gearbeitet hat.«

Zum ersten Mal fühlt sie sich von einer noch tieferen Schwärze umgeben. Ihr Bruder steht hinter ihr, aber sie kann ihn nicht hören. Als ob sich eine Glasglocke über sie gesenkt und sie zum Schweigen gebracht hätte.

Viel zu lange hat man ihr den Mund verboten, sagt sie sich. Es war die Art von weiblicher Passivität, die einen innerlich vergiftet, wenn man erst einmal in das Schweigen eingewilligt hat. Und dennoch steht sie kurz davor, einen Mann zu heiraten, der zwar durchaus anständig, aber wie die anderen darauf aus ist, ihr den Mund zu verbieten.

Beim Picton Viehmarkt nimmt der Zug Fahrt auf, verlangsamt aber vor einem Bahneinschnitt jäh das Tempo.

Clarence Dowter klärt die Mitreisenden bereitwillig über den Grund auf, den er vom Zugführer höchstpersönlich erfahren hat. Jim, sagt er mit seiner trockenen Stimme, müsse hier besonders vorsichtig sein, da der Schnellzug in der letzten Woche von einer dreißig Zentimeter hohen Sandschicht aufgehalten worden sei, die der Wind über die Gleise geweht habe.

Rosalind dreht sich um und blickt über den Rand des Waggons nach unten, aber nur, um Mr Dowter und seinen kleinen grauen Augen zu entkommen.

Sie sieht die Sandhaufen neben den Gleisen und die kunstvollen, wie Spitzenmuster verlaufenden Wege der Sandkäfer auf der Jagd nach Nahrung und denkt an das Hochzeitskleid ihrer Cousine Louise, die jetzt in einem winzigen Zimmer in der Beryl Street lebt, während ihr Mann in Ägypten kämpft.

Rosalind hat sämtliches Geld, das sie für ihr eigenes Kleid gespart hat, in Güls Eiscreme investiert. Plötzlich empfindet sie Überdruss. Sie hat eine Postkarte von einem Afghanen bekommen, von der ihre Eltern und Oliver nie erfahren haben.

Die Muster erzittern und verschwinden. Stattdessen spürt sie Olivers Arm, der fest gegen ihren Oberschenkel drückt. Sie sieht die wie Schlangen über seinen Handrücken verlaufenden Äderchen und denkt an Güls Hand und wie sie ihr Taschentuch darum gewickelt hat – eigentlich das Taschentuch ihrer Großmutter – und dass er es noch nicht zurückgegeben hat.

Ihre Handflächen schwitzen. Sie spürt ihn unter ihrer Haut. Den nach innen wachsenden Docht ihrer nicht entflammten und vielleicht nie zu entflammenden Leidenschaft für Oliver. Eingetaucht in den Schatten seiner Hutkrempe, ist er nicht die Antwort auf irgendein Geheimnis.

Ihre Gedanken jagen wild durcheinander die Böschung hinauf und hinab. Der Zug wird schneller. In wenigen Momenten wird er auf ein offenes Meer aus gebrannter roter Erde hinausfahren, mit perlmuttglänzenden Muscheln und Fischen und lange ausgestorbenen Seeungeheuern, aber Rosalind zieht sich bereits in ihr eigenes Hochland zurück, wo es Sturzbäche regnet und weit und breit jeder Baum und jeder Strauch abgeholzt und verfeuert wurden; eine kahle und öde Fläche, in die sich auch Olivers rotblonder Schopf einmal verwandeln würde.

Als der Zug an der Kalkbrennerei vorbeifährt, hat Rosalind entschieden, was sie Oliver Goodmore sagen wird.

Der Bahneinschnitt ist der ideale Ort für einen Hinterhalt, was als Beweis für Güls militärische Erfahrung angeführt werden wird. Wegen der Kalkbrennerei hat keiner der Reisenden einen ungehinderten Blick auf die Strecke. Erst als der Zug in die Kurve einbiegt, erblicken die Fahrgäste der einzelnen Wagen nacheinander die osmanische Flagge.

Lawrence Freer, der Heizer, sieht vom Führerstand aus ein rotes Leinentuch über einem weißen Wagen flattern. Sein erster Gedanke ist: Da sprengt jemand unbrauchbare Munition in die Luft. Doch er verwirft den Gedanken sogleich. Niemand würde sich am Neujahrstag mit einem Pulvermagazin hinauswagen.

Der Wagen steht nahe bei den Gleisen, auf der anderen Seite des Grabens, durch den die Wasserleitung verläuft. Der Zug kommt näher. Freer liest den Schriftzug auf dem Wagen und entspannt sich.

»Die sind ein bisschen spät dran mit ihrem Eis«, sagt er zum Lokführer.

Jim Nankivell lächelt. »Ich glaube, da hofft ein armer Schlucker auf ein gutes Geschäft.«

Im Vorbeifahren sieht Nankivell, dass auf dem roten Tuch eine Art Zeichen aufgestickt ist. Eine leichte Windböe kräuselt den Stoff.

In dem Moment erscheinen zwei weiße Schemen, dann sieht er dunkle Gesichter und Gewehrmündungen über dem Grabenrand, und er hört zwei Schüsse. Eine Kugel schlägt in den Boden und spritzt Sand gegen den Kessel. Die zweite Kugel trifft den Bremswagen und bleibt im Holz stecken.

Ralph Axtell sitzt mit dem Bürgermeister und dem Sekretär des Manchester Order of Oddfellows im Bremswagen.

»Was ist das?«, fragt der Bürgermeister.

»Vermutlich die Deutschen«, ruft Axtell, der seine Rückkehr nach Melbourne auf den Tag nach dem Picknick verschoben hat.

Die Deutschen! In Broken Hill! Alle müssen lachen. Sie glauben, ein paar Steinchen seien gegen den Wagen gesprungen.

Die beiden Männer mit dem Turban auf dem Kopf feuern weiter auf den Zug. Zwischendurch tauchen sie in den Graben hinab, um nachzuladen oder um Deckung zu suchen, falls jemand zurückschießen sollte. Aber es schießt niemand zurück. Keiner ahnt, was da vor sich geht.

»Hurra!«, ruft jemand, als ein weiterer Schuss fällt.

Jabez Herring, Clarence Dowters Stellvertreter im Gesundheitsamt, sucht durch seine goldgefasste Brille den Horizont ab, kann aber nichts entdecken. »Die schießen nur mit Platzpatronen«, beruhigt er seine Frau.

Im nächsten Moment steigen zwei rote Staubwolken auf.

Miss Pollock in ihrem orangefarbenen Kleid fühlt sich bemüßigt, sich über den Wagenrand zu lehnen und mit ihrer Lehrerinnenstimme in die Landschaft zu rufen: »Schluss mit dem Theater, sonst wird noch jemand verletzt!«

Zwei Mädchen in Mary Brodribbs Wagen brüllen beim Anblick der beiden Männer mit den leuchtend weißen Turbanen und roten Jacken: »Frohes neues Jahr!«

Mary lächelt, aber dann verfinstert sich ihr Blick bei dem Gedanken, Oliver könnte das Ganze arrangiert haben, um Rosalind mit Salutschüssen anlässlich ihrer Verlobung zu überraschen.

Neben Rosalind reißt Oliver den Kopf in die Höhe.

»Was zum Teufel?«, ruft er und springt hoch. Auf der rechten Seite sieht er eine Kuh und überlegt, ob irgendein Idiot auf das Tier schießt. Im gleichen Moment entdeckt er Tom Blows, der die Wasserleitung entlangrast, das runde Gesicht durch einem Lederhelm geschützt. Das sind Fehlzündungen von Toms Maschine!, denkt er. Er reißt den Hut vom Kopf und schwenkt ihn in der Luft. Zu seiner großen Freude bemerkt er die kleine Tasche mit Toms Kameraausrüstung, die vorne zwischen den Lenker gespannt ist. Auch wenn er das Problem nicht behoben hat, sollte Tom es mühelos bis Silverton schaffen. Tom will die Wettläufe am Nachmittag fotografieren. Im Gegenzug für die Reparatur seines Motorrads hat er Oliver angeboten, anschließend ein gemeinsames Porträtfoto von Oliver und Rosalind zu schießen.

Clarence Dowter springt als Nächstes auf. Er erkennt zwei Männer, lang ausgestreckt auf der Böschung des Grabens, durch den das verläuft, was der Gesundheitsinspektor zunehmend als sein Lebenswerk betrachtet: die von ihm vor zehn Jahren gelegte Wasserleitung, die pro Stunde mehr als 300 000 Liter Wasser vom Fluss in Umberumberka nach Broken Hill transportiert. Er vermutet, dass es einen Defekt an der Leitung gibt – vielleicht eine undichte Stelle – und die Männer sich darum kümmern.

Lizzie drückt sich gegen die Seitenwand und winkt mit dem Pfirsich, den sie gerade isst. Sie zeigt mit der Hand auf ihren geliebten Eiswagen. Sie möchte, dass der Zug anhält.

Rosalind, die langsam aus ihrer Abwesenheit erwacht, steht auf und schiebt sich zwischen Oliver und seinen Onkel. Auch sie glaubt im ersten Moment, das Knallen stamme von dem Motorrad. Aber sie ist verwirrt durch den weißen Wagen. Er ist nicht weit gekommen, seit sie ihn vor fünf Stunden zuletzt gesehen hat, vor ihrem Fenster in der Rakow Street, und obendrein steht er so, als wollte er zurück in die Stadt. Ist ein Rad gebrochen? Gül müsste längst in Silverton sein. Sie fühlt einen Stich bei dem Gedanken, dass er einen Großteil der Kundschaft verpassen wird.

In diesem Augenblick erblickt Rosalind die gelbe Mondsichel, die aussieht wie eine Banane, und einen Stern.

Sie sieht sich um. Das Pferd steht allein unter einem Baum. Keine dreißig Meter vom Zug entfernt liegt der Metzger von Ghantown auf dem Bauch. Und zehn Meter daneben auf der Böschung kauernd – Gül.

Ihre Turbane sind schneeweiß, beinahe wie Eiscreme.

Der Zug bringt sie ihnen entgegen.

Plötzlich zuckt Oliver zusammen. »Runter, Rosalind!« Er packt sie am Arm, aber sein Griff ist ihr unangenehm.

»Ich gehe nicht runter.«

Trotzig hebt sie ihre rechte Handfläche, um Gül auf sich aufmerksam zu machen.

Hinter ihr drückt Mrs Lakovsky ihre Kinder auf den Boden. »Ivan!«, brüllt sie. »Ivan!«

Etwas früher an diesem Morgen, kurz nach neun Uhr, hat Gül zwei Pferdedecken über der Leitung im Graben ausgebreitet. Er und Molla Abdullah setzen sich darauf und warten über eine Stunde. Als sie die Gleise erbeben hören, springen sie auf. Gül schießt auf den Zugführer und verfehlt ihn. Molla Abdullah schießt auf den Heizer, trifft aber ebenfalls nicht.

Während sie sich bücken und nachladen, betet Gül erneut zu Allah, sein Opfer anzunehmen. Dann hebt er seine Flinte und zielt auf die Reihe der Passagiere, die aufgestanden sind.

In weißen Hemden und Hüten starren sie in der brütenden Hitze über den Rand der Wagen – lauter Ungläubige, die darauf warten, abgeknallt zu werden.

Gül feuert, lädt nach, feuert noch einmal und scheucht einen Schwalbenstar aus einem Akazienbusch. Er springt aus dem Graben und wirft sich neben Molla Abdullah auf die Böschung.

Mit gespreizten Beinen robbt Molla Abdullah vorwärts. Er hat bisher lediglich kranke Tiere mit einer Pistole getötet und ist den Rückstoß nicht gewohnt. Welch leichtes Ziel die glotzenden Frauen in ihrer lächerlichen Kleidung abgeben. Aufgereiht wie die Kaninchen in ihren dünnen Baumwollkleidern, oder wehrlos wie die Ziege, die er unterwegs auf seinen vierwöchigen Reisen als fliegender Händler nach Corona schlachten muss, wenn er Frischfleisch braucht.

»*Rabbana inna aamanna, fa ighfir lanaa thunubanaa wa qina athaab el naar …*«

Molla Abdullah beendet das *istighfar dua*, mit dem er Allah um Vergebung bittet, und feuert.

Im zweiten Waggon fällt Jabez Herring wie ein Mantel vom Haken. Seine Brille fliegt vom Gesicht und rutscht scheppernd über den Boden. Über ihm greift ein Bruder von Mrs Herring nach dem Schlapphut, den sie sich ums Kinn gebunden hat, und zieht sie daran zu Boden.

Molla Abdullah lädt nach. Ein weiterer Waggon rumpelt langsam vorbei.

Er hebt das Gewehr an seine Schulter und zielt auf einen Mann, dessen Arm in einer weißen Schlinge ruht und den er sofort als den Fahrer des Milchwagens identifiziert, der mit seinen Kamelen zusammengestoßen ist. Es war nicht Molla Abdullahs Fehler, dass der Milchmann nie die Zügel festhielt. Und es ist der Mann, dessen Haus er nach dem Sandsturm freigeschaufelt hat!

Der Metzger will gerade auf Albert Filwell schießen, als er

von Clarencer Dowter abgelenkt wird, der ihn anblickt, als wollte er zu einem neuen Verhör ansetzen. Molla Abdullahs Augen ruhen wie schwarze Opale in seinem frisch rasierten Gesicht. Wenn er den Gesundheitsinspektor erwischen könnte, der jetzt seinen Hut vom Kopf genommen hat …

Unvermittelt schwenkt er das Korn von Rosalinds Vater auf Dowters Gesicht.

Im gleichen Moment bemerkt Gül Oliver Goodmore. Er versucht, seine Wut zu unterdrücken, bittet Allah um eine ruhige Hand und legt an.

Es knallt zweimal laut hintereinander.

Eingezwängt zwischen Oliver und seinem Onkel, spürt Rosalind einen Schlag, gefolgt von einem Hitzeschwall.

Lizzie lässt ihren Pfirsich fallen. Er rollt unter die Bank, sodass Sand und Schmutz daran hängenbleiben. Sie springt hinterher, um ihn wiederzuholen, betrachtet das saftige Fleisch, in dem Steinchen und Erdbrocken stecken, und beginnt zu zittern.

Oliver hingegen begreift, dass sie gerade beschossen werden. Er dreht sich zu Rosalind, die vornüber gesackt ist. Als er stützend seinen Arm um sie legt, sieht er Blut an seinem Handgelenk. Er fasst sie an der Schulter und lässt sie auf den Boden des Wagens herab. Noch nie ist sie ihm so entspannt und vertraut vorgekommen wie jetzt, wo sie schlaff in seinen Armen liegt.

Sie sieht ihn mit erstauntem Blick an.

Er starrt mit weit offenem Mund zurück. Ein Stück aus ihrer Stirn fehlt.

»Rosalind …«

»Aber ich …« Ihre Stimme klingt, als käme sie nicht aus ihrem Inneren, sondern von ganz woanders.

Der Zug fährt noch ein Stück weiter, während der Lokomotivführer und der Heizer diskutieren, was sie tun sollen. Jim Nankivell sieht weiter vorn im Bahneinschnitt Leute. Warten noch weitere Angreifer entlang der Bahnstrecke?

Molla Abdullah kniet auf dem Boden und feuert. Er scheint auf Jack Crossing zu zielen, ein Hilfsschaffner im letzten Wagen, der herabspringt und wegrennt.

Gül hat aufgehört zu schießen. Er steht auf den Gleisen und sieht dem kleiner werdenden Zug hinterher. Er weiß, dass die für Oliver Goodmore und Clarence Dowter bestimmten Kugeln ihr Ziel verfehlt haben. Sein Schrei, als ihm klarwurde, wen sie getroffen haben, hat Molla Abdullah glauben lassen, Gül selbst sei erwischt worden.

Gül hat Rosalind zu spät erkannt. Er sieht immer noch, wie sie ihm zuwinkt.

Im grellen Licht wird die ganze Panik im Erzwagen offenbar. Kinder blinzeln aufgeschreckt in den Tumult über ihnen. Mit Krampfadern überzogene Beine strampeln unter Röcken. Der Boden ist plötzlich übersät mit Hüten und Sonnenschirmen. Alle brüllen durcheinander.

Mrs Rasp hat sich in einer weißen Wolke, aus der ein roter Fleck hervorquillt und sich über den Stoff ihres Kleids rasch bis zur Taille ausbreitet, auf die Bank sinken lassen. Unter ihrer cremefarbenen Haube scheint sie eine Sturmmütze zu tragen. Die untere Gesichtshälfte ist mit dem Blut ihres kräftigen Kiefers verschmiert, der von einem Knochensplitter aus Rosalinds Schädel getroffen wurde. Blut tropft aus ihrem Mund auf Rosalinds Weidenkorb und sammelt sich am Boden zu einem Rinnsal.

Ihr Stöhnen vermischt sich mit dem von Mrs Lakovsky, in deren linker Schulter ein großes gezacktes Loch klafft.

Zwischen den Tritten, Schreien und dem gegenseitigen Zu-Boden-Zerren ragt allein Clarence Dowter unversehrt aus dem Getümmel. Er steht gegen die Wand des Wagens gelehnt und starrt ernst und angespannt wie jemand, der gerade die Haare geschnitten bekommt. Aufrecht und unnahbar, als sähe er in einem Spiegel erstmals die Konturen seines eigenen Schädels, scheint er seinen Blick nicht von dem Graben lösen zu wollen, in dem seine Wasserleitung verläuft und von dem aus sie offenbar angegriffen werden.

Hinter dem steifen Rücken des Gesundheitsinspektors scheint Mrs Kneeshaw sämtliche Kraft zusammenzunehmen, um ihr jüngst absolviertes Rotkreuztraining in die Praxis umzusetzen. Sie bückt sich zu Mrs Rasp hinunter, macht sich ein Bild von ihrer Verletzung und wischt vorsichtig mit einem Taschentuch über ihren Kiefer. Dann geht sie zügig weiter und dreht aus ihrem Schleier eine Schlinge für Mrs Lakovskys Schulter.

Aber Rosalind Filwell benötigt am dringendsten Hilfe.

Ihr Vater versucht vergeblich, ihr Gesicht zu beschatten. Ihre Mutter streichelt und drückt ihr beide Hände.

Als der Zug bei Tramway Dam zum Stehen kommt, dreht Clarence Dowter sich um.

Irgendeine Kraft hat Lizzies Augen nach innen verdreht. Sie zuckt und würgt und reibt sich heftig über die Stirn, als erlitte sie einen epileptischen Anfall.

Clarence Dowter sieht herab auf die halb entblößte Mrs Kneeshaw. Und er sieht seinen Neffen Oliver, der Rosalinds zerfetzten Kopf hält, ein Anblick, den er bis zu seinem Tod sieben Jahre später in Kogarah nicht vergessen wird.

Mrs Kneeshaw hat ihren Petticoat in lauter Streifen zerrissen. Sie ignoriert Lizzies Schreie und Zuckungen und schiebt Oliver zur Seite, um Rosalinds Wunde zu verbinden.

Der hintere und obere Teil von Rosalinds Kopf ist praktisch weggeschossen, und ihr Hirn tritt hervor.

Rosalind glaubt, der Afghane lege so zärtlich den weißen Baumwollstreifen um ihre Schläfe.

Sie spürt ein gleißendes Licht. Die Sonne ist eine Grubenleuchte, die sich auf sie herabsenkt.

»Goo...«

»Ich bin hier. Ich bin bei dir.« Olivers Schatten fällt wie Blei auf ihre Bluse.

»Ich weiß nicht, warum ... ich ...«

Blut läuft aus ihrem Mund, aber sie möchte etwas sagen.

Während Mrs Kneeshaw so gut es geht Rosalinds Stirn verbindet, ist Jack Crossing, der Hilfsschaffner, die Gleise entlang zum Wasserspeicher bei Tramway Dam geflitzt, wo er im Pumpschuppen ein Telefon findet. Er dreht die Kurbel und wartet auf eine Antwort.

Gegenüber vom Friedhof sind zwei weitere Schüsse zu hören.

In Broken Hill nimmt der Bahnhofsvorsteher den Hörer ab.

Crossing keucht ins Telefon, dass der Picknickzug der Manchester Union von Soldaten beschossen wird, die die türkische Flagge gehisst haben, und dass mehrere Fahrgäste getötet oder verwundet sind und sie bewaffnete Unterstützung brauchen.

Die Nachricht wird an Sergeant Sleath auf der Polizeistation weitergeleitet.

Um 10.45 Uhr fährt Pastor Cornelius Hayball mit Mrs Stack, die er vor ihrem Laden abgeholt hat, in seinem schnittigen Ford die Argent Street entlang. Sie sind auf dem Weg nach Silverton, als der Polizist den Wagen anhält.

»Sie müssen diese vier Männer zum Freiberg Arms Hotel bringen.«

Die Männer steigen ein. Sergeant Sleath springt in einen zweiten Wagen. Die beiden Fahrzeuge, in denen sich insgesamt zehn bewaffnete Polizisten befinden, jagen im Konvoi in Richtung West Broken Hill, während Mrs Stack auf dem Bürgersteig zurückbleibt.

Aus der Menschenansammlung vor der Polizeistation, zu der minütlich neue schockierende Gerüchte durchdringen, wird spontan eine Truppe von fünfzig Männern zusammengestellt. Zunächst rekrutiert sie sich aus Mitgliedern des Barrier Boys' Brigade Rifle Club, aber schon bald wird jeder taugliche Freiwillige genommen, der eine Waffe besitzt und sie einmal ausprobieren möchte.

Man kontaktiert den Militärkommandeur vor Ort. Major Sholto Sinclair-Stanbrook vom neu aufgestellten 82. Infanteriebataillon ist gerade auf den Weg zum Jockey Club, um die Pferderennen zu verfolgen, als sein Adjutant aus dem Haus gerannt kommt und sagt, er werde am Telefon verlangt.

Aufgrund seines »passenden Aussehens« zum Kommandeur ernannt, willigt Major Sinclair-Stanbrook in Sergeant Sleaths Bitte ein, seine Männer zu mobilisieren. Da Neujahrstag ist und die meisten Männer des Bataillons dienstfrei haben, ergeht an jeden Soldaten, der sie zufällig hört, die Order, sich binnen zehn Minuten vor dem Versammlungssaal der Barrier Boys' Brigade in der Oxide Street einzufinden.

Jeden Gedanken an das Pferderennen verdrängend, spricht Major Sinclair-Stanbrook die Verunsicherung an, die viele empfinden: Haben sie es mit Verrückten oder mit gut ausgebildeten Einheiten zu tun? Wenn Letzteres zutrifft, woher kommt der unerwartete Feind – die Bergarbeiterstadt liegt fast fünfhundert Kilometer von der Küste entfernt. Und wenn die Deutschen oder ihre türkischen Verbündeten tatsächlich bis Broken Hill ins Landesinnere vorgedrungen sein sollten, wie stark sind sie zahlenmäßig?

Oliver nimmt den Schuss nicht wahr, der Tom Blows tötet, als dieser mit knallendem Auspuff auf den Eiswagen zufährt. Sein Motorrad schlittert über den Boden, während die Kameraausrüstung durch die Gegend fliegt, und bleibt neben dem Graben liegen.

Der Zug ist hinter der Bahnschneise verschwunden, als die beiden Männer aufstehen und zu der Stelle gehen, wo Blows verkrümmt im Sand liegt. Molla Abdullah hat ihn zwischen die Schultern getroffen.

Molla Abdullah stößt den Körper mit dem Fuß an, um zu sehen, ob er noch Lebenszeichen zeigt. Gül bückt sich und hebt eine aus der Kameratasche geschleuderte Linse vom Boden auf. Er sieht hindurch – mit seinen entzündeten Augenrändern sieht er aus wie ein streunendes Kamel – und wirft sie fort. Molla Abdullah sagt, in Kürze würden bewaffnete Männer sie verfolgen und sie müssten von hier fort. Gül nickt abwesend. Es kann nicht sein. Er sieht immer noch ihre weiße Handfläche, die ihm zuwinkt.

Gül geht zum Eiswagen und nimmt die Flagge herunter. Dann verlassen sie ihre Stellung über der Wasserleitung, ihr Pferd und ihren Wagen und trotten zu Fuß zurück nach Broken Hill.

Sie laufen in Schlangenlinien durch eine steinige, baumlose Wüste, gesprenkelt von windzerzauster, geschwärzter Vegetation, von Schädeln aus Flaschenkürbissen und

Stachelbeergurken, und erinnern in ihren Khakimänteln und Turbanen an zwei Schafhirten aus dem Heiligen Land. Molla Abdullah hat sein Gewehr über die Schulter gehängt, Gül trägt seines und die rote Flagge in der Hand. Sie schleift hinter ihm über den Boden und scheint eins mit der roten Erde zu werden.

Schon bald erreichen sie die ersten verstreuten Häuser am westlichen Stadtrand.

Der alte Phil Deebles, ein pensionierter Streckenarbeiter, sieht sie als Erster. Er streicht gerade einen Lattenzaun und weiß nichts von dem, was geschehen ist. Leutselig schwenkt er seinen Pinsel und ruft den beiden Männern zu: »Hier werdet ihr nicht viel vor die Flinte bekommen.«

Gül sieht ihn an und geht weiter.

Terence Riley, ein siebzigjähriger Klempner mit einem schwarzen Bart wie ein Spaten, steht in der Tür, als sie vorbeikommen. »Lasst das Ballern lieber sein«, grummelt er, »hier laufen überall Kinder herum.«

Ohne Warnung heben beide Männer ihr Gewehr. Der Klempner schließt die Tür, aber sie schießen ihm durch die Tür in den Unterleib. Die Hände gegen den Magen gepresst, stolpert er aus der Hintertür und steigt mühsam den steinigen Hang zum Freiberg Arms Hotel hinab.

Sie ziehen weiter am West Camel Camp nördlich der Kaolin Street vorbei, wo mehrere indische und afghanische Kameltreiber leben. Badsha Khan melkt gerade eine Ziege vor seiner Hütte. Gül schießt in seine Richtung und brüllt: »Bleib bloß, wo du bist, oder ich knall dich ab«, und feuert ein zweites Mal.

Nahe des Freiberg Arms Hotel sieht Sergeant Sleath zwei Gestalten den Kamm entlang laufen. Er fährt auf sie zu, um zu fragen, ob sie den Feind gesehen haben. Der Wagen nähert sich holpernd, als die beiden Männer sich auf den Boden knien und feuern. Constable Torpy steigt aus, um das Feuer zu erwidern, und wird zweimal in der Leiste getroffen. Ausgestreckt liegt er im Schatten der weit geöffneten Tür des Fords und flucht.

Gül und Molla Abdullah steigen auf die Spitze des Hügels und suchen Deckung hinter einem Vorsprung aus weißem Quarzgestein. Kurz darauf ragt etwas zwischen den Felsen empor. Es ist ihre Flagge, die sie an einem toten Ast festgebunden haben, ein leuchtend roter diagonaler Balken vor dem Blau des Himmels.

Als die beiden Wagen mit fünfzehn bewaffneten Männern am Wasserspeicher eintreffen, liegt Rosalind im Sterben.

Mrs Kneeshaw hat ihr den Kopf mit größter Vorsicht verbinden müssen, da ein Großteil des Schädelknochens fehlt und das Gehirn hervorquillt. Mit Rosalinds Hut verscheucht sie die hartnäckig einfallenden Fliegen.

»… Ich kann nicht … ich dachte … nein …« Es ist, als würde Rosalind im Schlaf reden.

Ihre Augen flackern. Sie hört ihre Schwester schreien.

Lizzies Stimme wird immer dünner – als käme sie von weit oben. Denn Rosalind stürzt jäh in die Tiefe. So wie damals, als sie mit ihrem Vater in einem Käfig einfuhr, um zu sehen, wo ihr Bruder gestorben war, und sie rasselnd, den Wind im Gesicht spürend, in ein riesiges Gewölbe glitzernder Stecknadelköpfe, in eine Dunkelheit funkelnder Bleikristalle oder Sterne hinabsank.

Oliver beugt sich über sie und sieht sie an. Er ist nahe bei ihrem Gesicht. Sie kann seinen Atem riechen, ein schwacher Pfirsichduft.

»Gool …«

»Ros …«

»… verzeih mir.«

Ihr Blick wird glasig, und ihr zerschmetterter Schädel kippt zur Seite.

Gül und Molla Abdullah haben eine gute Verteidigungsstellung gewählt. Die Polizisten, als dunkle Punkte auf den kahlen Hängen unter ihnen leicht auszumachen, sind schutzlos und unorganisiert.

Sergeant Sleaths erster Versuch, die beiden Männer vom Hügel zu vertreiben, wird mit entschlossenen »Allahu Akbar!«-Rufen und lebhaftem Gewehrfeuer beantwortet. Eine Kugel sprengt ein Stück von dem Felsen weg, hinter dem Sergeant Sleath Schutz gesucht hat. Ein weiterer Querschläger tötet Ern Pilkinghorne, der in seinem Hof Holz hackt; der taube, unerschütterliche Veteran von Pongola Bosch hat nichts von dem Kampf mitbekommen.

In der Stadt ist die anfängliche Schockstarre in Angst und dann in Wut umgeschlagen. Tom Blows Leichnam hat man am Bahneinschnitt geborgen – auf dem Kopf noch der Lederhelm, die Ohren über dem Kinnriemen rot verbrannt von der Sonne. Ebenso den von Jabez Herring. Sein kupferfarbenes Haar ist blutverklebt, und aus seinem Rücken quillt ein Teil seiner Eingeweide.

In der Argent Street drängeln sich Waffen schwingende Männer.

»Diese verfluchten Schweinehunde!«

»Solange die frei herumlaufen, sind wir nicht sicher!«, brüllt ein anderer.

Der Korrespondent des *Barrier Miner* bemerkt, dass der Mob in seinem verzweifelten Entschluss, dem Henker die Arbeit abzunehmen, nicht bereit zum Einlenken sei.

Um 11.30 Uhr zieht ein Tross Männer zum Freiberg Arms Hotel, um Sergeant Sleath zu verstärken. Sie kommen im Auto, zu Fuß, mit dem Jauchewagen und jeder Art von Fahrzeug, das sie auftreiben konnten. Alle wollen sie einen Feind zurückschlagen, den niemand erwartet hat.

Die weißen Felsen befinden sich auf einer Anhöhe, keine 300 Meter vom Hotel entfernt. In einem weiten Kreis um die Hügelspitze kauern vierzehn Polizisten; dreiundvierzig Freiwillige des Rifle Club; dreiunddreißig Passagiere des Picknickzugs – einige immer noch in hellen Leinenanzügen –, darunter auch Roy Sleath und Alf Fiddaman, die zwischendurch nach Hause gerannt sind und die Gewehre ihrer Väter geholt haben, sowie dreiundfünfzig Angehörige des 82. Infanteriebataillons unter dem Kommando von Major Sinclair-Stanbrook.

Der Kampf dauert zwei Stunden und fünfzig Minuten. Dennoch scheint er sich furchtbar lange hinzuziehen. Der Frage, wie zwei Männer, die beide keine besonders guten Schützen sind, einen schwer bewaffneten und zuletzt mehrere Hundert Mann zählenden Gegner in Schach halten können, mag niemand gerne nachgehen. Gleichwohl herrscht allgemeine Übereinstimmung, dass jeder einzelne Teilnehmer der angreifenden Partei heldenhaft auftritt.

Major Sinclair-Stanbrook ist überzeugt, die Position der Türken durch den schwarzen Mündungsrauch bestimmen zu können. Er kennt die Gefechte des Spanischen Unabhängigkeitskriegs in- und auswendig. Buçano, Vimeiro. Das hier war Salamanca. Er ist Wellesley. Nachdem er die Lage eingeschätzt hat, steht er auf – breite Schultern, Adlernase, eine Narbe auf der Wange von der Begegnung mit einem Nagel – und fordert sie mit fester, achtunggebietender Stimme auf, sich zu ergeben. »Kommt mit erhobenen Händen heraus. Wir haben euch umzingelt.«

Zwei Kugeln schlagen vor seinen Füßen in den Boden. In Deckung gehend, hört er einen heiseren Schrei: »Fahrt zur Hölle, Australier!«

Zwei Bergleute haben Dynamitstangen mitgebracht, um sie wie Handgranaten zu schleudern, aber weitere Kugeln treiben sie zurück.

Für einen Augenblick herrscht Stille. Die Sonne brennt senkrecht herab, als wäre sie am Himmel festgeklebt. An den Hängen flimmert die Hitze. Die Luft riecht nach Schießpulver, wie nach einem Feuerwerk.

Dann hört man von hinter den Felsen Gesang. Die beiden Männer haben kein Wasser. Ihre krächzenden Gebete hallen über das Schlachtfeld.

»... la ilaha illa huwa wahdahu la sharika lah, lahu el mulk wa lahu al hamd wa huwa ala kulli shai'n qadir ...«

Major Sinclair-Stanbrook späht vorsichtig über einen Holzstapel und sieht durch sein Fernglas ein dunkles Objekt zwischen den weißen Felsen flattern. Er befiehlt seinen Männern, darauf zu feuern.

Das Artilleriefeuer hält fünf Minuten lang an.

Das Echo der Schüsse wird hin und her geworfen. Felssplitter fliegen durch die Luft. Das rote Leintuch fällt zu Boden, nachdem der Ast von einer Kugel durchschossen wurde.

Molla Abdullah springt mit dem Ruf »... la ilaha illa Allah ...« hinterher. Er klettert auf der Rückseite über die Felsen hinab, bleibt dann stehen, das Gewehr fest umklammernd, und starrt verzweifelt auf seine Fahne.

Major Sinclair-Stanbrook ist einen Moment lang perplex, aber Sergeant Sleath bellt: »Feuer! Feuer!«

Die Schüsse fallen gleichzeitig.

Molla Abdullah reißt die Arme in die Höhe, sackt zusammen und bleibt bewegungslos liegen.

Sergeant Sleath hat seine Munition verschossen. Geduckt eilt er hinter das Freiberg Arms Hotel, um Nachschub zu holen.

Gül spricht ein weiteres Gebet, als er Molla Abdullah fallen sieht.

»Allahumma inni astaghfiruka li thanbi wa as'aluka rahmatuka ya Allah!«

Die Haut unter seinen Augen wirkt eingefallen. Aber er hat auch jetzt keine Angst. Allenfalls um Rosalind, die als Ungläubige gestorben sein könnte.

Er zieht eine Patrone aus seinem Gurt und lädt nach. Noch zweiundzwanzig Patronen. Er wischt sich mit dem Turbanende über die Stirn und hebt das Gewehr.

Eine Stunde lang erwidert Gül das Feuer, dann werden seine Schüsse seltener und ungenauer. Anscheinend ist er schwer verwundet.

Kurz vor ein Uhr sieht man ihn aufstehen. Erschöpft und außer Atem hebt er schwerfällig beide Arme in die Höhe. Er trägt keine Waffe. Aber in einer Hand hält er etwas, das aussieht wie ein weißes Taschentuch. Jemand schießt auf ihn, doch die Kugel verfehlt ihr Ziel. Er drückt sich flach gegen einen Felsen, sieht sich um und verschwindet dann dahinter.

»Glauben Sie, er will sich ergeben?«, fragt Sergeant Sleath.

»Nein«, erwidert Major Sinclair-Stanbrook. Seine Kiefermuskeln treten hervor.

Als kein weiterer Schuss mehr fällt, schickt Major Sinclair-Stanbrook zwölf Männer in offener Linie vor. Sie nähern sich von links und erklimmen den Hang in einer Folge hastiger Vorstöße von etwa zwanzig Schritt, jederzeit bereit anzulegen.

Als sie den Gipfel erreichen, fallen mehrere Schüsse hintereinander, bevor Sergeant Sleath brüllt: »Feuer einstellen!« Ein Mob aus Polizisten, Soldaten und Zivilisten stürmt den Hang hinauf. Oben finden sie im Abstand von wenigen Metern zwei Männer mit Turban bewegungslos auf dem Boden liegend. Wie verwilderte Rinder bewegen sie sich trottend vorwärts, um die beiden Leichen zu untersuchen.

Molla Abdullah, sein Gewehr fest umklammernd, hat einen Schuss zwischen die Augen bekommen. In Güls Körper stecken sechzehn Kugeln – in der Brust, dem rechten Unterarm und der linken Hüfte. Die Finger seiner linken Hand sind zerrissen, die rechte Hand ist verwundet und mit einem dreckigen, blutverschmierten Taschentuch umwickelt.

Sergeant Sleath bemerkt ein leichtes Zucken. Gül hat die Augen geöffnet und versucht zu sprechen. Man hält eine Wasserflasche an seine Lippen. Er ist kaum noch bei Bewusstsein, aber er lächelt, als hätte er die Person wiedererkannt, die sich aus der flimmernden Hitze zu ihm herabbeugt, und als hätte er sie sogar erwartet.

4

Wochen später schlägt der Direktor der Berzelius Bleihütte im sächsischen Freiberg die *Leipziger Volkszeitung* auf und liest:

Mit Freuden vermelden wir einen Erfolg unserer Truppen in Broken Hill, einer Hafenstadt an der australischen Westküste. Einhei-

*ten nahmen australische Soldaten unter Feuer, die mit dem Zug
auf dem Weg zur Front waren. Die Verluste des Feindes betrugen
40 Tote und 70 Verwundete. Auf unserer Seite fielen zwei Türken.
Die Eroberung von Broken Hill öffnet den Weg nach Canberra, der
stark befestigten Hauptstadt Australiens.*

Nicht lange danach landen auf der türkischen Halbinsel
Gallipoli 20 000 australische und neuseeländische Soldaten. Die Dritte Australische Brigade besteht größtenteils
aus Bergleuten der Stadt Broken Hill. Eine Kugel aus dem
Erz, das er selbst aus der Erde geholt hat, trifft Reginald Rasp
am Kopf.

In Broken Hill, auf der anderen Seite der Erdkugel, ist
man bis zum Ende des Sommers damit beschäftigt, die ver-
wickelten Geschehnisse jenes Freitagmorgens zu entwir-
ren. Im *Barrier Miner* erscheinen eine Reihe Interviews mit
Überlebenden, die eine Art Zusammenschau der Ereignisse
ergeben. Doch jeder Überlebende erzählt eine geringfügig
andere Geschichte. Nicht nur das, die Geschehnisse werden ständig zu einem neuen Bild verwoben, denn jeder
Erzähler scheint die Fäden seiner Vorgänger aufzudröseln
und zu einem neuen Muster zu verknüpfen, und mit jeder
Wiederholung des Rituals verschwindet das Erlebnis aus
der lebendigen Erinnerung und der Sprache.

Der Bestattungsunternehmer brachte den Sarg mit Rosalinds Leichnam zum Haus der Filwells in der Rakow Street,
wo sich Mitglieder des Manchester Order of Oddfellows im
Ornat eingefunden hatten, zusammen mit Vertretern des
Interessenverbands der Milchbauern, einigen von Rosalinds
Lehrern und der Belegschaft von Stack & Tyndall's. Eine an-
sehnliche Menge folgte dem Leichenwagen zum Friedhof,

während die Kapelle der Heilsarmee *Nearer My God to Thee* spielte. An Rosalinds Grab stellten sich die Trauergäste hinter ihrer Schwester und ihren Eltern auf und sangen mit Pastor Cornelius Hayball aus voller Kehle *Sweet By and By* und *Safe in the Arms of Jesus*.

Hayball hielt eine kurze Ansprache, ein großer, dünner Mann mit Brille, die wackelig auf seiner Nase saß. »Niemand kann sagen, wann der goldene Lebensfaden durchtrennt wird. Niemand kann verstehen, warum diese Tragödie geschehen musste.« Er machte eine Pause und schnappte nach Luft. In seinem Innern fühlte er sich überwältigt von dem, was er an diesem entsetzlich heißen Nachmittag im Krankenhaus gesehen hatte. Nackte Leichen auf Tischen. Rosalind und Gül, Seite an Seite, sodass sich ihre Hände und Knie beinahe berührten. Und die schwitzende Gestalt von Dr. Large am Telefon, der versuchte, Leo Lakovskys Kühlhaus in der Blende Street zu erreichen, um Eisblöcke für die beiden Leichen zu ordern, bevor die Verwesung einsetzte, damit die Zeugen sie identifizieren und der Rechtsmediziner die Autopsie durchführen konnte. Hayball wusste der Trauergemeinde nichts anderes zu sagen, als dass Gott allwissend und seine Weisheit unendlich sei.

Sergeant Sleath hatte Rosalinds Bestatter gebeten, auch die »Türken« zu beerdigen, aber er hatte abgelehnt. Daraufhin beauftragte der Polizist einen städtischen Totengräber, im muslimischen Teil des Friedhofs von Broken Hill zwei Gräber auszuheben. Am Samstagabend begann der Mann damit, die Gräber in einer Ecke nahe des Zauns auszuheben, aber da er keine weiteren Anweisungen bekommen hatte, außer sofort anzufangen, legte er die Gräber im rechten Winkel zum Zaun an, ohne einen Gedanken daran zu verschwenden, in welche Richtung sie wiesen.

Am selben Abend zog ein Trupp Männer über die westlichen Hügel, nachdem sie den German Club in der Delamore Street in Flammen gesetzt hatten. Als sie den grabenden Mann entdeckten, protestierten sie: Falls dies die Gräber für die beiden Türken seien, würden sie ihre Leichen wieder ausscharren. Der Totengräber warf sofort seine Schaufel zu Boden. Er wusste nicht, wessen Gräber er da schaufelte, aber wenn sie für »diese verdammten Türken« sein sollten, die auf feige Art Frauen und Kinder mordeten, würde er seine Arbeit nicht fortsetzen.

Die beiden unfertigen Gräber auf dem Friedhof, die nicht von Norden nach Süden, sondern von Nordwesten nach Südosten verliefen, blieben leer bis zum nächsten Sandsturm.

Über die Jahre deckte der Sand sie zu. Bis heute weiß niemand, wo die Leichen von Gül Mehmet und Molla Abdullah begraben liegen. Als hätte der Wüstenwind dieses seltsame und tragische Ereignis verweht, sodass jeder Hinweis und jede Erinnerung daran gelöscht waren.

Süßwasserangeln

Die Lounge des Copacabana in Kenora ist eine Bar für Weiße, aber Ned ist wie sein Hund. Er freut sich über jeden, der durch die Tür kommt. Hinten in der Ecke sitzen immer ein paar alte Indianer, stumm wie Steine. Das Copacabana ist nicht das, was man eine angesagte Bar nennen würde, und vielleicht liegt es daran. Ich bin noch nicht lange genug in der Stadt, um es Ned zu sagen, aber man sollte nicht jeden hineinspazieren lassen. Irgendwo sollte man eine Grenze ziehen.

Heute ist der längste Tag des Jahres in Kenora. Es ist bereits sechs Uhr abends, und abgesehen von Ned, der, wie gesagt, seinem Hund ziemlich ähnlich ist, einschließlich der kleinen Ohren, bin ich der einzige Weiße hier.

Ich persönlich komme gern hierher, um Zeitung zu lesen. Von meinem Platz aus hat man einen guten Ausblick auf den See. Ich kann den Anleger sehen, an dem die Sommergäste ihre Boote festmachen, und erblicke dort zwei Mädchen.

Ein lautes Platschen. Ein weißes Gesicht taucht aus dem Wasser auf. Es ist das größere der beiden Mädchen. Sie strampelt im Wasser und lacht. Dann kommt ein Arm aus dem See und wirft etwas auf den Steg, etwas leuchtend Blaues – einen Badeanzug.

Für einen Moment sehe ich ihr zu. Die Indianer ebenfalls, ihre Augen so ausdruckslos wie das Wasser. Das kleinere

Mädchen zeichnet sich vor der trüben, glatten Fläche des Sees ab, unschlüssig, ob es hinterherspringen soll. Während ich darauf warte, wie sie sich entscheidet, öffnet sich die Tür zur Lounge. Die Indianer lächeln, und ein beklemmendes Gefühl in meiner Brust sagt mir, wer es ist.

Alles verändert sich im Copacabana, wenn Silkleigh auftaucht.

»Hallo, Richie!«

Ich drehe mich um und blinzle. Im ersten Moment kann ich ihn zwischen den Mänteln und Schatten nicht entdecken. Erst allmählich schält sich seine Gestalt heraus. Mit nassen Haaren und schwarzem Taucheranzug steht er da, in der einen Hand eine gelbe Schwimmbrille und Flossen in der gleichen Farbe, in der anderen eine Sauerstoffflasche. Ich wage nicht zu fragen, was der Aufzug soll, denn wonach wollte man in diesem See schon tauchen, außer vielleicht nach Badeanzügen, die neben dem Steg gelandet sind, oder verloren gegangenen Uhren.

Silkleigh ist ein tuntiger Brite, der nach Kenora gekommen ist, um seine Lebensgeschichte zu schreiben, wie er sagt, als ob jemand auch nur eine Seite davon lesen würde. Er muss nur seinen Namen sagen, und man weiß, dass aus seinem Mund nur dummes Geschwätz kommt.

»Hallo, Sickley.«

»Wie geht's dir, altes Haus?« Er redet, als sei ich sein bester Freund. Eins muss man den Briten lassen: Sie vergessen nie ihre guten Umgangsformen.

Tatsächlich sind wir uns nur einmal begegnet, aber selbst an einem Ort wie Kenora, wo man sich über eine Unterhaltung freuen würde, genügte eine einzige Begegnung mit Joseph Silkleigh – er trug Hochwasserhosen und eine Paisley-Krawatte –, um für den Rest des Sommers bedient zu sein. Bei der Gelegenheit erzählte er mir von seinen Jahren als Taucher in Nordafrika. »Tiefsee, altes Haus, Tiefsee«, sagte er und tippte auf seine Nase. Dabei schien er als Tiefseetaucher nicht besser geeignet als Plywood Pete dort drüben.

Silkleigh lässt seine Tauchausrüstung neben der Tür auf den Boden fallen, wo sich eine beachtliche Pfütze bildet, und geht hinüber zu den Indianern. Er ist der einzige Weiße, den ich je zu den Indianern gehen und mit ihnen reden gesehen habe. Er zwickt Plywood Petes violette, vom Alkohol aufgedunsene Wange und sagt ein paar Worte, als ob er Petes Sprache beherrschte, was ich aber nicht glaube. Er ist erst seit vier Monaten in Kenora. Wenn man mich fragt, will er sich nur bei ihnen einschmeicheln.

Während er Plywood Pete lauscht, denke ich: *Diese Kolonistenbastarde, kommen in einen Raum und ziehen eine Wasserspur und den Geruch von England wie Schwefel hinter sich her.* Denn seien wir ehrlich, Silkleigh ist anders als Ned oder ich. Er hat ein anderes Verhältnis zum Raum, tut, als ob er ihm gehört. Und jetzt quatscht er auch noch die anderen Indianer voll, als wäre er schon länger hier als sie, und wissen Sie was? Die sind wie Neds Hund. Können sich vor Begeisterung kaum halten.

Jedenfalls lachen sie Silkleigh an, der mit seinen nassen schmatzenden Füßen zur Bar hinübergeht und ohne rot zu werden ein Mädchenbier, nämlich Molson Golden, bestellt. »Und Humpty-Dumpty-Chips.« Als Ned aus dem Vorratsraum zurückkommt und sagt, er habe nur Old Dutch Ripple, bin ich bereits in meine Zeitung vertieft.

Genau genommen ist es nicht meine Zeitung. Ich arbeite für die *Manitoba Business*, die sich darum bemüht, Unternehmergeist in Manitoba zu befördern. Was ich in der Hand halte, ist das Provinzblatt. Darin finden sich die Nachrufe ukrainischer Immigranten, die nie aus Kenora hinausgekommen sind. Oder Tipps, wie man Möbelkratzer entfernt. Oder Rezepte für Kiss-Me-Quick-Pudding. Die gleichen Dinge also, die damals im Mittleren Westen gut liefen. Sie sehen, ich stamme auch nicht aus Kenora, was vermutlich die einzige Sache ist, die Silkleigh und ich je gemeinsam haben werden.

Ich lese also die Zeitung und ergötze mich am oben beschriebenen Geist der Provinz, insbesondere an einem Artikel mit der Überschrift »Ich spürte den Teufel in mir«, über einen Trockenbauer aus Gimli, der in einem Wutanfall den Schönheitssalon seiner Frau zerstörte, nachdem er herausgefunden hatte, dass sie ihn betrog, als plötzlich ein Schrei ertönt.

Silkleigh folgt der Richtung meines Blicks. Beide sehen wir hinaus zum Anleger, wo das kleinere Mädchen in ihrem hoch geschnittenen Speedo-Einteiler steht und die Arme um sich geschlungen hält. Ihre Bauernbräune – weiße Schulter und braune Arme – vermittelt den Eindruck, sie würde lange dunkle Handschuhe tragen. Ihre Freundin winkt ihr aus dem Wasser zu und ermuntert sie, zu springen. Es ist schwer, nicht hinzusehen. Es sind Mädchen aus der Stadt. Sie nehmen den Greyhound, und ihre Freunde kommen mit dem Motorrad nach und holen sie am Busbahnhof ab. Die Mädchen hier aus dem Ort schwimmen nicht in der Nähe des Anlegers. Auf dem Wasser treibt Dieselöl, regenbogenfarbene Schlieren, aber die Mädchen aus Winnipeg kennen sich damit nicht aus. Sie achten nicht auf solche Dinge.

Einen Moment lang beobachten wir das Mädchen am Rand des Anlegers, wie sie ihrer Freundin mit den langen Haaren und dem weißen Körper und ansonsten nicht viel mehr beim Schwimmen im öligen Wasser zusieht. Ich sehe, wie die älteren Indianer ihren Blick abzuwenden versuchen, während die jüngeren sich nicht darum scheren, und Silkleigh mit einem Ausdruck hinglotzt, dass ich nahe dran bin zu sagen: »Dein Typ?«

Aber der Hundesohn kommt mir zuvor.

»Richie, altes Haus«, sagt Silkleigh verschwörerisch. »Aus der Nummer bin ich raus. Mit Frauen bin ich durch.«

Ich vermute, das ist Silkleighs Art. Wenn er jemanden in seine Zeitungslektüre vertieft sieht, möchte er ihn sofort ablenken. Ich sage nichts. Hoffe, dass er verschwindet und wieder im See abtaucht, aber er schwafelt weiter. Er ist wie ein Kind, dessen Mutter telefonieren möchte, genau so.

»Temperament hat viel mit Größe zu tun, Richie. Je kleiner sie sind, desto mehr musst du dich in Acht nehmen.«

Er nippt an seinem Mädchenbier und wartet, ob ich anbeiße, aber ich lese weiter. Ich will wissen, wie die Geschichte des Trockenbauers mit dem Teufel im Leib ausgeht.

Geräuschvoll reißt er die Tüte Old Dutch Ripple auf. Dann beginnt er über meine Schulter hinweg zu lesen und Chips zu kauen.

Nach einer Weile sagt er: »Wie soll man wissen, ob man den Teufel im Leib hat?«

»Oh, das spürt man«, sage ich und weiß im gleichen Moment, dass es mit meiner Ruhe vorbei ist.

»Ja. Vermutlich spürt man es.«

Äußerst widerwillig hebe ich meinen Blick. An der Haltung seines Kinns kann ich erkennen, dass er einen tiefsinnigen Gedanken ausbrütet, und niemand im Copacabana wird ihn daran hindern können, ihn mir mitzuteilen.

»Ich weiß, gewöhnlich nehmen die Leute an, dass unser Schicksal in den Sternen steht … Nein! Ich darf dich nicht füttern.« Wie sich herausstellt, redet er mit Neds Hund, der mit der Pfote an Silkleighs gepolstertem Drehhocker kratzt und ihn hingebungsvoll ansieht, nicht viel anders als gerade eben Plywood Pete.

Während ich noch herauszufinden versuche, worauf Silkleigh hinauswill, streckt er die Hand mit der Tüte aus und sagt: »Crisps, altes Haus?«, wobei der halbe See auf meine aufgeschlagene Zeitung tröpfelt.

»Bei uns nennt man das Chips«, sage ich.

Silkleigh sieht an mir vorbei zu dem kleinen, dünnen Mädchen auf dem Anleger. Es beugt sich vor und macht sich bereit zum Sprung. Als ihre zierliche Gestalt wie ein erlöschendes Streichholz ins Wasser taucht, überzieht ein tragischer Ausdruck sein Gesicht, als erinnere er sich an etwas Schreckliches. Weiße Beine leuchten unter Wasser in der Sonne, aber Silkleighs Lächeln ist verschwunden. Er sieht aus wie ein Häufchen Elend.

»Weißt du, Richie, altes Haus, wir sind beide gebildete Menschen.«

Ich würde unsere Unterhaltung am liebsten dabei bewenden lassen, aber er wischt sich mit dem Handrücken Bier von den Lippen, dreht sich mit dem Stuhl zu mir und sagt mit einer Eindringlichkeit, die neu ist für unser Verhältnis: »Du bist vermutlich der einzige Mensch in Kenora, der helle genug ist, dies zu verstehen.«

»Was zu verstehen?«

Er wedelt mit der Hand in der Luft, als würde er einen Schwarm Fliegen vertreiben, und verteilt erneut Wassertropfen in alle Richtungen. »Du weißt schon, altes Haus. Natürlich weißt du es. Dass es oft die banalsten Gründe sind, warum Menschen auseinandergehen oder zusammenbleiben.«

Ich sehe mich nach Ned um, aber ich höre ihn im Vorratsraum Flaschen sortieren. Ich halte mein leeres Glas schräg
und warte darauf, dass er zurückkehrt, aber Ned ist ein klu-
ger Bursche. »Ich bin mir nicht sicher, ob ich weiß, wovon
du redest, Silkleigh.«

»Soll ich dir das Geheimnis der Geschlechter verraten,
Richie?«

Mit zwei Bier intus, bin ich gerüstet, ihn prüfend anzusehen. Silkleigh sieht in diesem Moment ganz eindeutig nicht
wie jemand aus, der einem den Unterschied der Geschlechter erklären könnte.

»Nein«, sage ich.

Eines muss man ihm lassen, schnell beleidigt ist er nicht.
»Ich sag's dir trotzdem, altes Haus. Frauen hoffen, dass die
Männer sich ändern. Männer hoffen, dass die Frauen so
bleiben, wie sie sind.« Er beugt sich so nahe zu mir, dass ich
saure Sahne und Zwiebeln riechen kann. »Aber das wird
nicht passieren.«

Durch den Boden meines Glases untersuche ich, wie
durch ein Mikroskop, bedächtig die Decke von Neds Bar, da
fährt Silkleigh fort: »Und soll ich dir noch etwas verraten,
Richie? Etwas, das ich noch keinem sonst erzählt habe?«

»Ned!«, rufe ich.

»Komme schon …«, antwortet Ned, aber es ist gelogen.
Er verkriecht sich weiter hinten in seinem Vorratsraum und
klimpert geschäftig mit leeren Flaschen, während Silkleigh
mir zu erzählen beginnt, was er noch niemandem zuvor
erzählt hat. Doch ich höre gar nicht hin. Als freundlicher
Mensch nicke ich hin und wieder, aber in Wahrheit versuche
ich in den wenigen verbliebenen trockenen Flecken meiner
Zeitung zu lesen. Immerhin bekomme ich mit, dass es um
irgendeine Tusse geht, mit der Silkleigh einmal verheiratet

war und die ihn schon nach kurzer Zeit wieder verlassen hat, worüber ich weniger geschockt bin, als ich es seiner Meinung nach offenbar sein sollte.

»Schrecklich«, bringe ich gerade noch hervor. Vielleicht hat Ned mir erzählt, dass Silkleigh verheiratet war, aber ich kann mich nicht mehr daran erinnern. Jeder in Kenora heiratet früher oder später.

»Du müsstest ihren Vater kennen, altes Haus.«

»Wer ist sie?«, fühle ich mich verpflichtet zu fragen.

»Eine durch und durch selbstsüchtige Frau«, sagt Silkleigh und fügt hinzu: »Sie liebt mich nicht.«

»Ihr Name?«, hake ich nach.

Er knüllt seine Chipstüte zusammen, klatscht in die Hände und nennt ihn mir.

»Mit ihr warst du verheiratet?!«, sage ich verblüfft, und Neds Hund beginnt zu bellen.

»Sei ein braves Mädchen, Snorri«, sagt Silkleigh und krault der Hündin den Kopf.

»Stella Fotheringham«, wiederhole ich.

Dabei weiß ich von Stella nicht viel mehr, als dass sie ungemein klug sein soll und obendrein auch noch hübsch. Und dass sie oben im Norden mit Tieren arbeitet. Vor zwei Wochen habe ich ihren Vater besucht, für einen Artikel über Big Business rund um den See. Stella war nicht da, aber im Büro hingen Bilder von einer bezaubernd aussehenden Frau im Schnee, die niemanden an ihrer Seite hatte, schon gar nicht Silkleigh.

»Ich wusste gar nicht, dass Stella verheiratet war.«

»War sie auch nicht«, sagt Silkleigh. »Bis sie mich traf.«

Er schiebt den Neoprenanzug am Handgelenk zurück und enthüllt eine protzig aussehende Armbanduhr. »Hier.« Er hält sie ans Ohr und strahlt, als er ihr Ticken hört. »Die ist von ihr. Zur Hochzeit. Wasserdicht bis dreihundert Meter. ›Genau wie du, Süßer‹, hat sie gesagt. Aber das ist nur die äußere Schale. Ich sag dir, altes Haus, als sie ging, habe ich Rotz und Wasser geheult.«

»Warum hat sie dich verlassen?«

»Das geht jetzt zu weit«, sagt er, immer noch triefend nass auf seinem Stuhl hockend.

Aber ich möchte es wissen. »Silkleigh, das ist nicht fair. Du warst doch gerade dabei, es mir zu erzählen.« Als ich seine Unentschlossenheit spüre, schiebe ich berechnend hinterher: »Von Denker zu Denker.«

Im gleichen Moment lässt er seinen Arm sinken, und plötzlich schaue ich in ein von Schmerz gezeichnetes Gesicht. »Sie hat mich verlassen …«, sagt Silkleigh, und ich bin mir nicht sicher, ob er weiterreden wird, aber dann nimmt er den Faden wieder auf, »weil ich mit ihr angeln gegangen bin.«

Sie haben sich auf einem Schiff in irgendeinem Fjord kennengelernt. Stella ist, wie sich herausstellt, Mammalogin, spezialisiert auf die Arktis, und sie hat einen Doktortitel von der Universität Tromsø. »Sie hasste alles südlich vom sechzigsten Breitengrad, und dazu habe ich nun mal auch gehört«, sagt Silkleigh. »Aber nicht am Anfang. Ah, der Anfang …«

Elf Monate im Jahr lebte sie ganz allein in Nuuk und beobachtete Walrosse und ihre Kälber. Im noch verbleibenden Monat hielt sie Vorträge auf Abenteuerreisen für reiche Leute, die den Norden kennenlernen wollten. Sie redete über Rentiere, Polarbären und Walrösser. Niemand redete mit ihr. »Zu intelligent, altes Haus.« Bis ihr eines Nachts an Deck bei der Einfahrt nach Tromsø … Silkleigh begegnete.

»Uns verband die Wildnis, und eins führte zum anderen. Ich will nicht im Detail schildern, wie sie sich freute, aber als sie an diesem Abend Walzer mit mir tanzte, trug sie mich praktisch in der Luft. Ich war hin und weg von ihr, altes Haus«, flüstert er. »Hin. Und. Weg. Aber es gab ein Problem.«

»Und zwar?«

»Ich war kein Walross.«

Ich versuchte zu nicken. »Du warst kein Walross?«

»Nicht, dass ich das damals schon wusste. In dem Moment taumelte ich glücklich dem freien Fall entgegen. ›Möchten Sie mit mir in der Straße von Gibraltar tauchen?‹, flüsterte ich ihr beim Tanzen ins Ohr. ›Warum nicht?‹, sagte sie. Wir gingen von Bord und flogen direkt nach Abyla – von der Kälte in die Hitze. Sie war von der Idee begeistert, genauso wie sie von mir begeistert war. Gegensätze, altes Haus. Frauen lieben sie. Und die ganze Kälte schmolz im Mittelmeer dahin. Ich zeigte ihr Riesenschildkröten und Kalmare und Kuckuckslippfische, und wenn sie nur noch einmal mit mir in den Süden käme, würde alles so wie damals.«

Silkleighs Ausführungen ist zu entnehmen, dass Stella klein und kompakt ist, so wie sie mir auch auf den Fotos erschienen war. »Und schön?«, frage ich, um sicherzugehen.

»Können Fische schwimmen!«, sagt Silkleigh. »Aber sie konnte es nicht leiden, auf ihre äußeren Reize angesprochen zu werden, also tat ich es nie. ›Schönheit endet an der Oberfläche‹, bemerkte ich einmal, als sie mich anschrie. ›Dann kann ich ja froh sein, dass ich oberflächlich bin‹, zischte sie zurück. Und das war sie, wie ich neben anderen Dingen in Abyla entdeckte. Die meisten Menschen blenden unangenehme Dinge aus. Aber sie ließ alles an sich heran. Sie war wie ein holländischer Sklavenhändler, altes Haus. Kreuzunglücklich. Auf unserer Hochzeitsreise fand ich einen Namen für sie, weil sie so traurig aussah. Viejita nannte ich sie. Altchen.«

Ich will einwenden, dass sie auf den Fotos in der Lodge ihres Vaters nicht traurig aussah, aber Silkleigh packt mich am Arm. »Weißt du, was Stellas Mutter auf dem Sterbebett zu ihr gesagt hat?«

»Nein.«

»›Wenn du einen Mann so küsst, wundert es mich nicht, dass du noch keinen abbekommen hast.‹ Und sie hatte recht. Stella hat sich ihre ganze Zärtlichkeit für ihr Hunde-schlitten-Team aufgespart. Du kannst dir nicht vorstellen, wie entsetzlich gefühlskalt Tierfreunde sind.«

In dem Moment bemerke ich aus dem Augenwinkel eine Bewegung. Ganz langsam schiebt sich eine Hand um den Türrahmen, dann taucht eine Nase auf, gefolgt von einem Auge, einer Bartspitze und einem Ohr.

»Ned!« Aber schon ist er wieder verschwunden, und ich höre erneut Flaschenklirren, Hundegebell und darüber Silkleighs nicht abzustellende Stimme.

»Was bedeutet«, fährt er fort, »dass sie sich nicht für mein Schreiben interessierte. Nicht die Bohne. Kannst du dir das vorstellen, altes Haus? Sie wollte lieber ein Dreh-Restaurant auf einem Aussichtsturm besuchen oder Waldbrände lö-schen. Alles, nur nicht mein im Entstehen begriffenes Ma-nuskript lesen.«

»Und wo kommt das Angeln ins Spiel?«

»Ach, das Angeln«, sagt Silkleigh, als hätte er vergessen, warum ich ihm nickend gegenübersitze. »Nun, dieser Teil wird dich als Mann des Worts besonders interessieren, Richie. Ich wette, dir geht es wie mir. Erst dort richtig glück-lich, wo du hundert Kilometer vom nächsten Bürgersteig entfernt bist. Ich glaube, wir Schriftsteller gleichen in dieser

Beziehung den Indianern. Wir brauchen die Weite. Wenn wir mit Gewehr und Schlafsack in den Wäldern sind, kein Laut außer den Schreien der Seetaucher und dem dumpfen Grummeln des Eises, das mit sich selber spricht, dann fühlen wir uns zu Hause. Dann sind wir ganz bei uns, stimmt's? Ich kann es an deinem Gesicht ablesen. Du, Richie, wirst am besten verstehen, warum ich mich kurz nach unserer Hochzeit auf ein Hausboot in Minaki zurückgezogen habe, um mein Buch zu schreiben, und Stella in der Lodge zurückließ.

Ich sollte vielleicht erwähnen, dass es seit unseren Flitterwochen einige kleinere Spannungen gegeben hatte. Keinen lauten Streit, aber die Dinge standen nicht gut. Weshalb ich auch nicht viel sagte, als ich nach Minaki ging. Ein ungesagtes Wort kann kein Porzellan zerschlagen, altes Haus. Das habe ich vom Hausvater im Internat gelernt.

Nun, ich sitze also in der Wildnis und kritzle vor mich hin. Ich nehme an, ich gehöre zu den letzten Autobiographen alter Schule.« Er spreizt die Finger und blickt von seiner Hand zu meiner. »Du schreibst wahrscheinlich auch mit der Hand, altes Haus.«

»Nein, ich schreibe am Computer.«

Er blickt von seinem Handrücken auf die Innenfläche und schließt die Hand. »Als ich das erste Kapitel fertig habe, rufe ich sie an. Wie das so ist, habe ich länger gebraucht als erwartet. Es ist das Schreibfieber. Wenn man einmal davon gepackt wird, vergisst man die Zeit. Aber wie erklärt man das jemandem, der eine Walross-Überwachungsstation in Nuuk leitet? Ich höre durch die Leitung, dass sie ein wenig gedämpft klingt, als ich ihr erkläre, dass ich es bis zur Vorschule geschafft habe und es höchstens noch dreißig Jahre dauern kann, ta-ra, ta-ra. Aber ich habe dafür Verständnis. Es ist nicht einfach, mit einem Künstler verheiratet zu sein, und ich sehe ein, dass sie mich vermisst. Deshalb sage ich: ›Viejita, nicht doch. Ich verspreche dir eine Riesenüberraschung.‹ Man hätte erwarten sollen, dass sie sich darüber freut, aber nichts, sie redet im gleichen Tonfall weiter, und spätestens da hätte sich beim guten alten Silkleigh sein untrüglicher sechster Sinn melden müssen. Denn sie benutzte Worte, die sie nie zuvor benutzt hatte.«

»Welche Worte?«

»Worte wie ›gerührt‹. ›Ich wäre gerührt, wenn du mich zum Essen einlädst.‹ Die arme Viejita. Sie ist noch nie im Leben von etwas gerührt gewesen. Da ich weiß, wie sehr sie Tiere liebt, sage ich: ›Nein, ich weiß etwas viel Besseres. Ich gehe mit dir angeln.‹

Du kennst die Insel gegenüber der Lodge? Dunkle Pinien auf pinkfarbenem Fels. Nun, dort wollte ich mit ihr hin. Ich wollte, dass es ein unvergesslicher Tag für sie wird, und deshalb hielt ich in Kenora an und kaufte ein Geschenk für sie.«

»Was könnte es in Kenora für eine junge Frau zu kaufen geben?«

»Ich kaufte ihr eine brandneue Bambusrute mit Köder.«

»Genau das, was sie immer schon haben wollte.«

»Ich sagte ihr nicht, dass ich dafür den letzten Penny des Vorschusses meines Verlegers zusammenkratzen musste. Aber so ist das, wenn man verliebt ist – was kümmert einen da Geld. Ich rudere also mit ihr zur Insel hinüber und sage ihr, was für ein Glück wir haben. Es ist ein wunderschöner Tag zum Angeln: der Himmel wolkenverhangen, feuchtkalt, und die Sonne versteckt sich hinter den von Bibern kahl gefressenen Stämmen. Während ich die Angel richte, sitzt sie auf einem Felsen und zieht sich einen Pullover über. Mich stört nur, dass sie so schweigsam ist.«

»Und das hast du nicht offen angesprochen, Silkleigh?«

»Wenn man Spaß hat, hält man sich mit solchen Dingen zurück. Und die Angel ist großartig, eine dreieinhalb Meter lange, topmoderne Rute. Ich gebe sie ihr in die Hand und sage: ›Weißt du, Viejita, wenn ich dieses Felsgestein betrachte, komme ich mir vor wie eine Eintagsfliege.‹ Sie starrt auf den Felsen, als gäbe es zwei Dutzend Dinge, die sie lieber tun würde, und plötzlich wird sie unendlich traurig.

›Sag das nicht, Silkleigh. Nenn mich nicht Viejita. Es trifft jeden von uns.‹

Inzwischen bringe ich den Köder an. Ich habe ihr einen Five-of-Diamonds-Blinker gekauft. Wenn ich böse wäre, würde ich Viejita mit diesem Blinker vergleichen: schillernd an der Oberfläche und mit funkelnden Haken versehen, aber nicht in der Lage, einen Fisch zum Anbeißen zu bringen. In den richtigen Händen allerdings kann der Five of Diamonds tödlich sein. Während ich ihn also befestige, erkläre ich ihr, wie er funktioniert, damit sie den Mechanismus bewundern kann. Soweit ich weiß, hat sie in Tromsø Kurse in Biophysik belegt und dürfte sich für solche Dinge interessieren. Ich zeige ihr, dass der Blinker sich im Wasser nicht um sich selbst dreht oder hin und her hüpft, sondern abwechselnd eine komplette Drehung in die eine und dann in die andere Richtung macht. ›So kann man ihn den ganzen Tag benutzen, ohne dass sich die Leine verheddert‹, sage ich. Doch sie schweigt immer noch. Sitzt bloß auf dem Felsen, hält die Rute in der Hand und sieht auf den See hinaus. Ich denke, fast wie die Britannia, fehlt nur noch der Helm, und beschließe, ihr noch mehr über den Blinker zu erzählen, der auch Len-Thompson-Blinker genannt wird, nach dem Namen seines Erfinders. Ein Metallarbeiter aus Alberta, der in Ypern einen Gasangriff überlebt hat. Ich führe aus, dass die Ärzte Len zu einem Jahr mit viel Bewegung und frischer

Luft rieten, woraufhin er Schlafsack und Zelt nahm und in die Wälder ging. ›Genau wie ich‹, sage ich und grinse sie mit meinem breitesten Silkleigh-Lächeln an, was normalerweise Wunder wirkt. Und da er sich keine teure Angelausrüstung leisten konnte, fahre ich rasch fort, nahm er eine Handvoll Esslöffel, sägte die Griffe ab und bohrte mehrere Löcher hinein, sodass sie sich im Wasser drehten, statt hin und her zu hüpfen.

›Warte nur ab, mit dem Five of Diamonds fängst du alles‹, verspreche ich ihr. ›Tatsächlich, meine Herzallerliebste, sollte ich den Blinker lieber hinter einem Baum verstecken, damit die Fische nicht aus dem Wasser springen und in der Luft anbeißen.‹

Meine Worte haben offenbar einen Nerv bei ihr getroffen, denn sie sagt: ›Woher weißt du das, Silkleigh? Du hast noch nie in einem Süßwassersee geangelt.‹

In dem Moment sehe ich ihn. Während ich noch den Köder anbringe, taucht dreißig Meter vom Felsen entfernt ein großer Fisch an die Oberfläche.

Stella sieht auf die Ringe im Wasser und ist zum ersten Mal konzentriert. ›Könnte ein Hecht gewesen sein‹, sagt sie. Für sie muss es ein Hecht oder ein Musky sein. Sie mag nur große Dinge.

›Vermutlich eine Forelle‹, sage ich und erzähle ihr von meiner ersten gefangenen Forelle, die ich aus einem Tannenbaum in Ungarn fischte. ›Ich war so aufgeregt, dass ich sie beim Herausziehen direkt in die Zweige geschleudert habe.‹

Der Fisch taucht erneut auf, dieses Mal etwas weiter draußen.

Sie sieht auf den Strudel im Wasser. ›Oder vielleicht ein Stör?‹ Ihre Stimme verrät, dass es ihr letztendlich egal ist, selbst wenn sie gerade die Chance hat, einen Belugastör an die Angel zu bekommen. Aber ich habe das untrügliche Gefühl, sie will nur nicht zugeben, wie spannend sie das alles findet.

Ich demonstriere ihr, wie man die Leine wirft, und sie probiert es pflichtschuldig zehn Minuten lang aus, aber der Fisch zeigt sich nicht wieder. Sie gibt mir die Rute zurück. ›Hier. Versuch du es‹, und noch während ich sie in die Hand nehme, taucht der Fisch an die Oberfläche, und ich sehe, dass es sich um einen prächtigen Burschen handelt.

Langsam schwimmt er auf den See hinaus. Ich versuche, die Leine noch über ihn hinauszuwerfen, aber der Blinker taucht weit davor ins Wasser. Ich hole die Leine wieder ein und werfe noch einmal mit mehr Schwung.

›Weiter links‹, sagt sie, als der Blinker auf dem Wasser aufschlägt, und ich spüre meine Aufregung. ›Ich habe doch gesagt, dass du auf den Geschmack kommst.‹ Der Blinker steigt mit einem leisen Plopp an die Oberfläche, und etwas weiter draußen höre ich den Fisch auftauchen.

Vom See her kommt ein Windstoß, sodass kleine Wellen gegen die Felsen schlagen und Stella neben mir zittert.

›Pass auf, dieses Mal erwische ich ihn.‹ Aus Angst, der Fisch könne entwischen, lasse ich die Rute nach hinten schnellen und schleudere sie dann mit aller Kraft nach vorn. Genau in dem Augenblick packt der Wind den Köder, und statt draußen im See zu landen, graben sich die Haken des Blinkers in Stellas Arm.

Ich lege die Rute zu Boden, laufe zu ihr und ziehe vorsichtig den Pullover hoch. Einer der Haken wölbt sich dunkel unter ihrer Haut.

›Ich kann ihn herausschneiden‹, sage ich. ›Ich könnte ein Messer in kochendes Wasser legen.‹

›Nein‹, sagt sie entschieden.

Ich rudere mit ihr zurück zur Lodge und fahre sie nach Kenora ins Krankenhaus, doch es vergehen zwei Stunden, bis wir endlich da sind. Eine Schwester nimmt sie in Empfang, und ich warte draußen im Wagen, bis die Schwester zu mir herauskommt. ›Mein lieber Mann‹, sagt sie, ›Ihre Frau ist vielleicht wütend auf Sie.‹

An diesem Abend führe ich Stella zum Essen aus. Da wir schon einmal in Kenora sind, habe ich einen Tisch im Dreh-Restaurant reserviert. Ich dachte, das würde ihr gefallen. Wir fahren mit dem Lift nach oben und gehen zu unserem Tisch. Aber sobald wir uns gesetzt haben, sagt mir mein sechster Sinn, dass vielleicht doch nicht alles in Ordnung mit ihr ist. Auch wenn sie beteuert, keine Schmerzen im Arm zu haben, sehe ich, dass sie irgendetwas quält.

Wieder strahle ich sie mit meinem breitesten Lächeln an. ›Sollen wir uns etwas teilen?‹ Ich erwarte nicht, dass sie darauf eingeht. Das ist nicht ihre Vorstellung von Nähe. Sagen wir es so, altes Haus, mittlerweile habe ich herausgefunden, dass Stella nicht der Typ ist, der eine Curling-Jacke im Partnerlook mit SILKLEIGH auf dem Ärmel trägt.

›Bestell dir, was du möchtest‹, sage ich, weil ich denke, dass sie hungrig ist, aber sie bestellt bloß eine Kinderportion Hechtbäckchen. Als sie gebracht werden, starrt sie auf den Teller und greift nach einer Weile zum Pfefferstreuer. Dann sieht sie zu mir und sagt: ›Es funktioniert nicht.‹

›Nein, Liebling, es ist eine Pfeffermühle. Zeig mal‹, und als ich die Hand danach ausstrecke, sagt sie: ›Ich will die Scheidung.‹

Ich stelle die Pfeffermühle auf den Tisch, und ich kann dir sagen, Richie, es dauert einen Moment, bis ein solcher Schlag aus heiterem Himmel bei einem ankommt. Dann sehe ich ihr in die Augen.«

Silkleigh zupft die Haut unter seinem Kinn, als säße nicht ich, sondern jemand anderes ihm gegenüber, und nimmt sein Glas. »Und soll ich dir noch etwas verraten, altes Haus? Sie hatte einen Blick, den ich zuvor nur bei Wölfen gesehen hatte. Ich bin ihnen in Rudeln auf dem Eis begegnet. Sie sehen dich einen Moment lang neugierig und mit äußerst intelligenten Augen an und trotten dann weiter. Nun, Stella hatte genau diesen Blick.«

Silkleigh trank sein Bier aus.

»Es war das letzte Mal, dass ich sie gesehen habe. Als Schriftsteller weiß ich, was du jetzt denkst. Der Haken in ihrem Arm war ein Symbol, er hat ihr den Rest gegeben. Auch ich habe es so gesehen. Anfangs habe ich mir sogar Vorwürfe gemacht. Ich weiß, ich weiß. Aber das tut man automatisch. Es gab sogar einen Moment, da standen die Dinge so auf der Kippe, dass der gute Silkleigh beinahe zum Psychiater gerannt wäre. Zum Seelenklempner, altes Haus! Dann dachte ich, das ist lächerlich, und schob eine Zeit lang alles auf die Sterne. Ich machte mir klar, dass ich nichts hätte tun können. Absolut nichts. Es war unvermeidbar gewesen. Unabwendbar. Und doch habe ich vor gar nicht so langer Zeit noch mal über alles nachgedacht. Wenn wir diesen Fisch gefangen hätten … Wenn der Haken sich nicht in ihren Arm gebohrt hätte, sondern in den Fisch und wenn wir einen wunderschönen Tag am See verbracht hätten, wären dann Stella Fotheringham und ich vielleicht immer noch Mann und Frau, bis ans Ende unserer Tage? Ich sag dir eins, altes Haus, wenn man es genau bedenkt, hängen unser Glück und unser Elend an einem Nylonfaden. Und dann dachte ich, wenn ich mit ihr nur noch einmal in den Süden reisen könnte, zum Tauchen …«

Silkleighs Worte werden von einem aufheulenden Motor

übertönt. Draußen vor dem Copacabana wird es dunkel. Ein Mädchen steigt auf den Rücksitz eines Motorrads, und ich sehe, dass es das kleinere der beiden Mädchen vom Steg ist. Ihre Haare liegen wie ein nasser Strang auf ihrem Rücken. Sie hebt ihr nacktes Bein hoch über das Auspuffrohr, und ihr Kleid, das über das Rücklicht fällt, leuchtet rot auf.

»Aber ich würde es immer wieder machen. Der Schriftsteller in mir, nehme ich an. Weißt du, was unser Bruder Nietzsche über Künstler gesagt hat, altes Haus?«

Ich sehe, wie sich das Mädchen über die Waboden Avenue entfernt, bis man nur noch einen winzigen roten Punkt sieht. »Verrat's mir.«

»Wir sind unbelehrbar.«

Der Tod des Marat

Wer ist Dilys Hoskins? Eine fünfundfünfzigjährige Frau mit weißen Haaren und hellwachen blauen Augen hinter einer unbeabsichtigt modischen Hornbrille. Mutter zweier Kinder, die beide schon in den Zwanzigern sind. Seit achteinhalb Jahren Witwe. Geboren an der afrikanischen Ostküste – in einem Land mit Stränden hinter hohen Dünen, tiefen Seen, fruchtbaren Ebenen und unwirtlichen Sümpfen und Wüsten. Jemand, über den die Nachbarn ihres heruntergekommenen Wohnblocks Worte sagen würden wie: zurückgezogen, praktisch veranlagt, eine zähe Verhandlerin, damenhaft.

Mit anderen Worten, eine höchst unwahrscheinliche Attentäterin.

Seit fast einem Monat ist sie in London. Ihre Tochter Rachel hat soeben Dilys erstes Enkelkind geboren, einen neun Pfund schweren Jungen mit einem durchdringenden Schreien. Dilys wohnt im ausgebauten Kellergeschoss in Rachels Reihenhaus in Putney und hilft ihr im Haushalt. In fünf Tagen wird sie nach Australien fliegen, zur Graduierungsfeier ihres Sohnes Robin an der Architekturhochschule in Perth, bevor sie in ihre Einzimmerwohnung in der afrikanischen Hauptstadt zurückkehrt, in die sie eingezogen ist, nachdem die Regierung die Coral Tree Farm beschlagnahmt hatte. Sie leugnet nicht, dass ihr angst und bange wird, wenn sie an das Chaos denkt, das sie dort erwartet, oder an das lähmende Gefühl ihrer eigenen Ohnmacht. Sie hat nie irgendeine Ausbildung gemacht. Wie soll sie da ihrem Land helfen? Sie ist weder Krankenschwester noch Ärztin; sie ist die Frau eines Farmers, die seit achteinhalb Jahren ihren Mann und ihre Farm zurückmöchte. Aber sie hat ihre Entscheidung getroffen.

Ihre Kinder haben E-Mails ausgetauscht. Sie sind der Meinung, sie sollte nicht zurückgehen. Ihr Verhältnis zu beiden ist angespannt.

An einem verregneten Nachmittag in der letzten Woche ihres Besuchs steht Dilys in der Küche ihrer Tochter in der Oxford Row und brüht Tee auf, als sie Rachels alarmierten Ruf hört: »Mum, komm schnell. Er ist im Fernsehen.«

Das Wort »er« brennt wie Feuer in ihrem Hals.

Dilys gießt hastig zwei Becher ein, geht damit ins Wohnzimmer und setzt sich neben ihre stillende Tochter auf das große Sofa, um mit ihrem Tee in der Hand zuzuhören, wie ihr immer noch jungenhaft wirkender Präsident die Seuche leugnet.

Es ist ungewohnt für Dilys, mitzuverfolgen, wie das Ausland über ihr Land berichtet. Daheim gibt es niemanden, der dem Präsidenten zu widersprechen wagte. Ausländische Journalisten sind verboten. Zu Hause dröhnen aus Dilys Kurzwellenradio ausschließlich Lobeshymnen. Russland schweigt; China hält sich ebenso zurück. Aber hier bringt die BBC – die der Präsident abfällig als British Bum Cleaners, also britische Hinternwischer, bezeichnet – regelmäßig Nachrichtensendungen.

»Nein, es gibt keine Seuche«, beharrt der Präsident in seinem altmodischen Missionsschulen-Englisch und streckt der ergebenen Zuhörerschaft den Zeigefinger entgegen. Es sei bloß ein Gerücht, das von einer ruchlosen weißen Minderheit mit Unterstützung der Europäer und Amerikaner verbreitet werde. Europäer und Amerikaner seien für die Lebensmittelknappheit, die Schlangen an den Tankstellen und die eine Milliarde Prozent Inflation verantwortlich; selbst jetzt würden sie lebenswichtige Öllieferungen auf hoher See abfangen und Pläne schmieden, das Land mit Hilfe raffgieriger rassistischer Usurpatoren erneut zu kolonialisieren … Er trägt seinen unverkennbaren blauen Kaftan und eine weiße Baseballkappe, die auf dem buschigen schwarzen Haarschopf lächerlich aussieht.

Rachel hört der einschüchternden Stimme zu.

Ihr Baby, das sie einen Moment von der Brust genommen hat, schnappt einmal kurz nach Luft, bevor es das tiefviolette Projektil von Rachels Brustwarze erneut fest mit dem Mund umschließt.

Keine der beiden Frauen sagt, was sie gerade denkt. Die Worte haben sich im Laufe der Zeit abgenutzt:

Du bösartiger Pfuscher. Nur ein Mann ist verantwortlich für den Ruin des Landes; überall der Gestank des Todes, Krankheiten, die sich von Dorf zu Dorf fressen, verlassene Farmen, Kinder ohne Mütter, die in den sich türmenden Müllhaufen am Straßenrand nach Nahrung stöbern; und Nacht für Nacht die geschwungenen Hackenstiele, das Blutvergießen, die Verstümmelungen, die Vergewaltigungen, die Verschleppungen. Nur ein Mann, Mr Pointer.

Was die Tochter hingegen sagt: »Ich habe eine Nachricht von Robin bekommen. Er meint, du bist verrückt. Du hast ein Round-the-World-Ticket – du musst bloß weiterfliegen, bis du wieder in London bist, und ich hole dich in Heathrow ab.«

Dilys trinkt einen kleinen Schluck wässrigen Darjeelings und schweigt.

Verärgert wiegt Rachel ihr Baby. »Ich weiß, es ist schwer, Mum. Es war auch unser Zuhause.«

Sie verstummt wieder. Sie hat eine blonde Fransenfrisur und das spitze Kinn ihres Vaters. Dann sagt sie betont vernünftig: »Hör zu, ich habe mit Tim über das Kellergeschoss gesprochen. Es ist anders als das, was du gewohnt bist, aber du hättest deinen eigenen Eingang.«

»Zwischen Robin und dem australischen Mädchen scheint es was Ernstes zu sein«, sagt sie sehr bestimmt.

»Mein Gott, Mutter!«

Rachel konnte ihre Emotionen noch nie gut verbergen. Dennoch ist sie geübt darin, ihre Mutter zu manipulieren.

Dilys knallt den Becher auf den Tisch.

»Ich gehe zurück, Rachel«, sagt sie aufbrausend. »Und kein Wort von dir, Robbie oder deinem Mann wird mich davon abbringen. Es ist der Ort, wo ich hingehöre.«

Ihr Ausbruch überrascht sie beide. Mit verschränkten Armen sitzt sie im rechten Winkel zu ihrer Tochter und sieht, wie sie dem Säugling die Ohren zuhält, um ihn vor dem lauten Geschrei zu schützen.

»Was ist nur in dich gefahren?«, zischt Rachel und dreht ihr Kind zum Fernsehschirm, wo es ungestört einen bestickten blauen Kaftan und einen hochgekämmten schwarzen Haarkranz bestaunen kann. Dann steht sie auf, um den Raum zu verlassen. »Wo kommt nur dieser Zorn her? Du hast alles Recht, wütend zu sein, aber es gibt Grenzen.«

Um dem Stress einer weiteren Auseinandersetzung zu entgehen, leiht Dilys sich am nächsten Morgen Rachels Schirm, verlässt die beengten Verhältnisse des Hauses und wartet auf den Bus nach Piccadilly. Es ist ein Sommermorgen, aber seit ihrer Ankunft in London hat es ununterbrochen geregnet.

Endlich hält der Bus am Straßenrand und lässt dabei das Wasser nur so hochspritzen. Als ein Teenager – weiß, picklig und mit Kabeln, die unter seiner Wollmütze herabhängen – sich vorzudrängeln versucht, packt sie ihn am Arm. »Verzeihung.«

Sie schiebt den Jungen zur Seite, steigt ein, um ihren Fahrschein zu lösen, und ist milde erstaunt, als sie erfährt, dass der Fahrpreis der Gleiche ist wie letzte Woche. Sie gibt dem Fahrer den exakten Betrag, lächelt ihm dankbar und ein wenig unsicher zu, steckt den Fahrschein ein und geht nach hinten durch.

Nachdem sie sich gesetzt hat, kommt es ihr dumm vor, so explodiert zu sein. Sie lehnt sich zurück und betrachtet die anderen Fahrgäste. Ihre Gesichter sind weiß, schwarz, braun, gelb – und vermutlich sind die meisten Briten. Als der Bus die Themse überquert, kommt ihr der Gedanke, dass sie Bestätigung sucht. Sie sucht jemanden, der so ist wie sie. Ist die Situation, mit der sie konfrontiert ist, nicht das Schicksal aller fünfundfünfzigjährigen Frauen einer »bestimmten Generation«, die sich im Alltag des häuslichen Lebens verloren haben?

Sie sieht über den Fluss hinweg auf die dunklen Wolken, die sich am Himmel über London zusammenballen. Aber der nagende Zorn ist immer noch da.

Als Dilys eine junge Mutter war, nannten ihre Freunde sie Dornröschen. Sie war ein vorlautes und eher pummeliges Kind gewesen und hatte sich erst spät in eine Schönheit verwandelt. Mit achtundzwanzig Jahren plötzlich festzustellen, dass andere sich nach ihr umdrehten, war für sie fast noch verwirrender als die Geburt ihres ersten Kindes kurze Zeit später. Zusammen mit den überschüssigen Pfunden verlor sie aber auch ihre Resolutheit und ihr Durchsetzungsvermögen. Mit den hervortretenden Wangenknochen wurde sie gütig, duldsam und verträglich. Die Dilys von heute, die bei der kleinsten Provokation aus der Haut fährt, hat zur Wildheit ihrer frühen Jahre zurückgefunden.

Andere könnten denken, sie habe sich in einen anderen Menschen verwandelt, aber das stimmt nicht. Man kann nicht zu jemandem werden, der man nicht ist. Sehr wohl aber kann man zu der Person zurückkehren, die man einmal war. Sie hat lediglich die über lange Zeit ungenutzt gebliebenen Krallen des kratzbürstigen Mädchens ausgefahren.

In sicherer Entfernung starrt vier Reihen vor ihr der Teenager durch die regennasse Scheibe und wippt mit dem Kopf.

Fünfunddreißig Minuten später steigt Dilys gegenüber vom Ritz aus dem Bus und geht frierend, nass und niedergeschlagen an der Royal Academy vorbei, wo an einem Geländer ein Plakat für eine Munch-Ausstellung hängt, bei dem sie unwillkürlich an das Gesicht ihrer Tochter am Vorabend denken muss. Dilys kann sich nicht erinnern, wann sie zuletzt eine Kunstgalerie besucht hat. Mit glitzernden Regentropfen in ihren dünnen, vorzeitig weiß gewordenen Haaren macht sie den Regenschirm zu und geht hinein.

Das Bild hängt im letzten Raum der Ausstellung. Zuerst sieht Dilys es nicht. Gehorsam wandert ihr Blick von einer Wand zur nächsten, und plötzlich bleibt ihr Herz stehen. Ein Gesicht sieht sie an, dringt in sie ein und löst einen Schock des Wiedererkennens aus.

Dilys kann die schwindelerregende Vertrautheit nicht genau erklären, die sie für diese junge Frau mit den wirren gelben Haaren empfindet. Die kleinen Brüste und der aufgequollene Bauch erinnern sie an die verzweifelten schwarzen Mädchen in ihrer afrikanischen Hauptstadt. Aber die bleiche Hautfarbe – wütend aus der Tube gedrückt und mit schnellen horizontalen Pinselstrichen wie Messerschnitte auf der Leinwand verteilt – ist ihre eigene. Die Farbe von Sellerie, weißen Uhrentürmen, Tropenhelmen.

Erst aus der Nähe sieht sie, dass die junge Frau nicht allein ist: Ausgestreckt auf einem Bett hinter ihr, und ebenfalls nackt, liegt ein Mann mit einem Schnurrbart.

Dilys fummelt an ihrem Audioguide herum, und eine teilnahmslose Stimme erklärt ihr, dass es sich bei dem Mann um den französischen Revolutionsführer Marat handelt; und die Frau, die sich unter dem Vorwand, ihn vor einem Komplott warnen zu wollen, Zutritt zu ihm verschafft hat, ist Charlotte Corday. »Munch vollendete das Werk 1907, ein Jahr vor seinem Zusammenbruch ...«

Das Thema des Gemäldes überrascht Dilys. Die Figuren wirken so modern, wie ein Liebespaar in einem Einzimmerapartment. Und während sie von Marat gehört hat, weiß sie nichts über Charlotte Corday – außer dass sie Marat bekanntermaßen in der Badewanne erstochen hat. Auf dem Gemälde von Jacques-Louis David war sie definitiv nicht zu sehen. Wer ist sie? Wie hat sie ihn getötet?

Sie hebt den Kopf und sieht der Attentäterin in die Augen. Der Blick ist leer, leichenhaft (selbst der Tote auf dem Bett scheint lebendiger), aber er lässt Dilys dennoch nicht los.

Einige Zeit später tritt Dilys von *Der Tod des Marat* zurück. Das Bild hat sie bis ins Mark erschüttert. Die hervorstechende Leere im Blick der jungen Frau konfrontiert Dilys mit der verbleichenden Leinwand ihrer eigenen Existenz. Sie spürt, wie sie innerlich kocht beim Gedanken an all die

Dinge, über die sie mit Rachel und Robin nicht reden kann oder nicht reden will. Sie sind das letzte Bindeglied ihrer Familie, aber der Entschluss, von vorn anzufangen und sich in Großbritannien und Australien eine neue Existenz aufzubauen, hat ihre Kinder taub werden lassen. Dilys kennt das Muster nur zu genau – sie selbst hat es ihnen beigebracht: Um zu überleben, muss man vergessen. Anders geht es nicht. Aber ihr Vergessen, um das sie so gerungen hat, beginnt langsam zu bröckeln.

Auf dem Weg zur Garderobe spürt Dilys plötzlich den drängenden Wunsch, auf einen der Besucher der Royal Academy zuzugehen und zu sagen: »Wissen Sie eigentlich, dass mein Präsident glaubt, Sie bildeten eine unheilige Allianz mit einer Handvoll wehrloser Farmer von einem anderen Kontinent?«

Sie würde nicht mehr als Schulterzucken ernten. »Tut mir leid, das klingt schrecklich«, und die Leute würden weitergehen. Und dann würden sie über die Schulter hinweg sagen: »Sind Sie nicht freiwillig geblieben? Passiert das nicht überall in Afrika?« Oder falls sie sich etwas mit der Geschichte auskennen: »Holt er sich nicht bloß das Land zurück, das die Weißen Ende des 19. Jahrhunderts an sich gerissen haben?«

In ihrer Verbohrtheit liefe sie hinter ihnen her und schüttelte sie, gekränkt von deren Gleichgültigkeit. »Entschuldigung, aber wussten Sie, dass acht von zehn weißen Farmern, die der Präsident als ›Ungeziefer‹ bezeichnet, mein Mann eingeschlossen, ihr Land nach der Unabhängigkeit erworben haben – also unter den vom Präsidenten selbst beschlossenen Gesetzen?«

Da ist so vieles, was sie sich gern von der Seele reden würde. Sie könnte eine Woche lang hier stehen und reden, und es bliebe immer noch jede Menge zu sagen. Doch in der

Regel machen die Leute sofort dicht, wenn sie die Dinge zu erklären versucht – ihre Eltern waren erst nach den ersten Siedlern, als überall Leute getötet wurden, ins Land gekommen; sie trägt keine Waffe; sie hat ihren Hund nicht nach dem Präsidenten benannt und singt auch nicht »Climb the Hill, Baboon«. Sie ist keine von diesen schrecklichen britischen Nostalgikern, die jede in die Vergangenheit gerichtete Unterhaltung mit »Als wir noch in … lebten« beginnen. Aber auch wenn sie nicht zu diesen Leuten gehört, ist Afrika doch der einzige Ort, den sie kennt. Sie ist so sehr Afrikanerin wie ihr Präsident Afrikaner ist. Großbritannien schuldet ihr nichts. Alles, was sie mit den ursprünglichen Siedlern gemeinsam hat – und mit einigen Besuchern der Munch-Ausstellung –, ist ihre weiße Hautfarbe.

Die Person, die das versteht, ist ein geisteskranker, toter norwegischer Maler. Im Katalog liest sie, nach eigener Auskunft habe Munch das Bild *Der Tod des Marat* neun Jahre lang mit sich herumgetragen.

Dilys fliegt erst am Freitagabend nach Australien. Aufgekratzt ob ihres wiedererwachten Selbstbewusstseins, verbringt sie die verbleibenden Nachmittage in der Putney Library in London und stöbert in Büchern über die Französische Revolution.

Charlotte Corday, die Frau auf dem Bild, traf an einem heißen Julinachmittag in Paris ein, kämpfte sich durch die blau-weiß-rote Kokarden und wollene Freiheitsmützen tragende Menge und mietete sich in einem stickigen Zimmer im ersten Stock der Auberge de Provence mit Blick auf die Rue des Vieux Augustins ein. Der Portier stellte ihre vollgestopfte Ledertasche auf den Boden und zog, ohne ein Wort zu sagen, die schweren Vorhänge zur Seite. Die ins

Zimmer flutende Sommersonne fiel auf einen Tisch mit Marmorplatte und ein ungemachtes Bett. Sie wandte sich an den Portier, einen grobknochigen, leicht tauben Mann, dessen kastenartiger Unterkiefer leicht herabhing, und wies ihn an, das Zimmermädchen solle das Bett machen und ihr anschließend Feder, Tinte und einige Bogen Papier bringen.

An diesem Nachmittag schrieb sie die Worte nieder, die sie sich seit der Abreise aus Caen im Kopf zurechtgelegt hatte. Sie schrieb schnell, ohne Pause. Der Frieden Frankreichs hing von der Achtung des Gesetzes ab. Sie brach es nicht, wenn sie einen Mann tötete, der allgemein verurteilt wurde. Wenn sie schuldig war, dann war auch Herkules schuldig, als er Geryon und Cacus tötete. Aber war Herkules je einem so abscheulichen Monstrum begegnet?

Sie faltete das Papier drei Mal und heftete es an ihre Geburtsurkunde.

Sie hatte ihren Entschluss gefasst: Marat musste getötet und der Friede wiederhergestellt werden.

Niemand ist so stark wie eine alleinstehende Frau. Sie hatte keinen Menschen um Hilfe gebeten, ihren Plan nie auch nur mit einer Silbe erwähnt. Alle, die sie kannten, glaubten, sie sei in England. Vor ihrem Aufbruch von Caen hatte sie ihrem Vater geschrieben: »Ich gehe nach England, weil ich glaube, dass für sehr lange Zeit niemand glücklich und in Frieden in Frankreich leben kann.«

Eine ganze Nation soll für die Tollheit eines Mannes zahlen. Sie würde der Welt wieder ihren Frieden geben und sie von einem Ungeheuer befreien.

Wer ist diese Dilys Hoskins, die sich so für Charlotte Corday begeistert und in diesem Moment auf einem Nachtflug nach Singapur in der Economyclass sitzt? Eine Frau, die sich in ihren Schwächen und Eitelkeiten nicht grundsätzlich von jeder anderen Passagierin unterscheidet. Keine Heldin aufgrund ihres Entschlusses, zu bleiben, sondern eine Witwe in den Wechseljahren, die nirgendwo anders sein möchte als zu Hause. Eine Frau, die keine Antwort auf die Frage weiß: Ab wann hat man das Recht, sich dem Land zugehörig zu fühlen, in dem man geboren wurde; ab wann hat man seinen Anspruch auf einen Teil seines Bodens verdient?

Sie sieht zu dem jungen Paar in ihrer Reihe hinüber, das ganz in einen Film vertieft ist. Wisst ihr, was vor sich geht, wie schlimm es ist? Wenn ihr es nicht wisst, wie könnt ihr dann helfen? Aber wenn ihr wüsstet, wie schlimm es ist, würdet ihr überhaupt helfen können?

In der Zeitung auf ihrem Schoß steht, dass sich die Seuche ausbreitet und die Lage sich durch den Regen noch verschärft. Ein Foto zeigt ein leeres Krankenhaus, die Stationen verlassen. Zwei Kinder sitzen auf den Stufen und warten auf ihre Eltern. Der Präsident ist seit mehreren Tagen nicht mehr öffentlich aufgetreten.

»Die wahre Tragödie«, sagt ein Vertreter einer Hilfsorganisation, »besteht darin, dass die Krankheit tötet, obwohl sie heilbar ist.«

In den Tagen, nachdem sie die Farm verloren hatten, hatte Dilys' nüchtern denkender Mann einmal mit geröteten Augen zu ihr gesagt: »Ich würde es tun, wenn ich die Gelegenheit hätte«, worauf er seine Hand mit einer schneidenden Bewegung durch die Luft fahren ließ.

»Ich weiß, Liebling.« Sie hatte seine Hand gedrückt, so wie er ihre Hand während der Geburt von Rachel und zwei Jahre später bei der von Robin gehalten hatte.

So tief war Miles' Verbitterung. Er konnte es nicht mit seinem Gewissen vereinbaren, dem Präsidenten noch einmal seine Stimme zu geben. Aber sollte er jemals in seine Nähe kommen ...

Nachdem ihr Essenstablett abgeräumt worden ist und sie das Licht über ihrem Sitz ausgeschaltet hat, versucht Dilys zu schlafen. Aber ihre Füße schwellen an, und in ihrem Hinterkopf huscht ein Schatten hin und her und hält sie wach.

Charlotte Corday wachte an jenem Samstagmorgen im Juli früh auf, zog ein schlichtes braunes Baumwollkleid an, legte sich ein weißes leinenes Schultertuch um, das sie an ihrem Korsett befestigte, und setzte einen schwarzen Hut auf. Alles sehr unauffällig und sittsam.

Es war sieben Uhr dreißig, als Madame Grollier, die Hotelbesitzerin, die Eingangstür aufschloss und sie hinausließ. Die Geschäfte waren noch geschlossen. Nach zwanzig Minuten gelangte sie zum Palais Royal und machte einen Spaziergang durch die öffentlichen Gärten. Die Pflanzen waren verkümmert und mit Staub überzogen. Sie lief zehn Runden, dann verließ sie die Gärten und ging durch die Galeries de Bois bis zur Nummer 177, wo ein vierschrötiger Mann die Läden öffnete. Im Fenster sah sie Essbesteck ausgestellt. Der Mann, Monsieur Barbu, der Besitzer des Geschäfts, bat sie einzutreten. Sie sagte ihm, sie suche nach einem Obstmesser. Er zog ein samtbezogenes Tablett hervor, und sie entschied sich für ein Messer mit schwarzem Griff und einer fünfzehn Zentimeter langen Stahlklinge. Der Griff war aus Elfenbein geschnitzt und hatte an seinem Ende zwei Ringe. Er zeigte ihr, wie man das Messer daran an einem Regal oder am Gürtel des Kochs befestigen könne. Sie zahlte vierzig Sous für das Messer, zu dem ein grünes Lederetui gehörte. Sie steckte es in ihre Tasche, bedankte sich und ging.

Auf dem Weg zurück zu den Gärten kaufte sie eine Zeitung, setzte sich auf eine Bank und las. Aus Orléans, so eine Meldung, würden neun Männer nach einem versuchten Mordanschlag auf Marats Gesandten hingerichtet. Sie ließ die Zeitung sinken und rang nach Luft.

In diesem Moment rannte ein kleiner Junge an ihr vorbei und stürzte. Er schrie vor Schmerz auf und sah zu ihr hoch, das Gesicht zerknittert. Als sich ihre Blicke begegneten, bemerkten beide die feuchten Augen des anderen, und vielleicht hinderte genau das sie daran, tatsächlich in Tränen auszubrechen. Sie half dem Jungen auf, strich ihm mit einem ernsten, traurigen Lächeln über die apfelrote Wange, und er lief humpelnd weiter, während er sich die Kiesel von den Knien rieb.

Den »Schwarzen Robespierre« hatten einige Farmer, mit denen sie aufgewachsen war, ihn genannt. Die gleichen Männer, die nach seiner Wahl aus dem Land flohen. »Warte nur ab, Dilys«, hatten sie gesagt, als sie ihre Sachen packten. »Unter diesem lächerlichen Kaftan wird immer ein Mao-Kragen stecken.« Sie wollte nicht mit ihnen streiten, sondern glauben. Sie war damals Mitte zwanzig, in Rachels Alter, und hatte Vertrauen in den Präsidenten und die Vision, die er in seiner schüchternen, freundlichen Hochzeitsfotografenstimme für ihr (ja, ihr) Land vortrug. Diese Farmer machten sich die Sache zu leicht, dachte sie nur. Auf einem privaten Hofflohmarkt kaufte sie eine Black-&-Decker-Bohrmaschine, bei der einige Zubehörteile fehlten, und ein Transistorradio.

Wie vernünftig der Präsident zu Anfang erschienen war. Dieses ganze Gerede von Vergebung, sein leidenschaftliches Bekenntnis zum Frieden, seine Zusage, jeden Einzelnen auf seinem Weg mitnehmen zu wollen. »Sie haben mir das Juwel

Afrikas übergeben«, sagte er zu seinem weißen Vorgänger. Er wollte, dass die Weißen blieben und beim Wiederaufbau halfen. Es würde keine Vergeltung geben, eine geringfügige Umverteilung vielleicht, mit der Zeit; aber Rache, nein, auf gar keinen Fall. Er ernannte einen weißen Farmer zum Landwirtschaftsminister, um die Zukunft der Farmer sicherzustellen. Er hörte aufmerksam zu, in seinem blauen Kaftan. Er bekam einen neuen Namen: Mr Pointer nannten ihn die Menschen mit aufrichtiger Zuneigung, weil er bei seinen Reden immer den Zeigefinger vorstreckte. Er wurde zu einer messianischen Gestalt. Jeder wollte ihn sehen.

Ihr Mann nahm Mr Pointer beim Wort. Ihr Mann, der Biskuitschnitten mit Zitronencreme, Orangenmarmelade mit fein geschnittener Schale und Tangomusik von Carlos Gardel mochte. Der die schlimmste Seite eines anderen erst dann sah, wenn er zuvor seine beste Seite gesehen hatte. Oft bewundert man bei anderen Menschen die Qualitäten, die man selbst nicht besitzt. Miles behandelte jeden mit dem gleichen Wohlwollen. Ein Mann, dessen unglaubliche Direktheit Hand in Hand ging mit größter Aufrichtigkeit. Als sie sich kennenlernten, war er Besitzer einer gut gehenden Druckerei im Zentrum der Hauptstadt, hatte aber zugleich Sehnsucht nach dem Land: Land, das Mr Pointer Leuten wie Miles bereitwillig und eindringlich zur Bewirtschaftung anpries.

»Das Geheimnis des Erfolgs im Leben«, sagte Miles zu Dilys, als sei sie sein Lehrling und nicht seine Frau, und würde es später auch gegenüber seinen Kindern wiederholen, »besteht darin, eine Gelegenheit beim Schopf zu packen, wenn sie sich bietet.« Er verkaufte seine Druckerei, und mit ihren gemeinsamen Rücklagen kauften sie eine kleine Tabakfarm, etwa zwanzig Kilometer von der Küste entfernt. Sie investierten in eine Herde Milchkühe. Sie installierten eine neue Handpumpe im Hühnerhof, um Grundwasser zu nutzen. Sie renovierten das Wohnhaus, ein bescheidenes, weiß getünchtes einstöckiges Gebäude am Ende einer langen Rasenfläche, umgeben von Dornbüschen, in denen Amethystglanzstare ihre Nester bauten, und mit Blick auf einen mit Elefantengrasbüscheln verzierten Horizont unter einem unermesslichen Himmel. Der sandige Boden brauchte große Mengen Dünger, aber der Fluss gab das ganze Jahr über Wasser. Sie sah ihren Kindern zu, wie sie über wassergeglättete Felsen rutschten, und stieg mit ihnen einen Steilhang hinab, der zu einer alten Steinterrasse führte.

Sie musste sich nützlich machen. Sie gründete eine Schule und stellte zwei Lehrer ein; sie richtete eine Dorfbücherei ein; sie kümmerte sich darum, dass die Arbeiter eine anständige Unterkunft bekamen. Um die Worte ihres Präsidenten zu gebrauchen, sie tat ihr Bestes, »gemeinsam vorwärtszuschreiten«. Ihre ganze Kindheit über hat sie mit afrikanischen Kindern gespielt. Es machte einen nicht immer zum Antirassisten, aber in ihrem Fall war das starke Gefühl geblieben, dass alle zu einem bunt zusammengewürfelten Stamm gehörten. Obwohl sie nicht die Zuversicht und Direktheit ihres Mannes besitzt, behandelte sie die Afrikaner wie Miles, und so, wie sie Europäer behandeln würde, wofür die Afrikaner sie schätzten. Jeder winkte ihr zu, wenn sie vorbeifuhr, anders als bei der benachbarten Farm, wo die Feldarbeiter finster dreinblickten.

Dilys hat in der Hauptstadt die gleiche Schule wie ihre Mutter besucht. Im Französischunterricht hat sie Camus gelesen. Sie beneidete ihn um den Satz: »Die Erde bleibt unsere erste und letzte Liebe.« Auf der Coral Tree Farm lernt sie Camus' Liebe verstehen.

Während der Erntezeit war ihr Platz in der Tabakscheune. Jedes Mal, wenn sie die Qualität eines Blattes prüfte und mit den Fingerspitzen über die gerippten Arterien fuhr, spürte sie sich unmittelbar verbunden mit denen, die die Pflanze geschnitten hatten, und mit dem Boden, der sie hervorgebracht hatte; eine innere Zugehörigkeit, die mehr war als bloße Vertrautheit. Das Tabaksblatt, genau wie die warme schäumende Milch, die sie aus dem Euter der Kuh presste, war konkret, etwas, das sie zwischen den Fingern spüren und riechen konnte. Es war das Leben selbst.

Anders als ihre liberalen Freunde betrachtete Dilys die Afrikaner ohne Sentimentalität. Sie hat genug gesehen, um zu wissen, dass Afrika ein rauer Ort ist – die Unruhen haben sie das gelehrt. Aber erst als sie auf der Farm lebten, hat sie Afrika auf authentische Weise als ihren Ort erfahren. So als würde sie ein Buch in einer fremden Sprache lesen, die sich dann unmerklich in ihre eigene Sprache verwandelt.

Wann fiel es ihr wie Schuppen von den Augen, dass der »Schwarze Robespierre« sein Volk geleimt hatte, wie Miles es nannte? Wann wurde ihr unmissverständlich klar, dass das Integrationsversprechen des Präsidenten nichts als leeres Gerede war. Und ganz speziell, wann wurde aus dem ruhigen, schüchternen, freundlichen Hochzeitsfotografen der dröhnende Demagoge mit dem schwarzen Haarschopf unter einer Baseballkappe, der seine Schläger auf das »weiße Ungeziefer« wie die Hoskins ansetzte? Mit anderen Worten, wann beschloss Mr Pointer, sie für ihre weiße Hautfarbe zu bestrafen?

Fragen wie Munchs wütende horizontale Pinselstriche.

Der Kutscher der Pferdedroschke auf der Place des Victoires hatte keine Ahnung, wo Marat wohnte, und musste deshalb absteigen und unter seinen Kollegen nachfragen. »Rue des Cordeliers, Nummer dreißig«, rief einer von ihnen. »Gleich bei Faubourg Saint-Germain.« Er stieg wieder auf und setzte sie um kurz vor elf vor einem großen, schäbigen grauen Haus ab, das auf beiden Seiten von Geschäften flankiert war.

Charlotte ging, vorbei an einer unbesetzten Portiersloge, in einen Innenhof, wo zwei Frauen im Schatten eines Säulengangs plauderten.

»Zum Bürger Marat?«, fragte sie.

»Treppenaufgang rechts«, antwortete eine von ihnen nickend und betrachtete die sorgfältig gekleidete, ungewöhnlich schöne junge Frau mit ernsten, großen blauen Augen.

Sie durchquerte den Innenhof und lief, dem Eisengeländer folgend, bis zum obersten Treppenabsatz hinauf. Der Klingelzug bestand aus einer Gardinenstange, deren Ende mit grobem Stoff umwickelt war. Sie zog daran. Dann trat sie einen Schritt zurück und strich mit der Hand über ihr Korsett, unter dem sie das Messer versteckt hatte.

Gedämpfte Frauenstimmen. Die Tür öffnete sich, und sie stand einer Frau gegenüber, die sich auf die Lippe biss. Die Verwirrung in ihrem Gesicht spiegelte das Durcheinander im Flur hinter ihr. Im Fußboden fehlten Fliesen. An den Wänden eine verdreckte Tapete mit den Ruinen dorischer Säulen. Und überall der ranzige Geruch gebratenen Fischs.

»Was wünschen Sie?«

Mit ruhiger Stimme erklärte sie ihr Anliegen. Sie wollte zu Marat. Es sei dringend. Sie habe wichtige Nachrichten – über einen geplanten Aufstand in Caen.

»Unmöglich«, sagte die Frau schroff. »Marat ist krank. Er kann niemanden empfangen.«

»Was ist mit morgen?«

In dem Augenblick erschien eine zweite Frau in der Tür:

Marats Lebensgefährtin Simone. Sie bestätigte, was die Schwester gesagt hatte. Nein, Madame könne keinen Termin bekommen. Es sei unmöglich zu sagen, wann es ihm besser gehe und sie mit ihm sprechen könne.

»Dann fahre ich nach Hause und schreibe ihm einen Brief«, antwortete sie ruhig, jeder Faser ihres Körpers widerstehend, der danach schrie, sich an ihnen vorbei einen Weg zu bahnen.

Dilys macht auf der Reise nach Perth einen Zwischenhalt in Singapur. Auf Drängen ihres Sohnes sind für sie zwei Übernachtungen im Raffles Plaza gebucht. Das stetige Summen der Klimaanlage übertönt den Lärm der zwölf Stockwerke unter ihr liegenden Stadt. Aber sie kann nicht schlafen. Sie liegt wach und weiß nicht, wo sie ist, und für einen Augenblick lebt ihr Mann und sie befindet sich noch in Afrika.

Sie sitzt gerade an ihrem kleinen Tisch und versucht, sich mit einem Roman abzulenken, als Honour, ihr Dienstmädchen, hereinstürzt.

»Mrs Hoskins, kommen Sie schnell ...«

Dilys kann mit Honour kaum Schritt halten, während sie zum Ende der Wiese rennen. Hinter den Dornbüschen sind entsetzliche Laute zu hören.

Die Kuh stolpert und bleibt alle paar Schritte stehen, ihre Eingeweide um die Beine gewickelt wie südamerikanische Bolas. Das Gras glänzt rot vom Blut des aufgeschlitzten Euters. Als die Kuh die Gegenwart der Frauen spürt, dreht sie den Kopf in einem seltsamen Winkel zu ihnen, und beim Blick in die Augen der Kreatur stürzt Dilys zurück zum Haus.

Sie greift nach den Schlüsseln, schnappt kurzatmig nach

Luft. Sie muss das Tier töten. Aber sie weiß nicht, wie. Sie braucht Miles …

Das gequälte Brüllen dringt bis hierher zu ihr, während sie sich am Schloss des Gewehrschranks zu schaffen macht. Die Jagd ist Männersache. Aber ihr Mann bringt gerade die Kinder zur Sicherheit zum Haus eines Cousins in der Hauptstadt und wird erst am nächsten Tag zurück sein.

Sie nimmt das Gewehr und eine Handvoll Patronen. Sie hat noch nie ein Tier getötet, außer einmal ein Huhn, als Honour nicht im Haus war. Sie war wütend auf ihren Mann gewesen, weil er gesagt hatte: »Keine Sorge, ich mach das schon. Du schaffst das sowieso nicht.« Doch sie hatte ihn nicht gelassen und das Huhn beherzt auf die rituelle islamische Art geschlachtet, die Honour ihr gezeigt hatte.

Aber ein Huhn war keine Kuh.

Sie starrt zu den Patronen auf ihrer Handfläche. Sie bekommt diese Panikattacken, seit bei Miles Krebs diagnostiziert wurde. Eine Panik, die ihr sagt, dass er irgendwann nicht mehr da sein wird und sie die Dinge selbst in die Hand nehmen muss, aber sie weiß nicht, wie.

Durch das vergitterte Fenster ist ein weiteres Brüllen zu hören. Dieses schauerliche heisere Röhren ist unerträglich. Und tief in ihrem Innern, an einem kalten Ort jenseits von Gefühlen und Tränen, weiß sie, dass sie keine Wahl hat. Nur sie kann das Tier von seinem Leiden erlösen. Es ist niemand anderes da.

Das Gewehr wiegt unerwartet leicht in ihrer Hand. Sie geht mit dem gemessenen Schritt eines Sargträgers die Wiese hinunter. Ihr Leben lang ist sie eine aufmerksame Beifahrerin gewesen. Aber sie hat nie am Steuer gesessen, und jetzt wird sie es übernehmen.

Auf der anderen Seite der Hecke irrt immer noch etwas

taumelnd die Kuh umher. Ein Maul öffnet sich röchelnd, und eine steife, blaue, abnorm lange Zunge fährt heraus. Tastend sucht Dilys den Abzug und drückt ab.

Im schwindenden Licht geht sie zur Hütte, in der ihr Büro untergebracht ist, und ruft über das batteriebetriebene Funkgerät Peter Trasenster an. Die weißen Farmer in der Nachbarschaft machen jeden Abend einen Sicherheitsanruf. Bis jetzt ist es in der Gegend friedlich geblieben; ihre Straße ist die einzige Straße zur Hauptstadt ohne nächtliche Ausgangssperre. Vor zwei Wochen allerdings tauchte die Coral Tree Farm in den amtlichen Bekanntmachungen des Regierungsblattes auf. Abschnitt 8. Enteignungen. Räumung binnen neunzig Tagen. Ihr kranker Mann ist von Anwalt zu Anwalt gelaufen, um Widerspruch dagegen einzulegen.

Sie bemüht sich, nicht allzu melodramatisch zu klingen, als sie Peter erklärt, was geschehen ist. Er sagt ihr, sie solle im Haus bleiben, der Streifendienst werde vorbeikommen und nach dem Rechten sehen. Sie geht über den Rasen ins Haus, stellt das Gewehr zurück in den Schrank und verriegelt die Türen.

Später will niemand es glauben. Dornröschen, diese sonst so sanfte Frau, hat eine Kuh erschossen. Ihre Kinder sind fassungslos.

Zurück im Hotelzimmer zog Charlotte Corday ihre Geburtsurkunde unter ihrem Busen hervor, zusammen mit dem daran befestigten Blatt Papier, auf das sie ihr Manifest geschrieben hatte. Als Nächstes holte sie das Messer hervor und legte es hinter das Tintenfass auf den Tisch. Sie starrte einen Moment darauf, bevor sie die Hand ausstreckte und sich einen neuen Bogen Papier nahm.

Nachdem sie ihren Brief geschrieben hatte, steckte sie ihn in einen Umschlag, schrieb Marats Namen und Adresse darauf und läutete nach dem Portier.

»Sorgen Sie dafür, dass er bis sieben Uhr heute Abend überbracht wird.«

Dann bat sie Madame Grollier, ihr einen Friseur aufs Zimmer zu schicken.

Es hatte etwas mit den Frauen zu tun, mit ihren abweisenden, gleichgültigen Gesichtern. Sie beschloss, dass Marat ein Auge für schöne Frauen hatte. Heute früh war sie zu sittsam gekleidet gewesen. Das würde sie bei ihrem zweiten Besuch ändern.

Der ängstliche junge Coiffeur, der um drei Uhr nachmittags an ihre Tür klopfte, fand sie, bereits wartend, in einem Umhang aus weißem Bombasin, einem tief dekolletierten Korsett und einem rosenfarbenen Gazeschal über der Schulter vor. Eine Stunde lang stand er hinter ihr, nahm die goldenen Locken aus ihrem hübschen runden Gesicht und flocht sie zu einem dichten Knoblauchstrang, der in der Mitte über ihren Rücken fiel.

Die ganze Zeit über saß sie, vollkommen gleichgültig für das Werk seiner Hände, in selbstgewisser Überzeugung da. Losgelöst. Den Blick auf die Marmorplatte des Tisches und das Messer in seinem grünen Lederetui gerichtet.

Zum Abschluss verteilte er Eau de Cologne und Puder auf ihrem Haar und ihren Hals.

Als Charlotte Corday an diesem heißen Juliabend um halb sieben Uhr die Treppe herunterkam, konnte Madame Grollier die in weiß gewandete Frau mit Stöckelschuhen und einem smaragdgrünen Hut mit Kokarde, die ihrem parfümierten Gesicht mit der Hand Luft zufächelte, zunächst nicht mit der Person in Verbindung bringen, die drei Tage zuvor mit Kuchenkrümeln auf dem Ärmel aus der normannischen Provinz angekommen war.

Dilys kann sie nicht hören, da nackte Füße kaum Geräusche machen, und dann sind sie plötzlich da.

Eine schrille Stimme reißt sie aus ihrem Sessel. Sie teilt die Vorhänge, und als sie sieht, wer draußen ist, bedeutet sie mit der Hand, dass sie zur Tür kommt. Bevor sie den Raum verlässt, bleibt sie kurz vor Miles' Schreibtisch stehen und nimmt etwas von der Tischplatte.

Auf dem Weg durch die Vorhalle hört sie wieder die wütende Stimme: »Mach die Tür auf, oder wir machen dich fertig, *Mamma*.«

Sie entriegelt die Tür und steht im fahlen Licht der Verandabeleuchtung. Vor ihr hat sich ein stummer, unheilvoller Mob versammelt, bis zur Tabakscheune stehen sie. Lederjacken, grüne Kappen und rot-gelbe T-Shirts mit dem lachenden Gesicht von Mr Pointer.

Einige der jungen Männer halten abgebrochene Äste in der Hand. Andere umklammern Peitschen aus Keilriemen und Fahrradspeichen.

»Was wollt ihr?«, wendet sie sich an den Anführer. Als ob sie es nicht wüsste.

Er hebt einen Golfschläger. Sein geriffelter Metallkopf ist die sichtbare Verkörperung der bedrohlichen und aufgeheizten Stimmung, die seit Monaten in der Luft liegt.

»Wir sind gekommen, uns euer Land zu holen.«

Sie blickt suchend über die Gesichter, als sie eines wiedererkennt.

»Elias?«

Als er noch ein Junge war, hat sie Elias eine Brille gekauft, damit er lernen konnte.

Er sieht zur Seite.

Enttäuscht wendet sie sich wieder zu dem Mann mit dem Golfschläger. Auf seinem T-Shirt sind frische Blutspritzer.

»Wie alt bist du?« Ihr Blick ist voller Zorn. Sie denkt an die Kuh. Sie spürt die blauen Adern, die an ihrem Hals hervortreten.

Die Frage macht ihn verlegen. Er wischt sich mit dem Ärmel seiner Lederjacke die Nase.

»Neunzehn.«

»Dann bist du nach den Unruhen geboren. In dem Jahr, in dem ich dieses Haus gekauft habe ...«

Er schwenkt seinen Arm. »Dieses Land gehört uns. Ihr weißen Kaffer seid gekommen und habt es vor langer Zeit unseren Leuten geraubt.«

»Nein, das haben wir nicht«, sagt sie mit entschiedener Stimme. »Ich habe diese Urkunde deiner Regierung« – sie hat aufgehört, »unsere« zu sagen. »Darin ist festgehalten, dass es nicht zur Wiederbesiedlung benötigt wird.«

Sie zeigt ihm das Dokument. Es wird ihr nicht viel helfen. Aber sie möchte, dass es dieser irritierende junge Mann sieht, dem gegenüber sie sich alt und hilflos vorkommt.

»Hier steht es. ›Keine vorrangigen Ansprüche.‹ Mit Unterschrift des Richters. Eures Richters«, wie sie betont.

Er runzelt die Stirn.

»Mr Pointer macht die Gesetze, nicht die Richter.«

»Trotzdem ist das Privatbesitz. Wenn ihr nicht verschwindet, hole ich die Polizei.«

Er lacht. Das arrogante, unbekümmerte Lachen desjenigen, der mit Billigung des Provinzgouverneurs rechnen kann. »Die Polizei wird nichts unternehmen. Wir können tun, was immer wir wollen.« Und dann reißt er das Papier mitten durch.

Dilys schlägt die Tür zu, legt den Riegel vor, packt Honours Hand, rennt mir ihr durch das Haus und weiter durch den Hinterausgang zum Büro, wo sie das Dienstmädchen unter den Schreibtisch drückt. Sie hat keine Angst, vergewaltigt zu werden, aber unter den Farmern der Nachbarschaft erzählt man sich, dass diese Idioten gesagt bekommen haben, über Frauen wie Honour herzufallen. Damit sie Babys zur Welt bringen, die später Mr Pointer wählen.

Ihre Hand zittert, als sie über Funk die Trasensters ruft. »Oscar Romeo Four Five.« Über den Rasen hinweg kann sie sehen, wie im Haus nacheinander die Lichter angehen. Sie hört, wie der Mob auf Rachels Harmonium herumhämmert und – Freiheitslieder grölend – wild durchs Haus zieht. »Wir werden dich finden, wir werden dich finden …«

»Oscar Romeo Four Five.«

Endlich meldet sich Vanessa Trasenster. »Ich brauche Hilfe.«

»Ist Peter nicht bei dir?«

»Weiße Hure, wo steckst du?«

Ein Golfschläger kracht durch die Fensterscheibe. Hände strecken sich durch das zersplitterte Glas und greifen nach ihren Haaren. Ein schwarzer Tentakel schließt sich um das Kabel und reißt es aus der Wand. Plötzlich verstummt das Gebrüll, und alle rennen davon und zwängen sich mit ihrer Beute auf den Traktor. Wagentüren werden in der Dunkelheit zugeschlagen. Das Rauschen eines Funkgeräts. Dann Peter Trasensters Stimme. »Dilys?«

Am nächsten Morgen läuft sie durch die Zimmer. Die Kreidetafel der Kinder zerschlagen. Miles' Plattensammlung. Ihre Bücher. Selbst die Armbanduhr ihres Sohnes in tausend Stücken. Und ein beißender Uringeruch – woher genau, kann sie nicht sagen.

Mr Pointers Antwort? »Dies ist eine friedliche Demonstration der Menschen, die frustriert sind.«

Dilys reagiert auf die Invasion ihres Hauses erstaunlich gefasst. Sie betrachtet den Vorfall nicht als Teekränzchen im Regierungsgebäude – wie der eine oder andere Nachbar murmelnd einwirft –, sondern eher als einen Teil ihres Abhärtungsprozesses. Woran sie sich nicht gewöhnen kann und was sie beinahe verrückt werden lässt, ist der Gedanke an den drohenden Verlust der Farm und wie sehr dies Miles' Verfall beschleunigen wird. Niemand ist heikler als ihr Mann, wenn es um die Sauberkeit in der Küche geht, weshalb es ihr jetzt fast das Herz bricht, wenn sie sieht, dass er das mit Marmelade beschmierte Messer in der Spüle liegen lässt.

Die Pferdedroschke hielt vor dem Haus Nummer 30 in der Rue des Cordeliers. Sie bat den Fahrer, zu warten, und lief mit weiten Schritten durch die Portiersloge – verlassen wie beim letzten Mal – und die Treppen hinauf.

Mit behandschuhten Fingern zog sie an der Glocke.

Die Tür wurde von einer dicken, einäugigen Frau in schlecht sitzenden Männerhosen aufgerissen. Hinter ihr, im verschmutzten Flur, war ein Stapel Zeitungen zu sehen, die sie gerade gefaltet hatte – Exemplare von *L'Ami du Peuple*, herausgegeben von Marat, gedruckt auf einer Presse, die sie in ihrer Wohnung aufgestellt hatten.

Charlotte setzte wieder zu einer Erklärung an, aber die Frau unterbrach sie. Marat wolle niemanden sehen. Er sei im Bad.

Wäre es denn möglich, herauszufinden, ob Marat ihren Brief erhalten habe?

Die Frau starrte sie an. Beim Anblick der eleganten Frisur

und der blendend weißen Brust, Zeichen von Gesundheit und einer privilegierten Stellung, verzog sich ihr Gesicht. »Oh, er bekommt viele Briefe«, sagte sie. Sie drehte sich um und nahm eine weitere Zeitung. »Manchmal zu viele.«

Bevor die Besucherin noch etwas erwidern konnte, stürmten zwei Männer die Treppe hinauf und drängten sich an ihnen vorbei. Der eine schwenkte eine Warenrechnung, die unterschrieben werden musste. Der andere wollte Zeitungen für das Kriegsministerium abholen. Allgemeines Durcheinander. Verwirrung.

Ärgerlich stampfte Charlotte Corday mit dem Fuß auf und rief: »Ich bin von weit her gekommen und habe wichtige Nachrichten, die ich persönlich an den Freund des Volkes weiterleiten muss. Es wird eine Konterrevolution gegen ihn vorbereitet. Ich habe Namen!«

Simone, Marats Lebensgefährtin, kam, vom Stimmengewirr angezogen, an die Tür. »Oh, Sie sind es«, sagte sie und stutzte kurz beim Anblick des Sommerkleids und des Hutes mit den smaragdgrünen Schleifenbändern.

»Hat er meinen Brief bekommen?«

»Einen Brief? Ich glaube nicht.«

»Ich muss ihn sehen.«

»Vielleicht in zwei oder drei Tagen.«

Eine männliche Stimme rief etwas aus der Wohnung.

Simone entschuldigte sich.

Charlotte lehnte sich an die Wand und beobachtete die dicke, einäugige Frau, die mit übertriebener Sorgfalt ein weiteres Exemplar der morgigen Ausgabe von *L'Ami du Peuple* faltete. Entsetzt registrierte Charlotte, dass darin der Kopf ihres Freundes Charles Barbaroux gefordert wurde.

Dann erschien Simone wieder in der Tür. »Er möchte Sie sehen.«

Dilys fragt sich, warum um alles in der Welt ihr Sohn unbedingt wollte, dass sie zwei Nächte in Singapur verbrachte, wo sie niemanden kennt. Da sie nicht schlafen kann, beschließt sie, früh am Morgen einen kleinen Spaziergang durch das Stadtzentrum zu machen.

Vor dem Hotel schlägt ihr die schwüle Hitze entgegen. Sie sieht nach links und rechts und beschließt, in Richtung Orchard Road zu gehen. Die Schaufenster mit ihren hauchdünnen Sarongs und Kleidern, die durchsichtig wie Fliegenflügel sind, scheinen sie zu verhöhnen. Sie ist viel zu warm angezogen. Nach fünf Minuten auf der Straße läuft ihr der Schweiß über Wangen und Hals. Sie fühlt sich orientierungslos, wie jemand, der zu schnell aus einem heißen Bad aufgestanden ist. Als sie zu einem Park mit weit ausladenden Narrabäumen und Flammenbäumen kommt und eine Bank sieht, lässt sie sich darauf sinken. Sie hat nur den einen Wunsch, ihre Kleider loszuwerden.

Benommen und erhitzt versucht sie, die weinrote Alpakastrickjacke auszuziehen, die ihre Tochter ihr geschenkt hat. Die Jacke klebt auf ihrer Haut – sie hat sie extra noch einmal umgetauscht und eine kleinere Größe genommen, davon ausgehend, die in England hinzugewonnenen Pfunde wieder loszuwerden. Achtlos lässt sie sie auf die Bank fallen und hebt die Ellbogen, um Luft an ihren Körper zu lassen. Ihre Augen blinzeln schläfrig in der grellen Sonne. Dann fischt sie in ihrer Tasche nach einem Taschentuch und wischt sich damit übers Gesicht.

Sie sieht sich gerade um, als erwarte sie, dass die Flammenbäume sich gleich zu ihr herabbeugen und sie ersticken, da gibt die Bank unter einem zusätzlichen Gewicht nach. Eine Frau hat sich neben sie gesetzt.

Nachdem der Schwindel vorüber ist und der Park wieder still steht, beginnt sie mit ihrer Nachbarin ein Gespräch.

Die Frau wartet auf ihre Tochter, die an einem Schwimmkurs teilnimmt. Sie spricht fließend Englisch, ist aber keine Engländerin. Groß, schlank, Mitte dreißig, mit hellbraunem, nach hinten gekämmtem Haar und in leichter Kleidung, die ihre jugendliche Gestalt erkennen lässt, erinnert sie Dilys an eine Rucksackreisende, die einmal einige Tage auf der Farm verbrachte. Sie hat etwas Lebenslustiges, Unbekümmertes. Eine Frau, das spürt Dilys, die gern plaudert.

»Sind Sie von hier?«, fragt Dilys und wischt sich wieder über die Stirn.

»Mit einem Namen wie van der Hart!« Nein, sie ist Holländerin. Sie ist seit zwei Jahren in Singapur. Ihr Mann arbeitet für eine Investmentbank; er ist im Krankenhaus (»eine Operation wegen einer Wanderniere«), soll aber an diesem Wochenende entlassen werden. (»Daumen drücken – sonst muss ich noch mehr Bücher für ihn anschleppen! Barend hat immer ein Buch in der Hand. Manchmal denke ich, er interessiert sich mehr für Bücher als für mich.«)

Dilys hört nur mit einem Ohr zu. Sie ist dieser Schwüle nicht gewachsen. Selbst ohne Strickjacke und sitzend ist sie nicht ganz bei sich.

Mrs van der Hart blickt sie an. »Sie sind aber auch nicht von hier.«

»Nein.« Sie stopft das fleckige Papiertaschentuch in ihre Handtasche.

»Sind Sie Engländerin?«

Sie könnte spielend ja sagen. Ihre Kinder machen das. Ein Gähnen unterdrückend, antwortet sie: »Nein« und wappnet sich für die nächste Frage, die unausweichlich folgen wird.

»Woher kommen Sie?«

Dilys lächelt ein wenig matt. Noch während ihre Zunge das Wort formt, spürt sie das vertraute Gefühl von Verlegenheit, gemischt mit Scham. Aber was soll sie sonst antworten? Sie kommt von nirgendwo anders her.

Zweifellos ist sie nicht auf Mrs van der Harts Antwort vorbereitet.

Statt das Thema zu wechseln oder sie zu bemitleiden oder aufzustehen und zu gehen, sagt Mrs van der Hart zu ihr: »Wussten Sie, dass Ihr Präsident hier ist?«

Dilys erbleicht. Sie richtet sich auf, der Rücken steif wie der Stock, den sie zu Hause immer wegen der Schlangen dabei hat. Ganz langsam dreht sie ihren Kopf zur Seite. »Mein Präsident?«

»Er ist im gleichen Krankenhaus wie mein Mann.«

»Was, in Singapur?«, fragt sie. »Hier?«

»Er wollte das Zimmer meines Mannes, aber das Krankenhaus hat es ihm nicht gegeben – er ist im Nebenzimmer, das etwas kleiner ist«, sagt Mrs van der Hart mit Genugtuung.

Dilys' Herz ist stehen geblieben, und das Blut in ihren Adern fließt rückwärts. »Ich hatte keine Ahnung, dass er krank ist.«

»Nun, es kann nichts Ernstes sein, weil er gestern einen Schneider auf dem Zimmer hatte.« Noch ehe Dilys fragen kann, woher in Gottes Namen Mrs van der Hart diese Information hat, sagt sie: »Ich weiß das alles von Barend, dem es die Schwestern erzählt haben. Vermutlich ist es nur ein allgemeiner Gesundheitscheck. Diktatoren sind äußerst pflegeintensiv.«

Dilys saugt begierig den Tratsch auf, den die redseligen Krankenschwestern an Mr van der Hart weitergegeben haben: über das bestehende Einreiseverbot des Präsidenten nach Europa. Den kubanischen Urologen, von dem er sich immer in Kuala Lumpur hat untersuchen lassen. Über den Wechsel dieses Arztes zu einer leitenden Position in der Klinik in Singapur – »wo sie viele Dinge anders machen. Ihr Präsident hat sich entschieden, ihm hierher zur Behandlung zu folgen, aber da dies nun einmal Singapur ist, müssen seine Leibwächter draußen bleiben, bis auf einen, der auf dem Sofa schläft. Barend stand zufällig in der Toilette neben ihm, als ihm plötzlich aufging, wer der Mann war-«

Die Frau ist aufgestanden und winkt. »Da ist meine Tochter. Ich muss gehen.«

Auf der anderen Straßenseite steht in Zweierreihen eine Gruppe Mädchen mit nassen Haaren in weißen kurzärmeligen Blusen und Trägerröcken.

Dilys betrachtet ihre langen, ineinandergreifenden fahlen Finger. Die Haut ist aufgerissen wie bei einer Farmersfrau.

Sie legt ihren Kopf in den Nacken. »Warten Sie, wie hieß das Krankenhaus?«

»Das Stamford – in der Arab Street.«

Ihre Handflächen prickeln. »Welche Etage?« Sie kann ihre Aufregung kaum zurückhalten.

Simone führte sie durch einen dunklen Gang, in dem es nach Druckerschwärze roch, zu einem kleinen, engen Bad neben einem Schlafzimmer. Die Luft war stickig und schwüler als in einem Sumpf.

Er lag in einer Kupferwanne, die wie ein Holzschuh geformt war, bis zur Hüfte nackt. Um seine Stirn war ein nasses Handtuch gewickelt. Als Erstes fiel ihr sein Kopf auf, von dem einige Büschel dünner schwarzer Haare abstanden – er war auf groteske Weise zu groß für seinen übrigen Körper. Sodann seine Haut, die entzündet und ledern wirkte. Sie hatte die gleiche Struktur wie das Messeretui.

Quer über die Wanne war ein Holzbrett gelegt, auf dem sich einzelne Blätter und mit Wassertropfen gesprenkelte Zeitungen befanden.

Simone nahm einen leeren Krug, der neben der Wanne stand, und ging hinaus, ohne die Tür zu schließen.

Er war offenbar dabei, Korrektur zu lesen. Erst als er das Ende des Absatzes erreicht hatte, sah er auf.

Dieses Gesicht. Gelbgrüne Augen. Eine eingedrückte Nase. Die Brauen kaum mehr als ein paar spärliche lange Haare. Und der ganze Körper von schorfigen Schuppen überzogen. Der Aussatz hatte seine Mäusezähne überall auf seiner knochigen Schulter hinterlassen. Das Handtuch um seine Stirn verbreitete einen beißenden Essiggeruch.

Der Mann lehnte sich in der Wanne zurück. Seine blutunterlaufenen Augen wanderten vom Gesicht der Frau abwärts, über ihren Hals, ihr Tuch und ihr Kleid. Er inspizierte sie mit calvinistischer Gründlichkeit. Noch nie hatte eine Frau in solcher Kleidung und von solcher Gestalt in seinem Badezimmer gestanden.

Er deutete mit seiner Feder auf einen niedrigen Schemel neben dem Fenster. Sie setzte sich, während sie mit schnellen Blicken weitere Details des Zimmers erfasste: die Karte ihres Landes an der Wand; ein voller Teller mit Kalbsbries auf dem Fenstersims.

»Wie war noch Ihr Name?«, fragte Marat.

»Charlotte Corday«, antwortete sie und zupfte mit ihren behandschuhten Fingern an ihrem mit Spitze besetzten Korsett.

Mit prüfendem Blick betrachtete er ihr perfektes Dekolleté. »Wie alt sind Sie?« Seine Stimme war kräftig, melodiös; sie passte so gar nicht zu seiner unterentwickelten Statur.

»Vierundzwanzig.«

Er warf die Korrekturbögen auf den Boden. »Simone sagt, Sie sind aus Caen gekommen, um mich zu treffen.«

»Das ist richtig.«

Unvermittelt erschien Simone mit einem frisch gefüllten Wasserkrug im Bad. Offenbar war es ihr nicht geheuer, in welchem Ton Marat mit der Frau sprach.

Sie goss ihm ein Glas ein, das er an seine geschwollenen Lippen setzte. An der Oberfläche trieben Mandelsplitter und Eisstückchen.

»Gut so?«, wollte Simone wissen.

»Du könntest beim nächsten Mal etwas mehr Geschmack hineingeben«, erwiderte er grinsend.

Sie nahm das leere Glas und den unberührten Teller vom Fensterbrett. »Ich wärme das noch einmal auf.«

Seinen Blick auf die junge Frau geheftet, nickte er und schien nicht zu bemerken, dass die Tür geschlossen wurde.

Dilys schüttelt Mrs van der Hart so heftig die Hand, als wolle sie Wasser aus einem tiefen Brunnen pumpen. Dann läuft sie zurück zum Raffles Plaza. Die Hitze des Bürgersteigs zieht durch den dicken Stoff ihres Rocks an ihr hoch, aber sie spürt sie nicht.

Sie verbringt den Rest des Vormittags am Swimming-pool in der achten Etage. Früher, zu der Zeit, als sie noch Dornröschen war, achtete sie stets darauf, dass ihre Haare nicht nass wurden, aber jetzt will sie untertauchen, ganz von Wasser umgeben sein. Sie kommt hoch, um nach Luft zu schnappen, und schwimmt über die Dächer hinweg auf den leeren Himmel und die Stadt zu. Als ihre Fingerspitzen die kleinen blauen Fliesen am gegenüberliegenden Ende berühren, dreht sie sich um und schwimmt mit gleichmäßigen Zügen zurück in Richtung Frühstücksbar.

Wie Dilys schon öfter festgestellt hat, setzt das Schwimmen – genau wie das Träumen – die tiefsten Gedanken bei ihr frei. Ihr Verstand, der im Augenblick der plötzlichen Offenbarung stehen geblieben ist, macht nun wilde Sprünge, um aufzuholen.

– *Dieser Zufall. Seine Gegenwart, buchstäblich um die Ecke / meine plötzliche Leidenschaft für Charlotte Corday. Ist das nicht die Stimme des Schicksals?*

– *Nein, es wäre unmoralisch, außerhalb des Gesetzes. Außerdem, was für einen Unterschied würde es machen? Man muss sich nur den Irak ansehen, nachdem Saddam Hussein gehängt wurde. Oder was mit Charlotte Corday passierte. Sie wurde geköpft und geschändet, und Marat wurde zum Märtyrer.*

– *Aber wenn Hitler durch die Bombe im Koffer getötet worden wäre, wie viele Millionen Leben wären gerettet worden? Wer würde bei einer weißen, nicht mehr jungen Großmutter Verdacht schöpfen? So eine Gelegenheit wird sie nie wieder bekommen.*

Sie schwimmt weiter hin und her. Nach dreißig Bahnen steigt sie aus dem Becken. Sie weiß, dass sie fürchterlich aussieht, und nachdem sie sich abgetrocknet hat, geht sie hinunter in die Lobby und macht einen Friseurtermin – ihre Haare müssen ohnehin nachgeschnitten werden. Aber der frühestmögliche Termin ist am nächsten Vormittag um neun Uhr. Sie überlegt, ob sie es sein lassen soll, doch dann erinnert sie sich, dass ein Friseur einmal zu ihr gesagt hat, ein neuer Haarschnitt könne die gleiche Wirkung wie eine Schönheitsoperation haben. Sie erinnert sich auch, wie verwirrt sie die schwangere junge Frau angestarrt hatte, die am Flughafen Heathrow auf sie zugerannt kam, bis sie ihre Tochter Rachel unter der ungewohnten Ponyfrisur erkannte. Dilys' Flug geht erst am morgigen Abend. Sie bestätigt den Termin.

Es ist noch nicht Mittag. Sie fühlt sich erfrischt und geht noch einmal los. Drei Stunden später kehrt sie mit zwei großen braunen Papiertüten ins Hotel zurück. Der Gang hat sie hungrig gemacht, und sie bestellt von der Speisekarte des Room Service ein Steak. Während sie darauf wartet, packt sie ihre Einkäufe aus und hängt sie auf. Der kleinste Gegenstand ist ein eingeschweißter Ausweis an einer Kette. Sie hält ihn auf Armeslänge vor sich und betrachtet ihn. Die Beschriftung entspricht nicht dem Standard von Miles' Druckerei, wirkt aber aus einiger Entfernung glaubwürdig. Zumindest sieht er offiziell aus, denkt sie.

Auf dem Flur sind Schritte und ein quietschendes Geräusch zu hören, und dann klopft es an der Tür. Ein Mann schiebt einen Rollwagen mit ihrem Essen ins Zimmer. Noch ehe er gegangen ist, sitzt sie bereits am Tisch.

Das Steak ist winzig, und Dilys spielt ein altes Spiel aus ihrer Kindheit: Sie schneidet das Fleisch in immer kleinere Stücke, damit sie länger etwas davon hat. Nachdem sie aufgegessen hat, steht sie abrupt auf.

Sie öffnet den Reißverschluss ihres Koffers und sucht darin nach der Plastiktüte, in die sie den Katalog der Munch-Ausstellung eingewickelt hat. War auf dem Bild ein Messer zu sehen gewesen?

Dilys schlägt die Abbildung in dem Katalog auf. Nein, noch nicht einmal ein Bad. Bloß zwei nackte Figuren in einem Zimmer mit Bett. Ein anonymes Zimmer wie das, in dem sie sitzt – *wie das, zu dem ich zurückfliege*, denkt sie.

Niemals wird sie all die Tage wettmachen können, die sie untätig in einem Rohrsessel verbrachte, ohne ihre winzige

Wohnung in Afrika zu verlassen. Abgeschnitten, nutzlos, verwelkt. Eine verlorene Zeit. Unersetzbar – so wie die nicht zu rettende Farm und ihr geliebter Miles.

Aber hat sie den Mut, es selbst zu tun? In einer Schlacht, ja, da könnte sie sich vielleicht vorstellen, eine Gestalt in einiger Entfernung mit einem Gewehr zu töten. Oder durch Knopfdruck eine Bombe abzuwerfen. Aber jemanden mit einem Messer zu erstechen …

Charlotte Corday hatte nicht einen Moment gezweifelt.

»Wer hat Ihnen gesagt, Marat das Messer gleich mit dem ersten Hieb bis ins Herz zu stoßen?«

»Die Empörung in meinem eigenen Herzen. Ich war entschlossen, mein eigenes Leben hinzugeben, um das meines Landes zu retten.«

Dilys nimmt das Steakmesser vom Rollwagen und wischt es mit der Serviette ab, erst die eine, dann die andere Seite. Sie sitzt auf der Kante ihres komfortablen Betts in der zwölften Etage des Raffles Plaza und erinnert sich an die Frühstücksmesser, die sie regelmäßig in der Küche fand, schwarz von Ameisen. Und wie Honour sie zum Hühnerhof führte und einen Arm in den Stall schob.

Hatte Charlotte Corday in ihrem Hotelzimmer gesessen und überlegt, wo sie zustechen sollte? Ins Herz oder in den Hals? Der Hals wäre über der Bettwäsche zu sehen; sie konnte die schreckliche Vorstellung nicht ertragen, die Laken zurückzuschlagen.

Sie fährt prüfend mit dem Daumen über die Klinge, und plötzlich taucht vor ihr das Bild auf, wie Miles einen Springbock tötet. Der zurückgebogene Hals, der glatte Schnitt der geschärften Klinge, die leuchtend roten Blutströme auf der tabakbraunen Erde.

»So macht man das, Mrs Hoskins«, hatte Honour gesagt und das Huhn wie eine Laterne in die Luft gehalten.

Dilys lässt das Steakmesser klappernd fallen und geht ins Badezimmer. Als sie zurückkommt, zieht sie ihr Nachthemd an. Aber das Messer lässt sie nicht los. Noch einmal geht sie zum Rollwagen und nimmt es in die Hand. Hatte sie es nicht auch geschafft, die Kuh aus ihrer Qual zu erlösen – diese hervortretenden, alles sehenden Augen, mit denen das Tier sie angeschaut hatte und genau wusste, was geschehen würde, und danach das pfeifende Geräusch, auf seine Art genauso schrecklich wie der letzte gurgelnde Laut, der über Miles' Lippen kam.

Dilys sieht sich im Zimmer um und bleibt am Bett hängen. Sie beschließt, das Messer an den Kissen auszuprobieren. Aber als sie es in die Höhe hebt, widerstrebt es ihr mit einem Mal, das italienische Bettzeug des Hotels zu ruinieren. In einer lächerlichen Pose hält sie inne und lässt das Messer über dem Kissen in der klimatisierten Luft schweben.

Dann lässt sie den Arm sinken.

Ein letztes Mal wiegt sie das Messer in der Hand. Dann steckt sie es, gleich einem Lesezeichen, zwischen die Seiten des Katalogs und legt sich aufs Bett.

»Was also geht in Caen vor?«

Sie erzählt es ihm.

»Haben Sie die Namen der Beteiligten?« Er nimmt die Feder zur Hand und wartet.

Sie diktiert. Es ist die Liste all ihrer Freunde. Barbaroux, Buzot, Guadet, Louvet, Pétion … Ihre Stimme ist erstaunlich ruhig, ohne jede Anspannung. Sie ruft sie alle zu ihrer Unterstützung zu sich.

Er schreibt die Namen auf und leckt sich die Lippen. Darauf erklingt eine Art Gekicher.

Sie beugt sich vor, unterdrückt ein Hüsteln und fährt mit der Hand unter ihr Korsett.

»Ich werde sie in ein paar Tagen aufs Schafott bringen.« Keine zwei Meter von ihr entfernt hängt die Feder in der Luft. »Sonst noch jemand?«, fragt er.

Sie springt auf, wirft den Schemel um, zieht das Messer aus dem Etui und stößt es in einer einzigen Abwärtsbewegung in seine Brust. Sie treibt es noch tiefer hinein, durch Adern und Sehnen. Er hat keine Zeit zu reagieren, außer dass Luft aus seinem Mund entweicht, als die Messerspitze in seine Lunge eindringt. Sie stößt noch fester zu, tief in sein Herz, bis nur noch der Elfenbeingriff aus dem Oberkörper herausschaut.

Das schmatzende Geräusch, mit dem sie das Messer herauszieht, erinnert an einen auf dem Boden zerplatzenden Kürbis. Das Blut spritzt – über ihr Handgelenk, ihren nackten schneeweißen Hals. Die Wunde in seiner Brust ist so breit, dass Simone später ihre Fingerspitzen hineinlegen kann.

Die Frauen hören einen Schrei und stürzen zur Tür. Aber es ist nicht seine Stimme. Sie hören Charlottes Schrei.

Dilys geht noch einmal ins Badezimmer, um sich zu vergewissern, dass ihr Lippenstift nicht zu dunkel ist. Sie hat sich im Salon im Erdgeschoss die Haare machen lassen und trägt eine elfenbeinfarbene, am Hals offene Seidenbluse zu einem konservativen waldgrünen Rock. Sie könnte auf dem Weg zur Hundeausstellung des Kennel Club sein.

Jeder, der genauer hinsähe, würde jedoch die Zeichen des Verlusts bemerken. Die Kinder fort, der Ehemann tot – nur sie ist zurückgeblieben. Ihr unstillbarer Zorn gilt dem Präsidenten nicht weniger als ihrer Einsamkeit.

Ihr Körper spannt sich, als erklänge von irgendwo her eine von Miles' geliebten Milongas. Sie fährt sich mit der Zunge über die Lippen und sagt murmelnd zu ihrem bebrillten Gesicht im Spiegel: »Keine Sorge, Schätzchen.«

Sie neigt den Kopf, legt vorsichtig die Kette um ihren Hals und drückt den eingeschweißten Ausweis in ihr Dekolleté. Der Besitzer des Copyshops im Funan Centre hat ihn für einen guten Preis gemacht und ihr die Kette sogar noch dazugegeben. Es war einer von Miles' Grundsätzen. »Mit einem Ausweis um den Hals wagt niemand, sich dir in den Weg zu stellen.«

Dilys geht zurück ins Zimmer und kippt den Gin Tonic hinunter, den sie sich aus der Minibar gemixt hat. Sie hat keine Angst mehr. Sie nimmt ihre Tasche vom Bett, zieht die Plastikkarte aus dem Steckschlitz neben der Tür und tritt auf den Flur.

Die Stamford Klinik ist nur einen kurzen Spaziergang von ihrem Hotel entfernt. Sie wird überraschend problemlos durchgelassen.

»Ich besuche Mr van der Hart«, sagt sie einer erschöpft aussehenden Frau an der Pforte. Bevor die junge Frau etwas antworten kann, sieht Dilys sie mit einem Ausdruck unnachgiebiger Strenge an, den ihre Kinder immer so an ihr gehasst haben.

»Station C«, sagt sie. »Sind Sie eine Verwandte?«

»Ich bringe ihm ein neues Buch.« Ihre Stimme klingt triumphierend, mütterlich.

Die Frau an der Pforte bittet sie nicht, ihre Tasche vorzuzeigen. »Dann kennen Sie ja den Weg«, sagt sie und winkt Dilys durch.

Der Terrazzoboden ist ganz glatt. Das Geräusch in ihrer Brust, als sie auf den Lift zugeht, hört sich an wie das Klopfen eines Hundeschwanzes auf einem Teppich.

Der Castle-Morton-Nebel

Wir nannten ihn den Castle-Morton-Nebel, obwohl ich nie wusste, warum. Seit meiner Kindheit erinnerte ich mich an dieses kalte, undurchdringliche Nebelband, das gegenüber unserer Bucht über dem Fluss hing, manchmal den ganzen Vormittag lang, bis die Sonne es wegbrannte.

Wenn die Nebelwalze hereinrollte, sah man plötzlich nichts mehr. Auf dem Nachhauseweg streckte man seine Hand aus und fühlte einen harten Gegenstand. Dann musste man herausfinden, was es war: ein Eukalyptusbaum oder ein Zaunpfahl oder das ledrige, beinahe kreisrunde Gesicht von Old Stan, der vor sich hin döste, so wie an diesem Tag.

»He!«

»'tschuldigung, Mann«, sagte ich, als ich sah, dass ich mich auf seine Veranda verirrt hatte. Und als er wusste, wer da war, und sich beruhigt hatte, zumindest so weit, dass er mich nicht länger anschnauzte, weil ich ihn aus dem Schlaf gerissen hatte, sagte ich: »Dieser Nebel – du weißt gar nicht, wie sehr ich ihn hasse.«

Old Stan muss immer noch im Halbschlaf gewesen sein, weil er mich anstarrte, als sähe er sich selbst in meinem Alter, mit vierzehn, und dann sagte er mit bedächtiger Stimme: »Du solltest ihn nicht hassen, mein Junge. Das ist so, als würdest du hassen, woher du kommst.«

»Ich soll aus diesem elenden Nebel kommen? Tut mir leid, Stan, das kapiere ich nicht.«

Er sah mich nachdenklich an. »Granny Gordon hat dir nie die Geschichte vom Nebel erzählt?«

»Ich glaube, das Einzige, was sie mir erzählt hat, war, dass man nicht in der Nase bohrt.«

»Sie hat dir nicht dieses Lied vorgesungen?« Er summte mit brüchiger Stimme in den Nebel hinein, der sich allmählich ein wenig lichtete:

Ich legte sie aufs Bett, und wir machten es uns nett,
Weil überall nur feuchter, kalter Nebel war.

»Granny Gordon hatte es nicht so mit dem Singen«, sagte ich. »Und ich kann mich auch nicht erinnern, dass sie mir Geschichten erzählt hat.«

»Nun, vielleicht hatte sie schon genug damit zu tun, dich großzuziehen. Aber ohne den Nebel hättest du nie in der Nase bohren können, und wir anderen ebenso wenig.« Und dann erzählte Old Stan mir von einem Schiff namens *Castle Morton* und die Geschichte, die er von seinem Großvater Ralph gehört hatte, der Fährmann in Two Mile Creek war.

»Als kleiner Junge war dieser Ort hier für dich Huonville, aber davor hieß er Victoria, und noch früher hatte er nicht einmal einen Namen, soweit ich weiß. Du darfst nicht vergessen, wie abgelegen Tasmanien damals war, bevor es zum Mekka der Kleinholzindustrie wurde. Glaube mir, mein Junge, dieser Ort war weit, weit weg. Er hieß noch nicht Tasmanien, sondern Van Diemen's Land. Und dieses Tal war eines der abgelegensten Täler in Van Diemen's Land. Stell dir vor, damals gab es hier gerade mal drei Steinhäuser und elf Männer, umgeben von hundertsechzig Quadratkilometer Urwald: Mr Gordon, dein Urgroßvater, und seine vier Sträflingsarbeiter; dann Mr Hacking mit seinen vier Arbeitern und schließlich mein Großvater Ralph. Alles Junggesellen von zweifelhaftem und sittenlosem Charakter, wie sich der Gouverneur von Hobart auszudrücken pflegte. Und in der ganzen Gegend gab es nur eine einzige alleinstehende Frau, Granny Lawrence, eine laute, reizbare Alte mit einem lahmen Bein und einer fleischigen Warze am Kinn sowie einer Narbe über ihrer rechten Augenbraue und auf ihrer Nasenspitze, deren seltenes Grinsen den Blick auf einen zahnlosen Kiefer freigab. Oh, und Schafe. Bist du sicher, dass deine eigene Gran dir nie davon erzählt hat?«

»Habe ich doch schon gesagt.«

»Ich für meinen Teil habe die Geschichten über Mr Gordons Reitstiefel und Granny Lawrence' Verdruss, als sie darin Wolle vom Hinterlauf eines Mutterschafs fand, nie geglaubt. Ich weiß nur, dass die Situation für einen gesunden und lebenslustigen Mann ziemlich verzweifelt war. Und ich kann mir vorstellen, dass es in Hobart nicht leichter war. Alle kennen die Geschichte, als Mr Gordon einmal drei Tage lang durch den Busch zu einem Ball geritten war – ich glaube, im Bellevue – und zu seiner großen Enttäuschung feststellen musste, dass die Siedler und Offiziere miteinander tanzten. Stell dir das mal vor. Selbst in Hobart kam auf dreißig Männer nur eine Frau. Wer weiß, was Mr Gordon und die anderen zehn Männer hier unten aus Verzweiflung noch getan hätten, wenn es den Castle-Morton-Nebel nicht gegeben hätte.

Nun, wie gesagt, die Situation auf der Insel war zu jener Zeit so verzweifelt, dass der Gouverneur sich mit Mrs Elizabeth Fry in London in Verbindung setzte, die sich damals sehr um die Verbesserung der Zustände in Frauengefängnissen bemühte. Es wurde ein Komitee gegründet und beschlossen, ein Transportschiff mit »begehrenswerten freien und alleinstehenden Frauen« nach Hobart zu schicken. Dies war die *Castle Morton*, gebaut in Novia Scotia, 472 Tonnen kupferverkleidete Weißeiche und Schwarzbirke. An Bord waren zweihundert junge Frauen, darunter einige der schönsten und elegantesten, die je nach Van Diemen's Land kamen. Außerdem ein Kaplan, ein Schiffsarzt und eine Oberin. Letztere hatte auf Ordnung und Sauberkeit der Frauen während ihrer viermonatigen Überfahrt nach »Hobart Town am Ufer des Derwent« zu achten, wo sie freie Verpflegung, ein Dach über dem Kopf und vieles mehr erwartete. Das einzige Problem war, dass die *Castle Morton* nach vier Monaten auf See durch einen in der Enge zwischen der Hauptinsel und Bruny Island wehenden Südwind den Kurs verlor. Statt die Einfahrt in den Derwent zu nehmen, wo es zuerst gesichtet wurde, segelte das Schiff, ohne es zu bemerken, in die Mündung des unweit gelegenen Huon. Hörst du mir zu?«

»Ja, ich höre.«

»Ich bin sicher, du wirst gleich die Ohren spitzen, wenn ich dir erzähle, was mein Großvater mir von jenem ganz und gar denkwürdigen Tag berichtet hat. Ralph hatte alles beobachtet. Er saß hier draußen auf der Sandbank, als mitten am Nachmittag eine höllische Kaltfront durchzog. Ein Sturm kam auf, und er sah ein Schiff in Not. Er hatte keine Ahnung, dass zweihundert annehmbare Frauen an Bord waren, darunter einige Insassinnen aus dem Londoner Frauengefängnis. Alles, was er sah, war dieses Segelschiff vor Bruny Island, das vor Anker trieb und Gefahr lief, Schiffbruch zu erleiden. Der Südwind trieb das Schiff an der Flussmündung vorbei. Angesichts der starken Strömung befürchtete Ralph, dass es auf das Westufer der

Sandbank gedrückt würde, also hisste er ein weißes Bett-
laken an einem Stock, konnte den aber wegen des heftigen
Sturms nicht festhalten. Deshalb rannte er zu Mr Gordons
Farm und bat zwei seiner Männer, mit ihm zu kommen
und jeweils ein Feuer am Bluff Point und bei Norman
Cove zu errichten, an denen das Schiff sich orientieren
könnte.

Der Rauch eines der Feuer wurde an Bord gesehen. Ein
Stagsegel wurde gesetzt, das Schiff nahm Kurs nach Westen,
und die Sandbank konnte mit Hilfe der Signalfeuer umfah-
ren werden.

Ralph konnte die Besatzung auf die Gefahr einer weiteren Sandbank aufmerksam machen und lotste sie in sichere
Gewässer. Er rief ›Steuerbord!‹, und sie drehten bei. ›Back-
bord!‹, und sie folgten ihm. Dann rief er: ›Anker werfen!‹,
und sie machten auch das. Und darauf legte sich der Sturm
so plötzlich, wie er gekommen war.

Es wurde bereits dunkel, als Ralph sein Walboot zu
Wasser ließ und mit Hilfe der beiden Männer von Mr Gordon hinausruderte.

Der Kapitän, der Ralph an Bord empfing, hieß Mr Henniker. Er war wachsam genug, seine weiblichen Passagiere
unter Deck und außer Sichtweite zu halten, bis er genau
wusste, wo er geankert hatte und wer sein junger Retter
war. Neben ihm an Deck stand der Kaplan, der während des
Sturms in eine Ladeluke gestürzt war und sich eine Schulter
ausgerenkt hatte. Und neben ihm standen der Schiffsarzt
und die Oberin. Alle vier Amtsträger starrten im Licht von
Mr Hennikers Laterne auf Ralph und die beiden verrucht
aussehenden Gestalten, die mit ihm an Deck gestiegen waren, beides unverbesserliche Diebe und Lügner, die Gesichter schwarz vom Rauch der entzündeten Signalfeuer und

bekleidet mit Hosen und Jacken, die aus stinkenden Känguruhfellen zusammengenäht waren.

Ralph überwand seine natürliche Schüchternheit und übernahm das Kommando. Er erklärte dem Kapitän, dass wenn er an der östlichen Wattseite entlangsegelte, er vor weiteren Stürmen geschützt wäre.

Der Kapitän dankte ihm. Dann sagte er: ›Ich habe hundertachtundneunzig Frauen an Bord, deren Ziel Hobart ist und von denen viele auf der Überfahrt seekrank geworden sind.‹ Und er erklärte, dass er sie nach so vielen Monaten auf See und nach den Strapazen von Stürmen und Hitze schnell an Land bringen wolle. Er blickte erneut unsicher zu Ralphs beiden Begleitern und dann zu Ralph. ›Das ist doch Hobart, oder?‹

›Ja‹, sagte Ralph, der ein aufgeweckter Bursche war. ›Das hier ist Hobart.‹

›Ich hatte es mir etwas größer vorgestellt‹, sagte der Kapitän. Durch sein Fernrohr hatte er zwei Lichtungen und eine Rindenhütte gesehen. Keiner aus seiner Mannschaft war je in Van Diemen's Land gewesen. Er hatte sich eine Flussbiegung vorgestellt, umgeben von gerodeten Uferbänken, auf denen Häuser standen.

›Nein, Sie sind hier in Hobart‹, sagte Ralph, ›ganz bestimmt. Wir nennen dies die … die Randbezirke.‹

›Die Randbezirke‹, sagte die Oberin mürrisch.

›Wir hatten ein Empfangskomitee erwartet‹, warf der Kaplan ein, der vor Schmerz zusammenzuckte.

›Ich rudere sofort zurück und hole es‹, versprach Ralph und erklärte, er werde beim ersten Tageslicht mit dem Empfangskomitee zurück sein.

Nun, sobald Ralph zum Ufer zurückgerudert war, rannte er Hals über Kopf zu Mr Gordons Haus. Wie es der Zufall wollte, wusste Mr Gordon von diesem Schiff und der sich an Bord befindenden Fracht. Kaum hatte Ralph von der *Castle Morton* berichtet, sattelte Mr Gordon sein Pferd und machte sich bereit für einen langen Ritt über das Buschland nach Hobart. Gleichwohl wurde sein Eifer empfindlich gedämpft angesichts der Vorstellung, dort am Kai mit dreitausend ledigen Männern wetteifern zu müssen. Und nicht nur das. In Hobart wartete auch das Ladies' Committee, bestehend aus sämtlichen ehrbaren Frauen der Kolonie, dessen Vertreterinnen es gar nicht abwarten konnten, den Passagierinnen auf der *Castle Morton* mitzuteilen, dass es dem Komitee gelungen war, jeder der hundertachtundneunzig Frauen eine Anstellung und einen angemessenen Unterhalt zu sichern. Und schließlich wartete am Hafen noch eine kleine Abteilung Polizisten, um die Frauen sicher über die Macquarie Street bis zu ihrem Hotel zu begleiten, dem Bellevue, das von der Regierung dazu bestimmt worden war, die Neuankömmlinge aufzunehmen. Ich sage dir, mein Junge, die Ankunft dieses Schiffs war ein großes und bedeutendes Ereignis, das für einiges Aufsehen sorgte. Sobald bekannt wurde, dass die *Castle Morton* in der Mündung des Derwent gesichtet worden war, kam mehr Volk zusammen als bei der Hinrichtung von Matthew Brady. Mr Gordon, so viel war klar, hätte keine Chance. Genauso wenig Mr Hacking oder der junge Ralph oder irgendeiner der acht Sträflingsarbeiter im Tal. Und genau hier kam ihnen der sich den Fluss hinabwälzende Nebel zu Hilfe.

In der Nacht schwächte sich der Südwestwind ab und verwandelte sich in eine leichte ablandige Brise. Früh am Morgen wehte ein kalter Luftstrom von den Bergen herab und zog über Täler und Sumpfland bis zum Fluss. In Verbindung mit dem warmen Wasser bildete sich eine dichte

Dunstwalze, die in einer großen Wolke aufs Meer hinaustrieb und das Schiff in einen kalten feuchten Nebel hüllte.

Auf der *Castle Morton* erwachten sie praktisch in einem Whiteout. Zwar wussten sie, dass es ein heller und sonniger Tag war, aber der dichte Nebel machte sie blind. Der Kapitän konnte die Oberin nicht sehen, die zitternd über das Achterdeck lief, geschweige denn ihr mürrisches Gesicht. Und dass sie sich nicht in Hobart am Fluss Derwent befanden, konnte er ebenso wenig erkennen.

Um acht Uhr früh ruderte Ralph Mr Gordon und Mr Hacking, beide im besten Sonntagsstaat, zum Schiff hinüber. Geräusche verbreiten sich gut über die ruhige Wasserfläche. Sie hörten das Husten unter Deck, wo die Frauen frische Kleidung anzogen, die von der Oberin verteilt worden war: eine züchtige Einheitstracht, deren wichtigster Bestandteil ein Schleier war.

Mr Gordon stellte sich dem Kapitän vor. Er hatte die berühmte Harrow-Privatschule besucht, bevor er Fälscher geworden war, und sprach ein vornehmes Englisch, zumindest so vornehm, dass sich das Misstrauen des Kapitäns legte.

›Ich bedauere, dass das Ladies' Committee durch den Nebel verhindert ist. Sie haben mich als ihren Vertreter gesandt. Sie können mir höchst vertrauensvoll alles sagen, was Sie ihnen gesagt hätten.‹

›Dann möchte ich Ihnen mitteilen, Mr Gordon, dass die Frauen noch nie ein so geräumiges Quartier hatten wie auf dieser Überfahrt. Ich kann Ihnen versichern, dass alle Vorsorge getroffen wurde, sie vor dem Bösen zu schützen. Von dem Moment an, da sie in Woolwich an Bord gingen, habe ich sie zu höchst schicklichem und sittsamem Verhalten angehalten; außerdem zur strengen Befolgung der Regeln, die der Kaplan und die Oberin für angemessen hielten. Und heute Morgen habe ich ihnen wohl zum tausendsten Mal versichert, dass der Gouverneur bei ihrer Ankunft in Hobart Town sich auf wahrhaft väterliche Weise ihrer annehmen wird.‹

›Wie Sie sagen, werden sie sich von nun an in besten Händen befinden‹, sagte Mr Gordon in seinem vornehmen Englisch.

Die übrigen Würdenträger brannten darauf, dem Beispiel des Kapitäns zu folgen und ihre eigenen Leistungen hinauszuposaunen. Der Schiffsarzt war ein langnasiger Leuteschinder namens Guthrie. Er sagte: ›Lord Goderich hat mich gebeten, sie so unbefleckt an Land zu bringen, wie sie an Bord gegangen sind. Das habe ich getan. Keine alkoholischen Getränke, keine Besucher.‹

Die Oberin, die die Frauen jeden Morgen auf ihre Gesundheit und persönliche Hygiene hin untersucht hatte, sagte: ›Ich glaube, sie alle hegen die große Hoffnung, einen reichen Siedler zu heiraten. Die meisten wurden bereits als Dienstmädchen in privaten Haushalten verpflichtet. Es sind ein oder zwei wirklich Schlimme darunter, aber der Großteil verfügt über einen anständigen und verdienstvollen Charakter.‹

Zuletzt kam noch der Kaplan an die Reihe: ›Ich habe ihnen gesagt, dass die Entscheidung, ihr Geburtsland zu verlassen und in ein fremdes Land zu gehen, ein bedeutender Schritt in ihrem Leben ist, der sich mit dem Beistand Gottes als höchst segensreich, anderenfalls jedoch als das genaue Gegenteil erweisen mag. Durch ihr wohlgefälliges oder aber lasterhaftes Betragen haben sie es in der Hand, ihren Charakter zu formen.‹

›Nun, dann mal los‹, sagte Mr Gordon, um den Prozess der Ausschiffung nicht noch länger zu verzögern. Eindringlich und mit großer Überzeugungskraft legte er dem Kapitän nahe, mit seiner Mannschaft an Bord zu bleiben, und versprach, bei der Hafenbehörde umgehend dafür zu sorgen, dass die *Castle Morton* mit Frischwasser, Hammelfleisch und Austern versorgt würde, sobald der Nebel sich auflöste.

Erleichtert darüber, von seiner Verantwortung entbunden zu sein, ließ der Kapitän die Frauen an Deck bringen und sah zu, wie jeweils zehn von ihnen in Ralphs Walboot stiegen. Sie saßen im Boot, die Gesichter unter Schleiern verhüllt, die Hände auf ihren Taschen. Mr Gordon und Mr Hacking saßen schweigend im Boot, während Ralph sie mit der ersten Gruppe an Land ruderte, wo ein Fuhrwerk und drei Männer darauf warteten, die Frauen nach Hobart zu bringen, das heißt nach ›Nettlepot‹, wie Mr Gordon, der aus Cumbria stammte, sein drei Räume umfassendes Heim getauft hatte.

Sobald sie an Land waren, wurden Ralph zwei willige Ruderer an die Seite gestellt, die die strikte Anweisung hatten, kein Sterbenswörtchen von sich zu geben, bis alle Frauen sicher an Land gebracht waren. Bei der letzten Überfahrt allerdings konnten sich die Ruderer nicht länger beherrschen. Ralph erzählte mir, dass seine beiden Begleiter, kaum dass der Nebel die *Castle Morton* verschluckt hatte, sofort damit begannen, die Frauen zu befingern und mit ihnen um den Preis ihrer Dienste zu feilschen. Wenn die Frauen sie auch nicht sehen konnten, so spürten sie ihre Hände allerorten!

Der Nebel hielt sich bis zum späten Vormittag, bis schließlich die Sonne durchbrach und ihn vertrieb, und Kapitän Henniker durch sein Fernrohr die Küste absuchte und feststellte, dass sie sich in tiefster Wildnis befanden.

Ich will die schändlichen Szenen nicht näher beschreiben, die sich unter Mr Gordons Dach abspielten. Sagen wir einfach, dass die Frauen, die an diesem Morgen an Land gingen, rasch mit unserer Lebensart vertraut gemacht wurden. Und es erging ihnen gut, ganz besonders einigen von ihnen. Im Haushalt eines ehrbaren Grundbesitzers wären sie nur unglücklich geworden, vor allem deine Urgroßmutter.

Sie hieß Harriet Fay. Sie war die Tochter eines Baptistenpfarrers aus Richmond, eine angesehene Dienstmagd und eine tüchtige, feinfühlige Frau, deren Herrin sie nur ungern gehen ließ und die ein Gentleman als Gouvernante für die Kinder seines Bruders in Hobart verpflichtet hatte.

Wie gesagt, ich weiß nicht, was in den nächsten Tagen und Wochen in Nettlepot oder in Miles Cottage, dem Haus von Mr Hacking, geschah, oder auch hier in Two Mile Creek, wohin Ralph eine junge Frau namens Mary Malvern gebracht hatte, eine kecke und aufgeweckte Bleistiftmacherin, die man unter dem Vorwurf, einen Pelz und sieben Klafter Bombasin gestohlen zu haben, verbannt hatte. Ich weiß, dass überraschend viele Frauen beschlossen, im Tal zu bleiben, nachdem der Schwindel aufgeflogen war, darunter auch Harriet Fay und Mary Malvern. Besonders Harriets Betragen soll alle Erwartungen enttäuscht haben, die man in London in sie gesetzt hatte. Als bekannt wurde, dass sie auf dem Land mit drei Männern in sittenlosen Verhältnissen lebte, wurde eine Delegation mit dem Boot ausgesandt, eine Art Rettungsmission, die sie nach Hobart bringen sollte. Sie aber wies das Ansinnen des Komitees zurück und sagte: ›Lieber lasse ich mich aufknüpfen, als dass ich von hier fortgehe.‹ Und nachdem ich selbst zweiundachtzig Jahre an diesem Flecken verbracht habe, glaube ich zu wissen, was sie empfand.

Schimpf also nicht auf den Nebel, mein Junge. Ohne ihn

gäbe es dich überhaupt nicht. Und jetzt hilf mir hoch. Und wenn du das getan hast, dreh dich um. Sieh nur, was für ein strahlend blauer Tag es geworden ist, während ich die ganze Zeit geredet habe.«

Das Standbild

Die Rue Lapin schleicht wie ein Taschendieb um die Rückseite des Théâtre Larache, bevor sie an der Rue Saint-Anne
in den Boulevard Denfert-Rochereau mündet. Es ist eine
schmale Straße ohne besonderes Flair oder Sehenswürdig-
keiten, abgesehen von einem mittelalterlichen Turm, inzwischen geschlossen, von dem aus die französische Marine
angeblich einundzwanzig Planeten entdeckt hat.

Wer die Rue Lapin im Sommer entlangläuft, könnte rasch
ihre zweite Attraktion übersehen: ein in Bronze gegossenes
Reiterstandbild. Es steht etwas abseits der Straße auf einer
mit vier Blutbuchen bepflanzten Fläche. Der Kopf des Reiters verschwindet im Laub der Bäume. Wenn der Wind die
Blätter teilt, sieht man, dass er einen Federhut trägt. Der Hut
ist mit einer wächsernen Schicht Taubenkot bedeckt, die
aussieht wie das Kerzenwachs auf den Flaschen im Bistro
gegenüber.

Mehr als zehntausend Kilometer entfernt, in der bolivi-
anischen Bergarbeiterstadt Oruro, steht mitten auf einem
windigen Platz am nördlichen Stadtrand ein identisches
Standbild. Der graugrüne Reiter sieht nicht nur genauso
aus, einschließlich des Vogelkots auf seinen Winkelstreifen.
Bei genauerer Untersuchung ist er tatsächlich identisch, gegossen in der Fabrique de Fer, No. 4 avenue Béco, aus der
gleichen Form.

In Paris steht auf der kleinen Tafel am Sockel aus norwegischem Granit:

Le Maréchal Ney 1769–1815

Sie wurde zum Gedenken an den Helden von Borodino und Smolensk aufgestellt, der später damit drohte, Napoleon in einem Käfig zurück nach Paris zu bringen.

Die Gedenktafel des Standbilds in Oruro erinnert an einen Mann, der sechsundfünfzig Jahre später durch einen Schuss in den Kiefer starb, als er gegen die Tür seiner Mätresse in Lima schlug. Der Text lautet:

General Mariano Melgarejo
Bolivianischer Präsident, 1864–1871

Darunter steht in kleinerer Schrift:

Beim Aufbruch zu seinem Siegeszug auf seinem Pferd Holofernes

Ein Märzabend in Paris im Jahr 1910. Ein volles Haus im Theater Gaîté-Lyrique. Das Publikum starrt gebannt. Lichter explodieren über entzückten Gesichtern. Rote und blaue Salutschüsse entflammen die graue Gedankenwelt von Bankangestellten, Apothekern, Scharlatanen und Königen.

Sie sehen Aladin seine Lampe reiben. Mit dem lüsternen Grinsen des Mohren ruft er das entzückendste Wesen von Paris herbei. Seine Worte schweben wie eine Aufforderung über der Bühne.

»Das entzückendste Wesen von Paris …« Die Worte hallen von den Wänden der höhlenartigen Bühne wider, auf der einzig ein Korb mit Blumen steht.

Noch mehr Lichter explodieren. Die Blütenblätter erzittern, eine Bewegung, die sich auf den im Publikum sitzenden jungen König Manuel II. von Portugal überträgt, der beim Anblick von Blumen automatisch den Geruch der Kamelien in der Nase hat, die seine Mutter ihrem Attentäter ins Gesicht schleuderte, aber all das vergisst, als er einen blonden Kopf aus den künstlichen Blüten auftauchen sieht. Für diese Frau, denkt er, und schaut auf ihre Brüste, die beide mit einem glitzernden Seestern bedeckt sind, als wollten sie deren üppige Fülle zurückhalten, könnte er sich vorstellen, seinen Thron zu verlieren. (Später wird genau das geschehen.)

Sie steigt aus ihrem Korb und stolpert. Das Publikum hält vereint den Atem an, synchron wie eine Gruppe von Revuetänzerinnen. Sie fängt sich wieder. Ihre Lippen formen sich zu einem Lächeln. Sie wendet sich an die Männer im Dunkeln zu ihren Füßen, von denen jeder Einzelne glaubt, sie sehe ihn an. Das Orchester setzt ein.

»Wenn ich ein Bad im Meer nehme«, singt Gaby Deslys, »wo starren dann alle Männer hin?«

Einer der sie anstarrenden Männer ist ein junger Bolivianer namens Lizardo Real. Er sitzt in der dritten Reihe und schlägt zum Takt der Musik mit dem Fuß gegen den Vordersitz, ein Tick, der seinen Vordermann bereits zweimal hat herumfahren lassen. Beide Male hat Lizardo seinen Blick von der Bühne zu der Frau neben ihm gewandt, die er nachher ins Restaurant Paillard führen wird (zu *choucroute impériale*, seinem neuen Leibgericht) und anschließend auf ihr Zimmer am Quai de Béthune, vierte Etage vorn, wo er ihr dabei zusehen wird, wie sich der Knoten ihres aufgetürmten blondierten Haars mit einem mächtigen Zittern von selbst löst, während er ihr die Stiefel aufknöpft.

Die Frau, die aus dem schwarzen Seidenkleid steigt – ein Geschenk von ihm –, heißt Marie. Ihre ungewöhnlich langen Wimpern erinnern ihn an ein Mädchen aus Oruro namens Ana.

In dieser Nacht, während er von hinten den Arm um sie geschlungen hat, sein Schnurrbart an ihrer Schulter, sein Gesicht im undurchdringlichen Dickicht ihres Haars, hört Lizardo ihren gleichmäßigen Atem im Schlaf. Marie ist weit weg, wieder in Besançon, ein geschwätziges kleines Mädchen (das sich wünscht, es wäre so groß und schön wie seine Schwester), das seinem Vater, dem Glaser, dabei hilft, Enten aus dem Eis des Flusses zu befreien. Lizardo fühlt eine andere in seinen Armen, eine, die wach ist. Er fühlt Ana. Er stellt sich ihren Blick vor. Er schließt die Augen, um ihm zu entgehen. Aber es gelingt ihm nicht. Sie entwindet sich seinen Armen. Er wagt nicht, die Augen zu öffnen. Er spürt, wie ihr Blick ihn niederdrückt, unerbittlicher als die Sonne über dem Altiplano.

Ein Aprilnachmittag zwei Jahre zuvor. Lizardo Real steigt in seinem einzigen Anzug mit schnellen Schritten die Steinstufen des Rathauses von Oruro hinauf, eines unscheinbaren Gebäudes an der Calle Pizarro. Er wird vom Bürgermeister der Stadt, Guillermo Valencia, zu einer Sitzung des Rats erwartet, in dem er das Amt des Kämmerers bekleidet.

Valencia hat das Treffen einberufen, um über die Errichtung eines Denkmals auf dem Platz gegenüber dem Bahnhof zu sprechen. Er streicht mit der Hand durch seinen langen Bart und wartet auf das Eintreffen der Ratsmitglieder. In Gedanken bereitet er seine Rede vor.

Seit mehr als drei Jahrhunderten wird in den Bergen von Oruro Metall abgebaut, zuerst Silber, jetzt Zinn. Die Kin-

der der Stadt atmeten die Schwärze von Kindesbeinen an
ein. Die Frauen lehnten Tag für Tag in den Türen, berührten
die Schultern ihrer Männer noch einmal, falls diese nicht
zurückkehrten; dann sahen sie sie im Strom der Köpfe
verschwinden, mit Kokablättern in den Wangen, grünen
Zähnen und Herzen so schwarz wie die Schächte des Bergs
namens Negro Pabellon.

Dieser Berg hatte so viele Reichtümer hervorgebracht
wie der Berg nahe der prächtigen Reichsstadt Potosi, eine
Silbermenge, die nach Berechnungen eines Angestellten
der Fricke Company ausgereicht hätte, eine drei Kutschen
breite Brücke von Südamerika bis nach Europa zu bauen.
Und was konnte Oruro dafür vorweisen? Nichts, abgesehen
von zwei Bäumen auf der Plaza, einem Pfirsichbaum und
einer Korkenzieherweide, die jeden Abend zum Schutz vor
dem Wind mit Sackleinen umhüllt werden mussten, und
einer Handvoll Ausländer von der Bergwerksgesellschaft,
die wegen der Höhe ohnmächtig wurden, wenn sie vor dem
Hotel Terminus Tango tanzten.

Ansonsten reihte sich ein graues Haus ans andere, glich
eine Straße der nächsten, und das so unerbittlich, dass selbst
Leute, die keinen einzigen Tropfen von Oruros heimtücki-
schem Maisbier getrunken hatten, ihr eigenes Haus nicht
mehr wiederfanden.

In einem anderen Jahr hätten die Männer, die sich zum
Gruß im Rathaus zunickten, vielleicht gegen Valencias Vorschlag gestimmt. Aber in diesem Jahr war die Eisenbahnver-
bindung zwischen Oruro und Viacha fertiggestellt worden.

Mit dem tausend Kilometer entfernten Antofagasta im
Süden war die Stadt bereits durch eine Schmalspurbahn
verbunden. Die neue Strecke verband Oruro nun direkt
mit der nördlichen Hauptstadt La Paz. Selbst der ängst-

liche Stellvertretende Vorsitzende des Gemeinderats, Juan Alonso, dessen bleiches, schmales Gesicht aussah, als wäre es vierunddreißig Jahre von Bandagen umwickelt gewesen, stimmte zu, dass Reisende aus der Hauptstadt, wenn sie aus dem Bahnhofsgebäude träten, nicht allein von zwei mickrigen Bäumen zwischen grauer Monotonie empfangen werden sollten.

»Gentlemen«, knurrte Valencia, als alle versammelt waren. Er sah sie entschlossen an. »Wir haben einen einzigen Punkt auf der Tagesordnung. Das Denkmal auf der Plaza —.«

Guillermo Valencia war fünfundfünfzig Jahre alt. Er war klein und stämmig gebaut, kümmerte sich wenig um seine Kleidung, die stets aussah, als käme er geradewegs aus einem Sturm: die Jacke seines schwarzen Cordanzugs vom gleichen unsichtbaren Windstoß nach hinten geschlagen, der auch seinen langen silbernen Bart in zwei zerzauste Schals geteilt hatte, die man nach hinten über die Schulter werfen konnte, was die Frau, die er liebte, Chacita, die Kichererbse, zu gewissen Gelegenheiten dazu verleitete, sie mit scharlachroten Schleifen zu schmücken.

In fünfundfünfzig Jahren war Valencia noch von keiner Frau ernst genommen worden. Er war so hilflos in ihren Fängen, wie er sich wünschte, dass Männer es in seinen wären. Tatsächlich fanden ihn Männer ebenso ein wenig absurd. Auch ohne etwas von den roten Schleifen zu wissen, hätten sie sich ihn lebhaft damit vorstellen können. Aber anders als die Frauen von Oruro, wagten sie nicht, laut über ihn zu lachen. Jähzornig, zielstrebig und unversöhnlich, wie er war, wollte niemand ihn zum Feind haben, weshalb keiner der Zuhörer am Tisch den Ausgang der Versammlung bezweifelte. Valencia konnte jedem von ihnen das Leben schwer machen. Für ihn stand sein Plan fest. Und was bedeutete es auch schon?

Nach einem zwanzigminütigen Monolog rief er zur Abstimmung über die Errichtung des Denkmals auf. Das Ergebnis war einstimmig. Als Zweites stellte Valencia das Sujet des Denkmals zur Wahl. Er erklärte, es gebe nur einen Kandidaten: den Mann, dessen Anstrengungen sie es nicht nur zu verdanken hätten, dass Oruro mit La Paz verbunden sei, sondern auch mit der fortschrittlichsten Nation der Welt; denn er habe Oruro zwar nur kurz, aber auf glanzvolle Weise mit dem Schicksal Frankreichs verknüpft.

»Sie alle wissen, von wem ich rede.« Er ließ seinen Blick über die elf Gesichter am Tisch schweifen. Sie nickten ernst. Sie wussten, von wem er redete; und auch davon, dass ihr Bürgermeister unbeirrbar daran glaubte, mit diesem Mann blutsverwandt zu sein – was die Länge seines Bartes, seine plötzlichen Wutausbrüche und seine undurchsichtige Sanftmut erklärte. Allerdings sahen die Ratsmitglieder die »Anstrengungen« dieses Manns in einem gänzlich anderen Licht: dem hellen Strahl einer schmachvollen Niederlage. Aber was ging es sie an? Napoleon, Bolívar, Melgarejo, Christus auf einem Fahrrad, es war schließlich bloß ein Standbild. Valencia konnte sie den ganzen Tag in dieser Sitzung schmoren lassen, wenn er es wollte, und sie alle hatten gute Gründe fortzukommen. Etwa um zu sehen, ob Lizardos Tante Hortensia etwas aus ihrem Umschlagtuch zaubern konnte, was den Schmerz eines Abszesses am Gaumen linderte. Oder um sich von ihrem Mann in einem Hinterzimmer des Billardsalons einen neuen Kartentrick zeigen zu lassen. Oder um zu schlafen.

Valencias Augen ruhten auf dem Gesicht seines Schützlings, Lizardo Real, der von der Tochter des Stationsvorstehers träumte und dem blauweißen Kleid, das er ihr im Geschäft der Fricke Company kaufen wollte.

»Ich rede von General Mariano Melgarejo.«

Lizardo war in seinem Amt als Stadtkämmerer, aber auch als Valencias Günstling damit beauftragt worden, Erkundigungen einzuziehen. Seine Nachforschungen hatten ergeben, dass keine Gießerei in Bolivien den Auftrag ausführen konnte.

»Es scheint, als stammten sämtliche Standbilder in La Paz, Cochabamba und Sucre aus Paris.«

Valencia pflichtete ihm bei. Er wusste von der schon fast obsessiven Liebe, die General Melgarejo für Frankreich empfunden hatte. In Lizardos Antwort entdeckte er dieselbe Hand des Schicksals, die ihn den gleichen Namen – und vielleicht noch sehr viel mehr – des Mannes tragen ließ, der vermutlich Melgarejos Vater gewesen war.

Lizardo stieß auf die Adresse einer Gießerei in Paris. Er setzte einen Brief in Valencias Namen auf, in dem er um die geschätzten Kosten für ein Reiterstandbild aus bester Bronze bat.

Binnen drei Monaten kam ein Antwortschreiben des *directeur générale* der Fabrique de Fer. Darin zählte Monsieur Clémenceau die Vorteile von Phosphorbronze auf, die mit großem Erfolg beim Bau der Eisenbahnlinie nach Orléans eingesetzt worden sei. An Festigkeit, Wetterbeständigkeit – angesichts »Ihrer Altiplano-Winde und Ihrer dramatischen Temperaturschwankungen« – sowie an ihrer feinporigen Patina sei Phosphorbronze nicht zu übertreffen.

Es gab nur einen Nachteil: die Kosten. Clémenceau warnte sogleich, dass die neumodische Sitte, die Kosten senken zu wollen, sie letztendlich in die Höhe trieb. »Eine schlechte Phosphorbronze ist nicht besser als schlechtes Geschützmetall.« Er schätzte die Gusskosten für ein Standbild von General Melgarejo auf seinem Pferd Holofernes auf 165 000 Francs.

In Oruro zeigte der Bürgermeister sich überrascht von dieser Summe, stimmte den Konditionen aber dennoch zu. Clémenceau wurde informiert, dass Valencias zuverlässiger junger Kämmerer, Lizardo Real, unverzüglich nach Paris aufbrechen werde, ausgestattet mit den entsprechenden Pfandbriefen und einem in Aquatinta gestochenen Porträt von Mariano Melgarejo auf Holofernes.

Lizardos Aufbruch nach Paris war ein sehr emotionales Ereignis. Seine Mutter weinte zum ersten Mal seit der Revolution von 1889 und gab ihm drei Buschhühner und zwei Decken, eine dicke und eine dünne, mit auf den Weg, mit denen er an Bord der *Thuringia* seine Beine wärmen konnte.

Sein stolzer Vater küsste ihn auf beide Wangen und wünschte ihm alles Gute. »Tu nichts, was ich nicht tun würde«, sagte er und deutete mit einem feinen Lächeln an, dass er stets zu allem bereit gewesen war.

Seine Tante, die weise *chola* aus Challapata, sagte, sie werde bei seiner Rückkehr vermutlich schon gestorben sein, erdrückt von der Last auf ihrem Rücken. (Was sie in ihrem Umschlagtuch aufbewahrte, war ein Geheimnis, das noch nicht einmal ihr Mann kannte, aber zu verschiedenen Anlässen hatte sie ein Straußenei, ein Taufgefäß der Chimú, ein Ferkel und sogar – zu seiner großen Freude – fünf Flaschen Allsopp's India Ale daraus hervorgezogen.) Aber sie werde für Lizardo beten. »Fernab der Heimat und fern sämtlicher Heilkräfte …«

Nur Ana war zu Hause geblieben, da sie es nicht ertrug, ihn davonreiten zu sehen.

Die Ratsmitglieder umarmten Lizardo eines nach dem anderen. Keiner wusste so recht, was er sagen sollte, außer ihm neidisch viel Glück zu wünschen. Nur wenige waren je aus Oruro hinausgekommen, und nie weiter als bis Uyuni, aber von Don Maximiliano, der für die Gospel Society Bibeln verkaufte, wussten sie, dass Paris ein Sündenpfuhl übelster Art war.

»Mach uns keine Schande«, sagte der Bürgermeister, als er die Hände fest auf Lizardos Schultern legte und ihm vermeintlich tief in seine braunen Augen schaute, während er tatsächlich daran dachte, wie gern er, Guillermo Valencia, jetzt selbst aufs Pferd steigen würde.

»Wir erwarten dich zur nächsten Diablada.«

Die Diablada. Sie war der Grund, warum Lizardo seine Reise zu Pferde antrat, sein Gesicht von einem großen Strohhut beschattet, den Ana ihm geschenkt hatte. Die Diablada war auch der Grund, warum er die Nacht auf einer Lehmbank in einer Poststation verbringen würde, statt bequem zurückgelehnt auf einem Sitz im Zug nach Antofagasta.

Der Karneval der Teufelstänzer war um Mitternacht zu Ende gegangen. Lizardo war schon lange bevor Valencia entschieden hatte, ihn nach Frankreich zu entsenden, für die Rolle der China Supay ausgewählt worden, der Frau Luzifers, deren Part darin bestand, den Erzengel Michael zu verführen.

Lizardo hatte hart für die Rolle trainiert. Selbst Orureños brauchten einige Ausdauer, um in dieser Höhe eine ganze Woche lang zur Totenklage der Trommeln, zu den Stimmen der Hölle, hin und her zu springen.

Zehn Wochen lang hatte er an seinem Kostüm gearbeitet: die Perücke, deren Zöpfe feiner als Webstoffe aus Paracas waren, die Gipsmaske mit Zähnen aus Spiegelsplittern, die Hörner, die für die Versuchungen des Fleisches standen und die er lasziv auf Juan Alonso im Federkostüm des Erzengels gerichtet hatte – wobei er in genau diesem Moment wegen des eindringenden Staubs unter seiner Maske so heftig hatte niesen müssen, dass der ängstliche Stellvertretende Ratsvorsitzende einen halben Meter hoch in die Luft gesprungen war (so wie schon damals als kurzsichtiger Junge von zehn Jahren im Innern des Bergs Negro Pabellon, als er einem blinden Grubenmaultier begegnet war und dessen Ohren für die Hörner des Teufels gehalten hatte ...).

Nichts davon hatte Lizardo verpassen wollen, aber eben darum war der Zug ohne ihn abgefahren, der am Vormittag des Vortags in Oruro haltgemacht hatte. Zum Glück würde der Zug eine Pause von einem Tag in Uyuni einlegen, 240 Kilometer entfernt. Dort wollte er zusteigen und die Reise über die Salzfelder bis an die Küste fortsetzen.

Die morgendliche Luft war frisch. Zuvor war es so kalt gewesen, dass Lizardo gezwungen war, die Arme vor der Brust zusammenzuschlagen, und dabei einen Vogel aufgeschreckt hatte, den er irrtümlicherweise für einen rosa Flamingo hielt. Jetzt erwärmte die Sonne die eiskalte Luft. Während er über das steinige Hochland ritt, einen wolkenlosen Himmel über sich, die weißen Gipfel des Azanaques-Gebirges vor sich, als das lange hartgefrorene Ichu-Gras die Flanken seines Pferds streifte und einzig das Knarren seines Sattels zu hören war, da fühlte Lizardo sich so glücklich wie selten zuvor.

Lizardo Real war achtundzwanzig Jahre alt, Sohn eines Stellmachers, der für die Bergwerksgesellschaft arbeitete. Der ganze Stolz seiner Familie war sein Jura-Abschluss (mit befriedigendem Ergebnis) von der Universität Cochabamba. Es war eine seltene Auszeichnung für jemanden aus Oruro. Schon in jungen Jahren hatte man ihn zum *corregidor* ernannt.

Andere hätten den Lohn für zu gering erachtet, um Ehrlichkeit im Gemeindeamt zu garantieren. Nicht so Lizardo. Er widmete sich stolz den Vorschriften der Bürokratie, sorgte für ausgeglichene Bücher, teilte Gelder für öffentliche Baumaßnahmen zu. Er war so stolz auf sein Tun wie andere auf das Legen eines Mosaiks. Allerdings hatte das weniger moralische als mathematische Gründe. Dies verkennend, hatte Valencia ihn zum Kämmerer gemacht.

Nur wenige ahnten, was für ein großer Träumer in Lizardo steckte, außer seiner Tante, die es in ihrem Bezoarstein erblickt hatte und wusste, dass kein Zauber auf Erden daran etwas ändern könnte. Er brauchte nur einen Torfhügel zu sehen, und schon glaubte er, darin sei ein Geflecht von Silberadern verborgen, ergiebiger als das von Potosi; ein Geier wurde in seinen Augen zu etwas unendlich Schönem. Das war sein Problem. Für ihn war jeder Bussard ein Kondor. Aber davon wusste niemand. Alle waren begeistert von seinen Qualitäten, die ihn mit achtundzwanzig Jahren zu einem der ersten Männer Oruros machten, mit einem Abschluss der Universität, die bereits drei bolivianische Präsidenten und zwei Generäle hervorgebracht hatte sowie einen Dichter, dessen Werke laut auf den Plätzen von Salamanca deklamiert wurden.

Von dem Moment an, da man ihn gebeten hatte, bei der Diablada mitzuspielen, bis zu dem Moment, als ihm von Valencia der Auftrag mit dem Standbild übertragen worden war, hatte Lizardo von wenig anderem geträumt als vom Weib Luzifers und Mariano Melgarejo – nicht einmal von

Ana, die er eines Abends, nachdem er einen letzten Brief an Monsieur Clémenceau aufgesetzt hatte, mit den Händen vor den Augen in einer solchen Verzweiflung vorgefunden hatte, dass weder sein Arm um ihre Schulter noch ein Kuss auf ihre zurückweichende Wange sie hatten trösten können; nur das Versprechen, bei seiner Rückkehr nach Oruro werde er einen Amethysten mitbringen, eingefasst in einen Hochzeitsring aus purem Gold ...

Und auch jetzt, da der Maskenumzug vorüber war und er die ganze Stadt mit seinem prachtvollen Kopf und seinen Sprüngen geblendet hatte, da er vier Tage lang mit den Händen auf den Hüften und zuckenden Schultern zur immer gleichen Melodie getanzt hatte, zu Klängen, so monoton wie die Straßen, durch die sie zogen, selbst jetzt war in seinem Kopf kein Platz für Ana, die Tochter des Stationsvorstehers.

Stattdessen drehten sich seine Gedanken um den Mann, dessen Bildnis er, sorgfältig zusammengefaltet, in seiner Satteltasche trug und der vor vierzig Jahren auf genau dieser Straße, begleitet vom gleichen knarrenden Geräusch des Leders, geritten war: General Mariano Melgarejo.

Lizardo lockerte die Zügel. Er suchte mit der Hand nach dem Aquatinta-Blatt, das er hinter die drei Buschhühner gesteckt hatte, neben den Umschlag mit den Pfandbriefen über 165 000 Francs. Er zog es aus der Mappe und breitete es über dem Widerrist des Pferdes aus. Das Porträt zeigte einen Mann mit kleinem Kopf, Augen, schwärzer als Erzstaub, und einem Bart so dicht wie ein Binsengeflecht.

Lizardo betrachtete das Gesicht, das sich mit dem Schritt des Pferdes hob und senkte, wie ein auf den Wellen tanzendes Stück Brot. Und in dieser Haltung träumte er von Mariano Melgarejo, dem Dezember-Helden, dessen Standbild er aus Paris mitbringen würde.

Melgarejos Lieblingsstadt war Cochabamba, obwohl er sie einst geplündert hatte. An der dortigen Universität hatte Lizardo beinahe täglich Geschichten über ihn gehört: in der Bibliothek, in Bars oder auf den Bänken der Plaza Colón. Sie waren so oft wiederholt worden, dass sie mittlerweile zum Kulturgut gehörten. Sein Name wurde allgemein mit einer einzigen Kette von Katastrophen verknüpft – oder mit der Behauptung, nicht seine Armee sei unbesiegbar gewesen, sondern seine Dummheit.

Aber es gab auch diejenigen, die seine andere Seite sahen – die Seite, die ihn ein kleines Mädchen an die Hand nehmen ließ, dem er zufällig nach einem Saufgelage auf der Straße begegnete, und sie zur ärmlichen Hütte ihrer Eltern zurückbrachte; oder die, die ihn dazu brachte, seine geliebten Kutschpferde zu erschießen, als sein Gespann eine steile Schlucht hinab auf eine Mutter mit Kind zuraste und nur durch eine Kugel gestoppt werden konnte.

Für diese anderen zeigte Melgarejos Aufstieg und Fall beispielhaft, über welche Möglichkeiten Männer verfügen, die daran glauben, die Welt in Erstaunen versetzen zu können. Guillermo Valencia war einer seiner Fürsprecher. Genau wie dessen Schützling Lizardo.

Lizardo, der wie Melgarejo am Ostersonntag geboren war, sah in ihm eine Inspiration für Männer, ihren Träumen zu folgen – und alle Männer träumen.

Melgarejo war in einer Stadt geboren worden, deren Name wie ein Trompetensignal klang: Tarata, 160 Kilometer von Oruro entfernt, wo das Gras so hoch wuchs, dass man sein Pferd darin verlieren konnte. Er kam am Ostersonntag des Jahres 1820 zur Welt. »Gott entschied«, sagte er, »dass ich zur gleichen Stunde wie Jesus' Auferstehung geboren werden sollte.« Er kam als Bastard zur Welt, der Sohn eines weißen Vaters, den er nie kennenlernte – Justo Valencia – und einer *mestiza*, deren Namen er annahm. Als uneheliches Kind war er jedoch auch ein Kind der Leidenschaft, das für Alkohol, Frauen, die Armee und für alles schwärmte, was vom Pulvergeruch des Abenteuers umgeben war. Noch bevor er laufen konnte, ritt er bereits im Galopp durch die Kokafelder. Und als er dann laufen konnte, hätte er ein Pferd über der Schulter tragen können. Er unterstützte General Ballivián, stellte sich jedoch später gegen ihn und wurde zweimal zum Tode verurteilt, bevor er im Dezember 1864, am Tag des Fests der unschuldigen Kinder, durch einen Staatsstreich in den Präsidentenpalast von La Paz einzog.

Im Laufe der Zeit gab es zweiundvierzig Aufstände gegen ihn, und er marschierte oft in La Paz ein, einmal rittlings auf einer von Spornen zerkratzten Kanone, als steckten seine Füße in den Steigbügeln seines Pferdes Holofernes.

Auf dem Rücken von Holofernes verglich er sich mit Washington, Bolívar und Napoleon, als ein Mann, den die Vorsehung geschickt hatte. »Vergessen Sie nicht, dem Kaiser meine wärmsten Grüße auszurichten«, befahl er seinem Gesandten in Paris.

Andere verglichen ihn mit Juan Manuel de Rosas aus Argentinien, Francisco Solano López aus Paraguay, Monagas aus Venezuela, de Santa Anna aus Mexiko und dem römischen Kaiser Nero.

Er war stolz, streitsüchtig, infantil, eitel, argwöhnisch, vulgär und grausam, aber er konnte einen auch mit seiner warmherzigen Stimme umschmeicheln, oh doch, gar keine Frage. Man brauchte dazu nur seiner Mätresse, Juana Sanchez, ins Gesicht zu sehen, als er sie vor seinen Ministern und Generalen entkleidete und ihnen befahl, vor ihr niederzuknien, während er selbst stehen blieb, ein Glas brennenden Rums in der Hand, und durch die Flammen hindurch beobachtete, wie sie ihm zulächelte, ihm ganz allein, und er über die Rücken der Knienden hinweg sagte: »Ich liebe dich, Juanita.«

Er traute weder Menschen noch Dingen – nicht einmal seinem Hemd, auf das er jeden Abend schoss, falls seine Falten etwas vor ihm verbergen sollten. Aber er vertraute Juana Sanchez. Er liebte sie mehr als Holofernes, und niemand hätte bestritten, dass er Holofernes über alles liebte, diesen riesigen schwarzen Hengst, mit seinem Schweif wie ein Wasserfall bei Nacht, ein Pferd, das intelligenter war als jeder seiner Generale. »Dieses Pferd gewinnt meine Schlachten!«, sagte er. »Ich habe einen kleinen Kopf. Seht, wie gewaltig sein Schädel ist. Es denkt für uns beide.«

Aber Holofernes war nicht nur intelligenter und sehr viel tapferer als Melgarejos Generale. Er vertrug auch mehr, wie sein Besitzer bewies, als er bei einem Bankett einen Platz für ihn decken und ihm einen Eimer Chicha bringen ließ. Holofernes senkte seine Schnauze in das Maisbier, trank, hob seinen Kopf, sah die versammelten Gäste an, darunter zwei chilenische Diplomaten, und tauchte die Lippen erneut in den Eimer, während sie auf sein Wohl anstießen …

Lizardo ritt weiter. Die Sonne, die den Horizont zuvor märchenhaft hatte erscheinen lassen, verlieh ihm nun etwas Erbarmungsloses. Er faltete das Blatt zusammen, steckte es in seine Jackentasche und zog die Jacke aus. Er nahm zwei Schlucke aus seiner Wasserflasche und blickte hinaus auf die Ebene, wo nichts wuchs außer einer vereinzelten Amaryllis und ein paar Büscheln Weißen Hahnenfußes, eine Pflanze, die seine Tante »Lachender Sellerie« nannte, weil man bei ihrem Verzehr in geistige Umnachtung fiel und mit verzerrten Lippen starb, was wie ein breites Grinsen aussah.

Er kam durch ein Dorf, in dem sämtliche Türen geschlossen waren. Dahinter traf er auf eine mit Kaffee und Kokablättern beladene Lama-Karawane. Drei Indios stoppten und hielten die Tiere in Schach, während Lizardo vorbeiritt. Die Lamas reckten ihre Hälse nach ihm und zupften laut das Gras vom Boden. Ein Geräusch wie beim Durchtrennen der Kehle, dachte Lizardo. So wollte er sterben, durch den Schnitt eines Messers, nicht durch eine Kugel, nicht einmal durch eine aus Melgarejos Pistole mit Elfenbeingriff.

Lizardo schloss die Augen.

Er dachte an den Expräsidenten Belzu.

Es war im Jahr 1865 gewesen. Im März. Vier Monate, nachdem Melgarejo die Macht ergriffen hatte, war Belzu aus dem Pariser Exil zurückgekehrt. Er hatte seinen Palast in La Paz wieder übernommen und stand auf dem Balkon. Die Menschenmenge auf der Plaza Murillo jubelte ihm zu. Unterdessen marschierte in der Ferne der abgesetzte Melgarejo in die Stadt ein. Während er sich dem Zentrum näherte, blieben immer mehr seiner Soldaten zurück. Als sie die Kathedrale erreichten, war nur noch eine Handvoll geblieben. Auch sie würden ihn verlassen, das las er in ihren Augen. Er setzte seine Pistole an die Schläfe. »Entweder ihr folgt mir, oder ich drücke ab.« Sie folgten ihm. Sie folgten ihm die Calle Junín entlang. Sie folgten ihm auf die Plaza Murillo. Sie blieben erst stehen, als er stehen blieb. »Tut so, als sei ich euer Gefangener«, befahl er. »Bringt mich zum Palast.«

Also geleiteten sie ihn durch die Menge. Sie führten ihn vor den Balkon zu Belzu, der gütig winkte, das Handgelenk nach zehn Jahren im Exil mit französischem Eau de Cologne befeuchtet. Dann brachten sie ihn in den Palast.

Melgarejo stieg hinauf in den ersten Stock. Er betrat den großen Raum, wo er Offizieren einst befohlen hatte, miteinander zu tanzen, wo der Bischof von Sucre dreimal für ihn auf Händen und Knien im Kreis durch den Raum gekrochen war, wo er Juana Sanchez nackt durch die blauen Flammen des Rums angesehen hatte. Er sah Belzus Gestalt auf dem Balkon, vor dem er zwei Kompanien seiner unbesiegbaren Dezember-Armee hatte aufmarschieren lassen, um ihre Disziplin zu demonstrieren. Er sah, wie Belzu sich ihm zuwandte, sein Gesicht, das normalerweise aschgrau war, glühend vom Sieg. Melgarejo ging mit offenen Armen auf ihn zu, Belzus vergebende Wangen mit seinem Bart kitzelnd. Dann erschoss er ihn.

Er trug den Leichnam auf den Balkon. Er legte ihn auf die Balustrade. Er bat mit erhobener Hand um Ruhe.

»Belzu ist tot«, informierte er die Menge. »Wer lebt jetzt?«

Die Menge unter ihm war einen Moment lang still, dann hallte es über den Platz. »Viva Melgarejo!«

Die Sonne brannte jetzt erbarmungslos. In der heißen Luft löste sich der Horizont in ein flirrendes Band auf. Vulkane wurden zu treibenden Inseln. An ihren Hängen kräuselte sich die Wasserlinie des ehemaligen Sees zu Wellen. Im Norden erhob sich eine braune Staubwolke in einer Spirale über der Ebene. Lizardo glaubte, einen Kondor zu sehen.

Sein Pferd stolperte und fasste wieder Tritt. Vor ihm erstreckte sich ein trockenes Flussbett, die gewundene Straße nach Uyuni. Auf dieser Straße, entlang der Uferbänke dieses Flusses, war General Melgarejo einst zu seinem größten Triumphmarsch aufgebrochen. Der Marsch, der ihm sämtliche Stimmen des Gemeinderats von Oruro zur Errichtung seines Denkmals sicherte.

In der Hitze verschwammen Lizardos Gedanken wie die Landschaft am Horizont. Die Bilder in seinem Kopf tanzten wie China Supay. In der flimmernden Luft wurde sein Pferd zu Holofernes. Wenn er sich jetzt umdrehte, würde er eine viertausend Mann starke Armee erblicken, die ihm bis ans Ende der Welt folgen würde.

Sie waren mehrere Stunden lang marschiert. Es war weit nach Mitternacht. Der Regen, der bei ihrem Aufbruch in Oruro in dünnen Fäden vom Himmel gefallen war, hatte zugenommen. Die Nacht in den Anden war eisig kalt. Niemand redete. Sie waren betäubt von ihrem Marsch, von der Feuchtigkeit ihrer Uniformen und angesichts ihres Generals, der in einem blutroten Poncho vorausritt.

Die meisten von ihnen hatten geschlafen, als der Befehl kam, sich vor der Garnison zu versammeln. Ein Trommelwirbel ertönte. Das Geräusch von Hufen im Schlamm. Dann tauchte er auf seinem Pferd vor ihnen auf. Er hob seine Hand. Der kleine Kopf mit dem mächtigen Bart.

Diejenigen, die ihn gut kannten, sagten, er sei nie so nüchtern gewesen.

»Soldaten der unbesiegbaren Dezember-Armee«, begann er. »Soldaten der Freiheit.« Ihre Verbündeten, die Franzosen, befänden sich im Krieg. Jeder wisse, wie sehr er diese Nation und ihren Kaiser schätze. Jeder wisse, wie wenig er Grenzen achte.

»Wir müssen ihnen zu Hilfe kommen.«

Der Regen unterspülte den Platz. Undeutlich nahmen sie seine Worte auf. Irgendwo in einem Zimmer des Hotel Terminus schrie ein Mädchen. Holofernes stampfte mit den Hufen auf den Boden und machte kehrt. Noch immer drang Melgarejos Stimme hart wie ein Dolch und gleichzeitig weich wie Carpincho-Leder durch den Regen.

Frankreich sei weit entfernt, hörte er sie sagen. Ja, das war es. »Deshalb müssen wir unverzüglich aufbrechen.«

Und wie würden sie dorthin gelangen? Er sah sie an, als hätte er lauter Dummköpfe vor sich, weil sie noch nicht von selbst darauf gekommen waren. Seine Lippen formten die Antwort durch seinen langen, glänzenden Bart.

»Wenn es sein muss, schwimmen wir.«

Er trieb Holofernes in die Richtung, in der er das Meer vermutete, und führte seine Männer, die weder jemals den Altiplano verlassen noch je das Brechen der Wellen gesehen hatten, die keine andere Sprache als Spanisch kannten und noch nie etwas anderes außer Chicha getrunken hatten, gegen die vereinigten Armeen von Preußen, Bayern, Württemberg und Baden.

Sie marschierten durch die Nacht. Sie marschierten eine Stunde lang. Sie marschierten zwei Stunden lang. Sie marschierten mit wunden und im Morast versinkenden Füßen, acht Stunden lang. Es kam ihnen wie achtzig Stunden vor. Die Monotonie des Marsches stumpfte sie so sehr ab, dass sie nicht einmal bemerkten, dass sie die Ebene verlassen hatten. Sie folgten einer schmalen *quebrada*. Wasser schoss die Schlucht hinab und über ihre Stiefel. Sie rutschten aus. Ihre Gewehre schlugen gegen die Felsen. Hastig einen Fuß vor den anderen setzend, stiegen die durchnässten Männer in einer Reihe dem Rauschen eines Flusses entgegen.

Als die Sonne aufging, erreichten sie das Ufer. Der Fluss zwängte sich zwischen zwei hohen Sandsteinklippen hindurch und riss die Uferbänke, die zitternden Bäume am Rand und die Straße zum Meer mit sich fort.

Melgarejo sah in das trübe Licht des Morgens, auf den Fluss und in den Regen, der sich am maisgelben Himmel verlor.

»Und was machen wir jetzt?«, fragte ein Adjutant.

Er richtete seinen Blick zu den schwarzen Gipfeln, hinter denen, auf der anderen Seite des Ozeans, das Land lag, das er befreien wollte – und sein von Feinden bedrängter Waffenbruder, Napoleon III. Und in jenem furchtbaren Moment – weit entfernt von dem Meer, das er zu durchschwimmen gedachte und noch nicht einmal erreichen konnte –, wurde ihm unter dem triefenden roten Zelt seines Ponchos bewusst, dass er ein ganz gewöhnlicher Mann war und den gleichen trügerischen Hoffnungen aufsaß wie alle Männer des Altiplano.

Er hob seine Hand und befahl seinen Männern umzukehren.

»Wir müssen uns um unsere Straßen kümmern.«

Lizardos Pferd war stehen geblieben. Sie hatten den Fluss erreicht, ein schmales Rinnsal, kaum zwanzig Meter breit. Lizardo spannte die Waden an und trieb sein Pferd voran. Zögernd stieg es in das flache Wasser, dann begann es zu traben.

Erfrischt durch das kühle Wasser, erklomm es in leichtem Galopp die jenseitige Uferböschung und schüttelte sich. Lizardo horchte auf das klingelnde Geschirr. Er blickte auf den vor ihm liegenden Pfad, der sich zwischen Zwergwacholderbüschen wand.

Er sah zurück auf den Fluss, den er durchquert hatte. Er setzte seinen Hut wieder auf und holte tief Luft. Wo Melgarejo so grandios gescheitert war, würde er, Lizardo Real, Kämmerer der Stadt Oruro und unverbesserlicher Träumer, die Reise bis ans Ziel fortsetzen.

In Maries Zimmer am Quai de Béthune hatte Lizardo die ganze Nacht mit geschlossenen Augen wach gelegen, beschattet von seinen Phantomen. Auf Anas warnende Augen waren die von ihm verständnislosen Augen Valencias gefolgt und darauf die teilnahmslosen Augen seiner Tante – so eng beieinanderstehend, dass nur ihre Nase sie trennte –, die spielend durch ihn hindurchsahen. Er wollte ihre Blicke mit dem Arm abwehren, aber er hatte beide Arme um Marie geschlungen und wagte nicht, sie zurückzuziehen, um ihren Schlaf nicht zu stören und damit einen jener Momente der Stille herbeizuführen, die ihn glauben ließen, sie bliebe für immer zwischen zwei Atemzügen gefangen.

Dann aber spürte er, wie sich seine Kehle zusammenzog und er einen Schluck Wasser trinken musste, um selbst weiteratmen zu können. Sanft entwand er seine Arme dem warmen Leib des Mädchens. Sie lachte leise im Schlaf. In der Dunkelheit klang es wie das Lachen eines Kindes, und es vertrieb Lizardos Dämonen. Er lächelte. Aus einem Krug auf dem Nachttisch schenkte er sich ein Glas Wasser ein. Der Schmerz in seiner Kehle erschwerte das Schlucken. Er stand auf. Die Kniegelenke schmerzten ebenfalls. Ihn schwindelte.

Er tastete sich zum Fenster. Es war geöffnet, aber er stieß es noch weiter auf, umklammerte mit beiden Händen das schmiedeeiserne Balkongitter und sog mehrmals hintereinander tief die Luft ein, sodass sein Herz wild gegen die Brust schlug, noch heftiger als die Faust seines Onkels, des Spielers, der nach einem Abend beim Kartenspiel stets überzeugt war, man habe ihn aus seinem eigenen Haus ausgesperrt und er sei in einer Wohnung in der Nachbarschaft untergekommen, wo ein Torffeuer brannte und ein Kessel auf dem Herd stand und der Gestank von verbrannten Vogelschnäbeln durch beide Räume zog, weil seine Frau ein paar Hühnerköpfe hineingeworfen hatte.

Lizardo hob den Blick zum Horizont. Über der Zollbrücke am Quai de Béthune, über den Dächern der Rue des Écoles und den Boulevards ging gerade die Sonne auf, und das vom Regen der Nacht feuchte Pflaster glänzte wie Schlangenhaut.

Er wandte Paris den Rücken zu. Er betrachtete das Zimmer, in dem Marie schlief; die Kommode, auf der ihr schwarzes Kleid und der Unterrock lagen, die kahle Wand, an der er sich ein Bild vorstellen konnte, der Marmorboden, von mehr Adern durchzogen als das Gesicht seiner Tante, der Heilerin von Challapata, von der man sagte, sie verstünde die Sprache der Tiere, und die ihre Tage damit verbrachte, Heuschreckenöl, Korallenpuder und Hahnenfußbrühe herzustellen, gemeinsam mit ihrem Mann, den die Hitze, das Maisbier, der Spieltisch und die tägliche Arbeit in den Bleiminen unter dem Negro Pabellon abgestumpft hatten, immer von der Hoffnung getrieben, auf eine Silberader zu stoßen …

Ein Schweißtropfen brannte in seinem Auge. Lizardo fuhr sich über die Stirn. Sein Gesicht war in Schweiß gebadet. Irgendetwas stimmte mit ihm nicht. So hatte er sich noch nie gefühlt. Er fühlte sich elend, als seien seine Lungen nach einem Steinschlag voller Staub. Er legte sich aufs Bett. Er würde sich ankleiden, sobald die Sonne aufgegangen war. Dann zurück zu seinem Hotel gehen und den Direktor bitten, einen verlässlichen Arzt herbeizurufen.

Plötzlich spürte Lizardo eine große Erleichterung. Natürlich. Er würde das Treffen mit Monsieur Clémenceau absagen müssen, eine Begegnung, vor der er sich seit einer Woche fürchtete. Und warum war das so? Nun, würde genau in diesem Moment Guillermo Valencia ins Zimmer treten und von Lizardo auf der Stelle einen Bericht über seine Finanzen nach einem Monat in Paris fordern, hätte er gegenüber seinem Bürgermeister zugeben müssen, dass er nicht wisse, ob er noch genügend Geld hätte, um die Fabrique de Fer für das Standbild von Mariano Megarejo, dem Dezember-Helden, zu bezahlen.

Gerade einmal einen Monat war es her, dass Lizardo Real das kleine Hotel in der Rue Henri-de-Bornier entdeckt hatte, ein paar Straßen vom Bois de Boulogne entfernt, wo er in der ersten Woche an mindestens zwei Nachmittagen den zahmen Kondoren, die hier Schwäne hießen, Brotkrumen zugeworfen hatte, verzaubert von den Bäumen, die nicht jede Nacht abgedeckt werden mussten, den eleganten Stadtvierteln und den großen Kaufhäusern.

Einen Monat war es her, dass der Hotelrezeptionist ihn gefragt hatte: »Bolivien, in welchem Land liegt das?«

Schon am ersten Morgen war ihm sein Land weit weg vorgekommen. Auf der kurzen Fahrt vom Bahnhof zum Hotel hatte Lizardo die Wahrheit hinter Prousts Bemerkung erkannt, eine Stunde sei nicht bloß eine Stunde, sondern ein mit Düften und Tönen angefülltes Gefäß.

An diesem ersten Vormittag war er ins Pré Catalan gegangen und hatte einen *café crème* bestellt. Schon beim ersten Schluck hatte er zufrieden gelächelt. Nach vier Wochen an Bord der *Thuringia* endlich Milch aus dem Euter einer französischen Kuh. Er hob seine Tasse vor dem Fenster in Richtung Straße und brachte einen stummen Toast aus: auf Ana, seine Eltern, seine Tante und seinen Onkel, den Rat von Oruro und seinen jähzornigen Bürgermeister, ohne den …

Aber er hatte seinen Auftrag nicht vergessen. Er freute

sich darauf, einen Monat in der französischen Hauptstadt zu verbringen, während das Standbild gegossen wurde. Vielleicht sechs Wochen. Aber nicht länger.

An diesem Nachmittag, nachdem er sein erstes *choucroute impériale* gegessen hatte, besuchte er die Banque de la Nation in der Rue de Maroc. Dort deponierte er sein sämtliches Geld, bis auf 50 000 Francs – die Summe, die Monsieur Clémenceau als Vorschuss verlangt hatte.

Am nächsten Morgen, nachdem er fast die ganze Nacht wach gelegen hatte, nahm Lizardo ein Taxi zur Avenue Béco. In seiner Aktentasche (die er für ein Monatsgehalt im Kaufhaus Printemps gekauft hatte) befanden sich Melgarejos Aquatinta-Porträt und ein Umschlag mit 50 000 Francs.

Ein Angestellter führte ihn durch die Gießerei. Ein Kran war dabei, Achsenrohlinge abzuladen. Neben dem Lichtbogenofen stand ein Mann mit einem feuchten Tuch im Mund. Der Boden war mit einer körnigen Schicht Gießereisand bedeckt. Lizardo wurde eine Treppe hinaufgeführt.

Monsieur Clémenceau saß an einem mächtigen Schreibtisch hinter einer kleinen Bleibüste der Columbina. Um Lizardo zu beeindrucken und um seine Kenntnisse von dessen Sprache aufzufrischen, las er die Abhandlung des spanischen Priesters Álvaro Barba über die Behandlung komplexer Erze, *El Arte de los Metales*. Er überschlug mehrere Seiten, während er wartete. Als Lizardo eintrat, klappte er das Buch zu. Er erhob sich auf seinen kurzen Beinen, tadellos gekleidet in einem zinkgrauen Anzug.

»Ah …«, sagte er und strahlte.

Er hatte ein rosiges Gesicht und runde Wangen, und in seinem ganzen Auftreten lag etwas Altmodisches, als hätte man ihn gegen seinen Willen in dieses Jahrhundert hineingedrängt. Sein Büro spiegelte seinen Geschmack. Es war riesig: ein offener Kamin, in dem man über einem Buchenstamm einen Ochsen hätte rösten können, ein Erkerfenster mit Blick auf einen Innenhof, der als »Friedhof« bekannt war (vollgestellt mit Abgüssen, die aus unterschiedlichen Gründen nicht Clémenceaus Standard entsprachen, dem Standard eines an der École de Ponts ausgebildeten Perfektionisten), und drei wuchtige kupferfarbene Ledersessel; alles erinnerte an die Tage, als das Unternehmen bevorzugter Lieferant für Napoleon III. gewesen war, bevor es gezwungen wurde, den Markt für Breitflanschträger, Zaunpfähle und Schiffsschrauben zu erobern – was der Grund dafür war, dass Lizardo, versehen mit dem Auftrag aus Oruro, mit größtem Wohlwollen empfangen wurde.

»… der Gentleman aus Bolivien«, fuhr er in passablem Spanisch fort. Er bat Lizardo, in einem Sessel Platz zu nehmen, und erzählte ihm von seiner Begeisterung für bolivianische Meißel aus der Bronzezeit und von seinem Prachtstück, eine mit einem Lamakopf verzierte Topu-Pinzette.

»Jetzt aber zu Ihrem General zu Pferde. Zeigen Sie, zeigen Sie, zeigen Sie.«

Das Treffen endete eine Stunde später damit, dass Clémenceau Lizardo den Erhalt der ersten Rate quittierte – »der Anzahlung« – und einen Termin in einem Monat festsetzte, an dem die Entwürfe für das acht Meter hohe Standbild vorlägen.

»Wenn Sie zufrieden sind«, sagte er und füllte aus einer Flasche Grenadine in zwei feine Gläser, »zahlen Sie die Restsumme, und wir gießen!«

Ein ganzer Monat. Für Lizardo waren das vier Wochen zu viel. Zwei Wochen machten ihn übermütig. Vier warfen ihn vollends aus der Bahn.

Was genau ihm den Rest gegeben hatte? War es das Geräusch der Walnuss, die Dufay im Moulin Rouge zwischen ihren Brüsten knackte? War es die Fahrt auf dem Rücksitz eines Rochet-Schneider, der einem reichen jungen Maler gehörte und an dessen Steuer Lizardo Gides Frau auf der Place de la Concorde hätte anfahren können? War es der Anblick von Gaby Deslys blondem Kopf, der aus den Seidenblumen auftauchte, oder der Klang ihrer Stimme, die *La Parisienne* durch das *théâtrophone* neben seinem Hotelbett sang?

Vielleicht gab es nicht den einen entscheidenden Moment, sondern die allmähliche Entdeckung, dass es befriedigender war, die Rolle des reichen Südamerikaners in Paris zu spielen – wenngleich er oft für einen Argentinier gehalten wurde –, als ein gewissenhafter Verwalter öffentlicher Gelder auf dem Altiplano zu sein.

Es mochte an einem Abend in der zweiten Woche gewesen sein, auf dem Heimweg vom Restaurant Paillard oder dem Moulin Rouge oder dem Theater Saint Louis, nachdem er noch mehr von dem Melgarejo-Geld ausgegeben hatte, als ihm bewusst wurde, dass die Person, die er bisher als Lizardo Real gekannt hatte, tatsächlich mehrere Personen in sich vereinte: Bürgermeister, Spieler, Generale, Heilerinnen, Töchter von Stationsvorstehern – alle mit wechselnden Begierden. In ihrer unterschiedlichen Zusammensetzung schätzten sie morgen nicht unbedingt die gleichen Dinge wie heute. Oder gestern.

Oder war alles noch viel einfacher? Lag es vielleicht nur daran, dass er die französischen Frauen entdeckt hatte, darunter die *femina destruens*, die ihn womöglich mit einer todbringenden Krankheit infiziert hatte?

In diesem Monat setzte Lizardo alles daran, ein noch größerer Frauenheld als Melgarejo zu sein und noch größere

Mengen unbekannter Spirituosen zu trinken als Melgarejos Pferd. Die Leute machten große Augen angesichts des Geldes, das er mit vollen Händen ausgab. Wenn er diese Augen sah, rund wie Billardkugeln, wie die Augen seiner Maske von China Supay, hatte Lizardo nur den einen Wunsch, sie noch größer werden zu lassen. Seine Ausgaben reuten ihn nicht, nicht einmal der Kauf eines Portfolios amerikanischer Eisenbahn-Aktien, die prompt einbrachen. Er würde alles Geld im Handstreich wieder hereinholen.

Einige Wochen nach jener Nacht, in der es ihm die Kehle zugeschnürt hatte, und nach drei abgesagten Terminen bei Monsieur Clémenceau, suchte Lizardo erneut die Banque de la Nation auf. Es war ein anderer Mann, der sich zu Fuß vom Hotel auf den Weg machte und nicht wagte, ein paar Münzen für ein Taxi auszugeben. Er schlich dahin, gebeugt wie ein verkrüppelter Baum, als hätten seine Beine, die hin und wieder gegeneinanderstießen, nicht genügend Kraft, den eigenen Körper zu tragen. Sein einst stolzer Schnurrbart hing ungepflegt in dem qualvoll verzerrten Gesicht. Die Schmerzen stammten von dem Fieber, aber sein Gesichtsausdruck war auch der Tinktur aus Quecksilberkaliumjodid und Opium geschuldet, die er zuvor geschluckt hatte.

Kraftlos schlurfte er in die Bank. Irgendjemand – er wusste nicht, ob es ein Angestellter oder ein Kunde war – brachte ihn zu einem Stuhl. Er zog seine Beglaubigungsschreiben hervor und bekam eine Blechmarke mit einer Nummer in die Hand gedrückt. Einige Minuten später, nachdem er unter anfänglichen Schwierigkeiten sein Anliegen vorgetragen hatte, legte man ihm den aktuellen Stand des Oruro-Kontos vor.

Von den 115 000 Francs, die er Monsieur Clémenceau zu zahlen hatte, war weniger als die Hälfte übrig.

Lizardo ging hinaus auf die Straße. Er brauchte frische Luft. Er brauchte Zeit zum Nachdenken. Ein weiteres Mal schlug er sein Notizbuch auf, in dem der verschobene Termin der Vorwoche notiert war.

»11.00 Uhr. M. Clémenceau. 115 000 fr«, lautete der nüchterne Eintrag. Er lockerte seine purpurfarbene Krawatte. Er hatte den Geschmack von Grenadine auf den Lippen. 115 000 Francs. Sein Gedächtnis fühlte sich so pelzig an wie seine Zunge. Er versuchte, an seinen Onkel zu denken, den Kartenspieler, der einmal mit einem Schaf unter dem Arm nach Hause gekommen war und mit einem Finger auf den Lippen gesagt hatte: »Keine Fragen …« Er dachte an seine Tätigkeit als Kämmerer. Eine spektakuläre Investition, das würde ihn retten. Mehr bräuchte er nicht.

Er schlich am Salon des Indépendants vorbei, wo ihm ein Mann einen Zettel in die Hand drückte.

»Lesen Sie, Monsieur.«

Lizardo folgte der Aufforderung. Der Zettel warb für die aktuelle Ausstellung, die eine bedeutende neue Kunstrichtung präsentierte, den Exzessivismus. Unter der Ankündigung war ein Auszug aus einem Manifest der Künstler abgedruckt, das in der Vorwoche in *Le Figaro* erschienen war.

Exzess in allem ist Stärke. Die Sonne ist niemals zu stark, der Himmel zu grün, das ferne Meer zu rot, die Dunkelheit zu schwarz.

»Wo ist die Ausstellung?«, fragte Lizardo.

»Gleich hier.«

In den Ausstellungsräumen hingen große Leinwände auf grob zusammengezimmerten Rahmen. Die Bilder selbst schienen Lizardo unverständlich. Kernstück der Ausstellung war ein Gemälde, auf dem er nichts zu erkennen vermochte, außer dass ihn die Farben an den Bezoarstein seiner Tante erinnerten.

»Ein Meisterwerk«, verkündete der Mann vor ihm und machte einen Schritt zurück, um einen besseren Gesamteindruck zu bekommen, wobei er Lizardo auf den Fuß trat. Lizardo hüpfte auf einem Bein hin und her. Der Mann entschuldigte sich und ging weiter, während er etwas von einer Konfrontation der inneren Obsessionen murmelte.

»Wissen Sie, wer das war?«, sagte jemand. »Der berühmte Kritiker D-.«

Lizardo stand regloser als ein Flamingo im See von Pampa Aullagas. Er legte den Kopf zur Seite. In Gedanken sah er die kahle Wand über Maries Bett vor sich. Sein Blick irrte über die körnige Fläche vor ihm.

»Ich werde es kaufen«, sagte er.

Vierzehn Tage später lag Lizardo auf Maries Bett und hielt eine Zeitung ins Licht des Fensters. Bereits zum dritten Mal, als könne er den Sinn nicht fassen, las er einen Artikel im *Figaro*, aus dem hervorging, dass die Exzessivisten nichts als Scharlatane waren, die genug vom Fauvismus, Symbolismus und allen anderen -ismen hatten, und sein 50 000 Francs teures Meisterwerk sich einem Esel verdankte, der dem Wirt des Lapin Agile gehörte und dem man einen Pinsel an den Schwanz gebunden hatte.

Er warf die Zeitung auf den Boden. Wütend riss er die Vorhänge zu.

Ein Esel!

In seinem Fieberwahn verfluchte er die niederträchtige Kreatur. Seit drei Tagen hatte er nichts mehr gegessen, weil sein Mund voller Geschwüre war. Sein geschwächter Körper wurde ausschließlich von Eisenkraut und Haferbrei aufrechterhalten. Sein Geist wurde von Visionen heimgesucht. Er sah sich selbst in La Paz, rücklings auf einen Esel gebunden. Es handelte sich um dasselbe Tier, auf das Melgarejo den britischen Konsul geschnallt hatte, weil der Juana Sanchez seine Ehrerbietung nicht erweisen wollte. Er sah, wie der Esel mit ihm aus der Stadt galoppierte, der wutentbrannten englischen Königin entgegen, die mit großer Geste auf Melgarejos Affront reagiert und ein Tintenfass über einer Landkarte von Bolivien ausgeleert hatte. Er konnte sie nicht erkennen, nur die immer kleiner werdende Gestalt Melgarejos, aber über die Schulter des Dezember-Helden hinweg hörte er Königin Viktorias Stimme verkünden, dass Bolivien von diesem Augenblick an nicht mehr existiere.

Beim Gedanken an Melgarejo musste er husten. »Esel müssen unser gemeinsames Schicksal sein«, sagte er laut. Irgendwer hantierte in der Küche. »Juana?«, rief er und stützte sich auf einen Ellbogen. »Juanita …?«

In der dritten Novemberwoche des Jahres 1910 trat ein Mann, den alle »den Bolivianer« nannten, in einem schmutzigen braunen Anzug auf die Stufen eines Hauses auf dem Quai de Béthune und begann zu deklamieren: »Welche Reise ist nicht mit großen Hoffnungen verknüpft, welche Chicha nicht mit Tränen vermischt, in welches Tuch sind keine Dornen gewoben, welcher Vogel ist kein Vagabund …«

Er sprach ein gebrochenes Französisch, und schon bald nahm eine Frau ihn zur Seite.

Anfang Dezember stiegen zwei Männer über dieselben Stufen ins Haus. Als sie den Treppenabsatz des vierten Stockwerks erreicht hatten, sahen sie auf einem Zettel nach.

Sie klopften an eine Tür. Ein Moment verging. Sie klopften noch einmal, dieses Mal lauter. Die Tür wurde einen Spaltbreit geöffnet, und der Kopf einer Frau erschien. Sie trug ein weites, mit Milchflecken übersätes Kleid. Ihr Gesicht war ausdruckslos. Sie schien erschöpft.

»Wo ist er?«

Die Frage wurde auf Spanisch gestellt. Sie schüttelte den Kopf. Sie verstand nicht. Hinter ihr schrie ein Kind. *»J'arrive, j'arrive.«*

Sie zögerte. Sie sah von einem zum anderen und bemerkte ihre Entschlossenheit. Sie öffnete die Tür. Das Kind schrie.

Der Raum war dunkel wie ein Bergwerksschacht. Es roch schal und bitter, wie Blumen, die zu lange in der Vase gestanden haben. Die beiden Männer entdeckten Lizardo im Bett, unter den Decken seiner Mutter, neben einem Fenster mit geschlossenen Vorhängen. Sie zogen die Vorhänge zurück. In der Nachmittagssonne glänzte sein Gesicht wie ein Stück Leder, das man auf einen Knochen gespannt hat, nur dass alle Farbe daraus gewichen und seine Haut schwarz war, als hätte er in einem Rauchfang gehangen. Die Augen öffneten sich. Dann schlossen sie sich. Erneut öffneten sie sich zu schmalen Schlitzen, aus denen er fiebernd zu den beiden Bolivianern hinaufsah.

»Soldaten der Freiheit!«, begrüßte er sie.

Vom Bett aus verfolgte er, wie sie das Zimmer durchsuchten. Sie sahen in der getäfelten Kommode nach, unter dem Bett, hinter dem großen, abstoßenden Bild an der Wand und im Kleiderschrank, in dem sie ein verknittertes Seidenkleid fanden. Außerdem entdeckten sie darin einen Anzug, in dessen Taschen sie die Korrespondenz zwischen Guillermo Valencia und Monsieur Clémenceau fanden sowie eine

Quittung über 50 000 Francs. Sie wandten sich wieder dem Bett zu.

»Wo ist es?«

»Frankreich ist weit entfernt, höre ich euch sagen!«

»Wo ist es?« Einer der Männer schlug ihm mit der Hand auf die ledrigen Wangen. »Oder hast du alles verprasst?«

Die Stimme plapperte weiter. »… weshalb wir unverzüglich aufbrechen müssen.«

Sie zogen ihm die Kleidung an, die in einem Haufen auf einem Stuhl neben der Tür lag. Die Frau hielt ihr kleines Töchterchen auf dem Arm und sah sie fragend an.

»Los jetzt«, sagte einer.

»*Vouz l'emmenez où? Il est malade.*«

Die Tür schlug zu.

Sie brachten ihn in einem Hansom-Taxi zur Avenue Béco. Er schwieg während der ganzen Fahrt. Sein Kopf rollte von einer Seite zur anderen, als sitze er nicht fest auf seinen Schultern. Seine Augen hatten einen kranken Glanz. Im Filz seines Jacketts hatte sich Laub verfangen. Sie erreichten die Gießerei. Einer der Männer zerrte ihn am Hemdkragen ins Gebäude. Der andere sagte, man wünsche den *directeur général* zu sprechen.

Fünf Minuten vergingen.

Clémenceau ließ melden, er würde die Herren aus Bolivien empfangen.

Sie ließen Lizardo, der wegen eines Hustenanfalles zu schwach war, aufzustehen, in einem Sessel im Erdgeschoss zurück. Der Pförtner versprach, auf ihn aufzupassen. Ungeduldig stiegen sie die Treppe hinauf.

Clémenceau war über ihr Eintreffen nicht sonderlich erfreut. Er war gerade dabei gewesen, einen Artikel für die *Revue de Métallurgie* zu verfassen, in dem es um die Eigenschaften binärer Legierungen ging und den er dazu nutzte, Pierre Martin einen Seitenhieb zu verpassen, dem er vorwarf, die Totenglocke für den Puddelofen zu läuten. Dennoch hatte er ihr Kommen erwartet.

Er setzte die Kappe auf seinen Füllfederhalter und seufzte. Einer Schublade neben seinem Knie entnahm er einen Ordner. Dann ging er um den Schreibtisch herum, um zu sehen, wie er den beiden Ratsherren aus Oruro helfen konnte.

»Er hat mich einmal versetzt. Er hat mich zweimal versetzt.« Seine Finger spielten Klavier auf den ausgebreiteten Unterlagen. »Er hat mich immer nur versetzt.«

Nachdem er zwei Monate nichts gehört hatte, kontaktierte Clémenceau Monsieur Reals Hotel. Er war abgereist.

»Er schuldete ihnen noch Geld. Wenn er seine Hotelrechnung nicht bezahlen kann, dachte ich, wie soll er dann uns bezahlen? Ich schrieb an Ihren Bürgermeister, Monsieur …« Er blätterte in seiner Korrespondenz. »Es ging darum, was mit der Anzahlung geschehen sollte.«

Er sah erneut auf den Entwurf des Künstlers. »Es ist jammerschade. Ein so wunderbarer Auftrag.«

»Oh, wir wollen nach wie vor ein Standbild von General Melgarejo«, sagte einer der Männer. »Darum sind wir hier.«

Er platzte fast vor Zorn, wie ein zu lange über dem Feuer gebratenes Meerschweinchen. Aus ebendiesem Grund habe Valencia sie geschickt. Deshalb habe er an dem Vormittag, als er Clémenceaus Brief erhielt, auf seine Bartpflege im Hotel Terminus verzichtet und sei sogleich die Calle Bolívar entlang marschiert, die Enden seines Schnurrbarts zu einem dichten Vlies verknotend, das er wie einen Schweif hinter sich herzog; er sei, ohne anzuklopfen, in das falsche Haus gestürmt, wo er sich bei Señor Mendoza, dem Buchhalter der Fricke Company, entschuldigt habe, weil er ihn beim Liebesspiel mit seiner Lieblingsköchin überrascht hatte; kurz darauf sei er in der richtigen Tür erschienen, um Juan Alonso, seinem Stellvertreter, zu erklären, dass er umgehend nach Paris müsse, um herauszufinden, was mit Lizardo, seinem Schützling, geschehen sei, der ihn so bitter enttäuscht habe, außerdem solle er, als hinge sein Leben davon ab, dafür sorgen, dass das Standbild für den Dezember-Helden an seinen Bestimmungsort käme.

»Aber wir haben nicht mehr als die geleistete Anzahlung«, sagte Juan Alonso, der seit kurzem mit der Tochter des Stationsvorstehers verlobt war.

»Fünfzigtausend Francs?« Clémenceau klappte den Ordner zu. »Weniger als die Kosten für den Entwurf … nicht viel.«

In dem Moment drang ein lauter Schrei durch das Fenster hinter dem Schreibtisch, begleitet von metallischem Klirren und Rasseln. Der Lärm kam unten vom Hof. Clémenceau lief zum Fenster und öffnete es. Seine Wangen waren gerötet.

»Sehen Sie selbst«, sagte er schließlich. Die beiden Männer drückten sich am Schreibtisch vorbei. Sie sahen herab auf einen kleinen Innenhof voller rostiger Skulpturen, zerbrochener Gussformen und Fehlgüssen: Cupido-Statuen ohne Bogen, Venus-Statuen mit verdrehten Gelenken, Statuen von Negern, die verbogene Sonnenuhren hielten, zerbrochene Vasen, Bänke, Straßenlaternen – und inmitten dieses Abfallhaufens aus Gusseisen, Kupfer und Phosphorbronze stand ein großes Reiterstandbild von Marschall Ney.

Die Schreie kamen von Lizardo. Er saß hinter dem Helden von Borodino auf dem Pferd und trat mit den Hacken seiner ungeschnürten Stiefel in dessen grüne Flanke. Er umarmte den Reiter, in dem er den General seines Deliriums sah, der

nach seinem Sturz 1871 die *Via Dolorosa* des Exils nahm –
ohne Geld, ohne Uniform, ohne Orden, einzig mit seinem
Pferd Holofernes.

Er brüllte auf so markerschütternde Weise, weil er gerade
erkannte, dass die Indios, von Melgarejo um ihr Land gebracht, Holofernes die Ohren abgeschnitten hatten.

»Für fünfzigtausend Francs könnten Sie das Standbild
von Ney erwerben«, sagte Clémenceau, der, perfektionis-
tisch, wie er war, nur den misslungenen Guss vor Augen
hatte, der zu viel Zink enthielt, und die irre Gestalt Lizardos
ignorierte, der sich nach vorn streckte, um die vermeintlich
blutende Bronze zu stillen.

Als sie in den Innenhof traten, war Lizardo Real für immer
aus dem Sattel gestiegen. Er wurde auf dem Cimetière de
Picpus neben dem Leichnam einer auf dem Schafott hin-
gerichteten Karmeliternonne begraben. Er war noch keine
dreißig Jahre alt.

Aber sein Pferd ritt weiter, ein Guss mit kleineren Män-
geln, in Auftrag gegeben zum hundertsten Jahrestag von
Borodino, der Schlacht, für die Marschall Ney, der rote
Löwe, der Tapferste der Tapferen, den Titel Fürst von der
Moskwa erworben hatte.

Nachdem es unter größten Mühen nach Bolivien verschifft worden war – dreißig Hafenarbeiter hatten es vorsichtig in den Laderaum der *Thuringia* gehievt –, wurde das
Standbild gegenüber dem Bahnhof von Oruro aufgestellt
und unter dem feierlichen Quietschen einer Blechblaska-
pelle von der gesamten Gemeinde mit reichlich Chicha ein-
geweiht. Das Maisbier spülte schon bald Valencias Zweifel
hinweg, die in ihm aufgestiegen waren, nachdem er beim
dritten Versuch das Tuch herabgerissen und gesehen hatte,

dass General Melgarejos Züge feiner waren, als er sie in Erinnerung hatte, die Gestalt schlanker und dass er keinen Bart hatte.

Was konnte der Grund dafür sein? Vielleicht hat ein glatt rasiertes Kinn etwas, dachte Valencia, und tastete mit der Hand nach seinem, das unter gepflegten Büscheln verborgen war, während er das Bronzeantlitz über sich betrachtete. Vielleicht wirkte man mit Bart älter. Vielleicht eröffneten sich ohne Bart ungeahnte Möglichkeiten …

Zuletzt sehen Männer immer das, was sie sehen wollen. Nur Juan Alonso, der Valencia ein Jahr später als Bürgermeister folgte, wusste von der wahren Geschichte des Standbilds und von Lizardos Umnachtung. Nicanor Mendez, Lizardos Nachfolger im Amt des Kämmerers, der Anas Verlobten auf der Reise nach Paris begleitet hatte, nahm das Geheimnis mit in sein Grab auf einem Feld oberhalb von Oruro, wo er ein kleines Stück Land gepachtet hatte, eine *pertenencia* von fünfzehn Hektar, bezahlt von dem Geld, für das Alonso sein Schweigen erkauft hatte.

Lizardos Familie, wie auch der Rest von Oruro, wussten von all dem nichts, sondern glaubten, er sei durch eine Harnvergiftung infolge eines Nierenversagens im Jahr 1912 gestorben. Einmal im Jahr, am letzten Sonntag im April, wurde eine Messe für ihn gelesen, an der unter anderem Lizardos Onkel teilnahm, der seiner Frau ständig versprach, er werde keinen Tropfen Alkohol und keine Spielkarte mehr anrühren, ein Vorsatz, der jeweils bis zum nächsten Tag währte, sowie die Heilerin, die ihre eigenen Beschwörungsformeln denen des Priesters vorzog, und in den ersten Jahren auch Ana, bis sie in einem Jahr fernblieb und gestand, die unerklärliche Gereiztheit ihres Mannes, wann immer Lizardos Name fiel, habe sie zermürbt.

Heute thront das Denkmal noch immer über dem Platz. An bestimmten Tagen, an Festtagen und während der viertägigen Diablada, hängen Blumenkränze um den mächtigen Hals des Pferdes, und kleine Kinder werden auf den Sockel gehoben, um zwischen den Beinen hindurchzuhuschen. Auf den Bänken in seinem Schatten hören neue Generationen aus dem Mund alter Männer die Geschichte des Reiters, festgehalten in genau dem Moment, als er, gefolgt von seinen Soldaten, in die dürre Ebene hinausreitet.

Für das identische Reiterstandbild in der Rue Lapin, hinter Bäumen versteckt, gibt es keine Festtage. Aber wenn jemand aus Oruro zur Mittagszeit aus dem Bistro Jean dans le Désert träte (wo sie einen *merlan en colère* servieren, den Schwanz im Maul, als habe er sich aus Wut selbst hineingebissen), würde er sich wahrscheinlich verwundert die Augen reiben beim Anblick von General Mariano Melgarejo, der im vollen Galopp auf ihn zureitet, nachdem er zu guter Letzt doch das Meer überquert hat, um Frankreich zu befreien.

Der Goldbauchsittich

Alison hatte ihre Großmutter nie gemocht, die allein in einem großen, überheizten Apartment in Zürich lebte. Als Helen nach einem leichten Schlaganfall ins Krankenhaus kam und sich anschließend statt für einen Platz im Pflegeheim für einen »selbstbestimmten Tod« mit der sauberen Unterstützung des Schweizer Gesetzes entschied, gewissermaßen beschloss, mit einundneunzig Jahren abzutreten, war Alison sehr zufrieden mit Helen und ausgesprochen erleichtert.

Es macht einen großen Unterschied, ob eine Tat von einer alten Dame oder einem halbwüchsigen Jungen begangen wird, von einer Australierin oder einer Schweizerin, von einem zweimal verwitweten alten Drachen oder einer geschiedenen Enkelin. Als Alison von dem Entschluss ihrer Großmutter erfuhr, fiel ihr auf, wie sehr er zu Helens konservativem und sturem Charakter passte. Es war die Tat eines Menschen, der anderen niemals zugehört hatte. »Mein Verhältnis zu ihr war sehr schwierig«, hatte Alisons Mutter ihr einmal erklärt, »weil ich nicht zulassen wollte, dass sie mein Leben bestimmt.« Eine Eigenschaft, die sich vielleicht in der Familie fortgesetzt hatte.

Alison war mit Josh, ihrem vierzehnjährigen Sohn, auf Reisen in London, als sie eine SMS von Karl erreichte, sie solle ihn in der Schweiz anrufen. Karl war Helens einziges

Kind aus zweiter Ehe. Alisons spontane Reaktion im Gespräch mit ihm war: Sie würde einen Umweg über Zürich machen, bevor sie nach Hobart zurückflog. Sie und Josh waren die beiden einzigen verbliebenen Mitglieder des australischen Zweigs von Helens Familie, und aus irgendeinem Aberglauben oder Instinkt heraus spürte Alison das Bedürfnis, ihren Sohn mitzunehmen, um sich zu verabschieden. Mit dem Ergebnis, das Josh einen seiner Wutanfälle bekommen hatte. Für ihn gab es nur sehr wenige Dinge, die noch langweiliger waren, als eine uralte Verwandte zu besuchen, die er noch nie gesehen hatte und ganz bestimmt nie wieder sehen würde. Alison musste ihn mit dem Versprechen einer Exkursion nach Basel bestechen, wo es einen ausgestopften Alk zu sehen gab.

An ihrem ersten Nachmittag in der Schweiz besuchten sie Karl in seinem Studio in Zollikon am südlichen Stadtrand von Zürich. Karl trat in schwarzer Jeans und einem schwarzen Rollkragenpullover aus seiner kunstvoll gestalteten Haustür und drückte Alison fest an sich. Josh starrte auf etwas auf dem Zaun, bevor er ihm die Hand schüttelte.

Alisons Halbonkel sah gut aus und wusste das auch. Aber er war nicht der Typ, mit dem man herumtollen konnte. Fünfzehn Jahre älter als Alison, schien er eine halbe Generation entfernt zu sein; weder Geschwister- noch Elternteil. Bei einem späten Mittagessen mit Aufschnitt und Spargel redete er über seine Mutter, ihre Großmutter, und über die Zeit nach deren Schlaganfall.

Ohne Behandlung wäre Helen friedlich verstorben, sagte er in akzentfreiem Englisch. Nach ein paar Tagen im Krankenhaus war sie wieder bei klarem Verstand. Es stand außer Frage, dass sie in ihre Wohnung zurückkehrte. Aber sie hatte auch keine Lust, ihre verbleibende Zeit in einem Krankenhaus zu verbringen. Während sie noch nach einer geeigneten Unterbringungsmöglichkeit suchten (»Ich schlug ein Pflegeheim in Lavigny vor«), hatte seine Mutter Kontakt zu Exit aufgenommen, einer Organisation, die Menschen dabei half, »Schluss zu machen«, wie Karl sich ausdrückte. Ein Mann kam ins Krankenhaus und erklärte, was zu tun sei. Als Erstes musste Helen der Organisation beitreten und einen Mitgliedsbeitrag entrichten (»den ich aus meiner Tasche bezahlte«). Dann waren zahlreiche Formulare auszufüllen (»die ich nie gesehen habe, aber in denen es offenbar im Wesentlichen um die Erklärung ging, dass sie aus freiem Willen entscheide und niemand sie gedrängt habe«). Der Mann kam nach einigen Tagen wieder, um die Formulare abzuholen. Ein Termin wurde vereinbart. Das ganze Verfahren hätte nicht feinfühliger oder diplomatischer sein können. Seine Mutter musste nur noch ein letztes Dokument unterschreiben – Karl wollte es ihr nach Alisons Besuch bringen. Am Freitag war ein Krankentransport bestellt, um Helen zu einer Wohnung in Zürich zu bringen, wo ein offizieller Exit-Mitarbeiter ihr Leben beenden würde.

»Ich stehe ganz und gar hinter ihrer Entscheidung«, sagte Karl und zupfte sich an der Haut unter seinem glänzenden runden Kinn. »Niemand hat versucht, sie aufzuhalten.«

Es ist bekannt, dass einige Menschen beim Tod ihrer Eltern aufblühen, aber die Unbekümmertheit, mit der Karl sich auf das Ende seiner Mutter freute, machte Alison in Verbindung mit den nüchternen Details auf seltsame Weise beklommen – auch wenn Helen schon seit ihrem sechzigsten Lebensjahr über ihren Tod redete, nachdem ihr zweiter Ehemann, Karls Vater, gestorben war, und die Familie damit ziemlich auf Trab gehalten hatte.

Josh war zappelig und fragte, ob er in den Garten dürfe.

Als er allein mit Alison war, wollte Karl ihr zeigen, wie gewissenhaft er sich um Helens Angelegenheiten gekümmert hatte. Er lief im Zimmer umher, redete auf sie ein und zeigte ihr alle möglichen Unterlagen. »Schau her, sie hat sogar einen gültigen australischen Pass!« Mit der gleichen Umsicht hatte er die Trauerkränze bestellt – weiße Blumengestecke, bis auf den von Alison (sie hatte einen Kranz in Grün und Orange gewollt). Das Testament – wer was bekommen sollte. Und ihr Grab.

Karl machte auf dem Tisch Platz und breitete eine Karte aus. »Wir sind letztlich bei diesem Friedhof verblieben, weil er wie ein Park gepflegt wird. Kein Vandalismus und nicht in der Nähe eines Flusses. Uns gehört dieser ganze Abschnitt hier.«

Es gab noch vier freie Plätze, falls Alison interessiert wäre.

Nur eine Sache bereitete Karl Sorgen: der Grabstein. Er legte das Foto eines Steins aus schwarzem Granit auf den Tisch, der aussah wie eine Rakete. Da er nun einmal Architekt war, hatte Karl sich angeboten, einen Gedenkstein zu entwerfen. »Ich habe alles versucht, aber die alte Dame wollte einfach keinen größeren Stein haben.«

»Was möchte sie draufstehen haben?«

»›Geliebt und unvergessen‹.«

Bis wir uns wiedersehen, Heimgekehrt zum Herrn und In aufopferungsvoller Hingabe für die Schweizer australischer Herkunft – seine Mutter hatte alle seine Vorschläge abgelehnt.

»Und sie möchte wirklich sterben?«

Karl machte einen Schritt zurück und verschränkte die Arme. »Mein Gott, ja.«

Für Alison sprach aus dem Lächeln von der anderen Seite des Esszimmertischs immer noch die diskrete und höfliche europäische Effizienz; der dazwischenliegende Raum war breiter als der Indische Ozean.

Nach etwas Small Talk über Tasmanien, zwei flüchtigen Fragen nach Alisons Arbeit als Geschichtslehrerin und dem schnellsten Weg nach Basel, gefolgt von einer weiteren festen Umarmung, machten sie sich auf den Weg.

Sie standen bereits auf der Straße, als es Josh einfiel. Er war ganz kleinlaut. »Ich glaube, ich habe es auf die Fensterbank gelegt«, murmelte er. Wütend marschierte Alison den Weg zurück. Gibt es etwas Unangenehmeres, dachte sie, als sich zuerst lang und breit zu verabschieden und zu bedanken, und dann festzustellen, dass man etwas vergessen hat?

Ding-Dong. Sie starrte auf die Bronzetür. Ein Gitter aus Sechsecken. In der Mitte ein rundes Glasfenster, hinter dem verschwommen ein Gesicht erschien.

Karl wirkte irritiert und angespannt.

»Entschuldigung. Josh hat sein Fernglas vergessen.«

Am nächsten Vormittag besuchten sie Helen im Krankenhaus. Sie trug ein leuchtendes melonenfarbenes Tuch um den Hals und saß in einem Rollstuhl – mit dem Rücken zum Fenster, von dem aus man auf den See blickte.

»Du bist dünner geworden«, sagte sie, nachdem Alison versucht hatte, ihr einen Kuss zu geben.

Als Alison ihr Josh vorstellen wollte, presste Helen die Lippen aufeinander und sah sie fragend an: »Bist du bei Karl gewesen?«

Alison nickte.

»Ich habe meine Meinung geändert.«

Josh und Alison sahen sie an.

»Über die Inschrift«, sagte sie mit künstlich gedehnter Stimme, mit der man einen Akzent zu verbergen versucht.

»Wenn ich schon einen Stein auf meinem Kopf habe, soll da nicht ›In Liebe‹ draufstehen.«

»Ich dachte, ›Geliebt und unvergessen‹.«

Helen nahm das als Beweis, dass ihr Architektensohn hinter ihrem Rücken plante, einen größeren Grabstein aufzustellen, auf dem Platz für einen längeren Grabspruch war. Sein erster Vorschlag hatte gelautet: »Niemand, den man wirklich liebt, ist jemals tot.« Sie würde sein Dokument nicht eher unterzeichnen, bis sie ein Foto des Steins mit Inschrift gesehen hätte.

»Es soll nur mein Mädchenname draufstehen: Helen Olderton, geboren in Hobart, gestorben in Zürich, und die Daten.«

Was alles andere betraf – das wurde Alison klar, als sie später darüber nachdachte –, stand Helens Entschluss fest. Der Tod einer Frau, die seit einundfünfzig Jahren in Zürich lebte, war ein zu alltägliches Ereignis, um Schrecken oder Mitleid zu wecken. Sie hatte sich lange genug durchgeschlagen und zwei Ehemänner und eine Tochter überlebt. Was sie nun plante, war keine große Sache.

Bereits in London hatte Alison beschlossen, zur Entkrampfung der Situation einige von Helens Erinnerungen auf Band aufzunehmen. Sie holte einen Rollwagen und erklärte, sie würde ihr gern ein paar Fragen stellen – über die Kindheit ihrer Großmutter in Hobart, ihre erste Ehe. Nichts Tiefsinniges. Sie machte das auch mit den Schülern ihrer Schule in Taroona. »Dann hat Josh etwas, das ihn an dich erinnert.«

»Josh?« Helen sah den Jungen an, als hätte Alison ihn mit diesem Namen für sein Leben gestraft.

Aber Josh achtete gar nicht darauf.

»Was beobachtet er da draußen?«

»Josh?«

Er wandte sich vom Fenster ab und richtete sein Fernglas zuerst auf seine Mutter, die mit dem Kabel ihres Kassettenrekorders hantierte, und dann auf Helen.

Die alte Dame richtete sich in ihrem Rollstuhl auf, als sie das Fernglas so unvermittelt auf sich gerichtet sah. Ihre Augen flackerten. Sie presste ihre rechte Hand gegen ihre Wange und nahm sie wieder fort, sodass das graue und aufgedunsene Fleisch einige Sekunden lang eingedrückt blieb und sich dann wie ein alter Tennisball wieder ausdehnte.

Er ließ das Fernglas sinken. »Wusstest du, dass da unten im wilden Wein ein Turteltaubennest ist?«

»Ich schau mal, ob ich irgendwo einen Adapterstecker auftreiben kann«, sagte Alison.

Zehn Minuten später kam sie zurück. Der Rollstuhl stand nun zum Fenster gedreht. Helen beugte sich vor, einen unnatürlichen Blick in ihren Augen, als interessiere sie sich für etwas und wolle es nicht zeigen. »Was glaubst du, warum er auf dem See war?«

»Vermutlich ist er vom Kurs abgekommen«, sagte Josh. »Er ist die ganze Zeit in die völlig falsche Richtung über Land geflogen und hat total die Orientierung verloren.«

Alison, die von einer Stationsschwester in der Onkologie einen Adapter bekommen hatte und ihren Kassettenrekorder anschloss, wusste, dass er von dem Vogel redete, den sie sich im Naturhistorischen Museum ansehen wollten. Ein Langschnabelalk. Das einzige Exemplar, das man jemals in Europa gefunden hatte – im Dezember 1997 tot in einem Fischernetz aus dem Zürichsee gezogen, während das Tier eigentlich in Japan hätte sein sollen.

»He, was ist das?«, fragte Helen.

Josh spähte durch sein Fernglas nach einem größeren Flecken. »Nur so ein braunes Irgendwas.«

»Ein braunes Irgendwas …« Ihr Lachen klang weniger schroff. Sie wusste über Vögel so viel wie der Mann im Mond.

»Die meisten Vögel sind braun und langweilig«, sagte Josh.

»Komisch«, sagte Helen, »ich habe mich nie für Vögel interessiert.«

»Ich auch nicht«, zwitscherte Alison und schob die Kassette in den Rekorder. Sie hatte Vögel immer für dumm gehalten. Da war nicht viel. Sie waren Dinosaurier. Gefiederte Dinosaurier.

»Eigentlich sind es Dinosaurier«, murmelte ihr vogelversessener Sohn. Plötzlich zog er die Schultern ein, als wolle er losfliegen. Aufgeregt reichte er Helen sein Fernglas. »Da drüben – an der Wand vom Steinbruch«, sagte er und beugte sich herab, um das Glas für sie scharf zu stellen.

»Wonach soll ich suchen? Oh, jetzt sehe ich ihn«, kam die unwirsche, aber zunehmend weniger streng klingende Stimme. »Rot und grau, nicht wahr?«

»Das ist bestimmt ein Mauerläufer«, klärte Josh sie auf. Er hatte eine Abbildung in seinem Buch gesehen. Ein hübscher kleiner Vogel, ein Bewohner der Alpen, der sich im Winter in niedrigeren Regionen aufhielt.

»Singt er?«, fragte Helen.

»Nur wenn er sein Territorium verteidigt.«

Der Mauerläufer flog davon. Widerwillig gab Helen das Fernglas zurück. Ein Leberfleck auf Joshs Augenlid lenkte ihre Aufmerksamkeit auf seine Augen. Sein Gesicht war glatt. »Was findest du daran so spannend?«, fragte sie.

Alison spürte einen leisen Stich. Er konnte es nie in Worten ausdrücken, ohne seltsam oder verschroben zu klingen. Gleichzeitig war es wichtig, dass er versuchte, es zu beschreiben.

»Antworte deiner Großmutter, Josh.«

Er hielt das Fernglas vor seiner Brust und drehte geistesabwesend am Einstellrad. »Nun ja … es führt einen an ganz außergewöhnliche Orte.«

Seine Mutter schlug das Tuch auf dem Rollwagen zurück und legte den Kassettenrekorder auf die Glasplatte. »Erzähl Helen von dem Sittich, den du im Tarkine-Nationalpark beobachten willst.«

Als Alison fünf Tage später versuchte, gegenüber Karl eine Erklärung für das plötzlich Aufleben ihrer Großmutter zu finden, erinnerte sie sich, wie Helen während der Befragung mit veränderter Stimme von Australien zu erzählen begonnen hatte.

»Was zum Teufel hast du ihr gesagt? Du musst irgendetwas gesagt haben. Ich kann einfach nicht …« Auf der anderen Seite des Globus hörte Alison, wie Karl fluchte. »Sie hat alles abgeblasen. Sie redet die ganze Zeit von irgendeinem verdammten Sittich mit einer goldenen Brust. Sie sagt, es gebe davon nur noch fünfunddreißig Exemplare, die alle in Tasmanien lebten, und sie müsse dorthin und sich einen anschauen.«

Erst als Alison das Band noch einmal abspielte, entdeckte sie den entscheidenden Hinweis, den sie beim ersten Mal überhört hatte. Helen unterhielt sich mit Josh über die Definition einer »glaubwürdigen Sichtung«.

»Wenn nur du oder ich ihn sähen, nein«, sagte Josh.

Eine Pause. *»Und wenn wir beide ihn sähen?«*

»Ja, dann würde es zählen.«

283

Ein unscheinbares Wort kann wie ein Donnerschlag sein. Nachdem sie im ewigen Winter des eigenen Ichs gelebt hatte, war sie an dem Morgen nach Joshs Besuch mit neuer Lebensenergie erwacht. Beim zweiten Versuch hatte sie sich aus dem Bett aufgerappelt, war in kleinen Schritten zum Fenster geschlurft und hatte hinausgesehen, und als Karl eine Stunde später kam und ihr das letzte Dokument zur Unterschrift vorlegte, hatte sie ihm gesagt, sie wolle noch einmal von oben auf Hobart herabblicken, die Stadt, in der sie vor einundneunzig Jahren per Kaiserschnitt zur Welt gekommen war, auf ihre grün und orange gefärbten Straßen, die Farben ihrer Jugend.

Vor allem aber wollte sie mit ihrem Urenkel zum Tarkine-Nationalpark fahren.

Danksagung und
Veröffentlichungsnachweise

»Broken Hill« (Originaltitel: »Oddfellows«) erschien erstmals 2015 bei Vintage / Random House, Australien. Obwohl von den Ereignissen in Broken Hill am Neujahrstag 1915 inspiriert, ist dies eine fiktive Geschichte; die Charaktere sind größtenteils Geschöpfe der Imagination des Autors. Gül Mehmet und Molla Abdullah haben gelebt, aber über die Hintergründe ihrer Existenz ist nur wenig bekannt, und die überlieferten Informationen sind ungewiss und widersprüchlich. Mein Dank gilt Murray Bill, der mich auf ihre Geschichte aufmerksam machte und mich mit nach Broken Hill nahm; Brian Tonkin, Leiter des Stadtarchivs von Broken Hill; den Angestellten der Broken Hill Library und des Eisenbahnmuseums sowie Felix Ogdon. Zu Dank verpflichtet bin ich außerdem Christine Stevens, *Tin Mosques & Ghantowns: A History of Afghan Cameldrivers in Australia* (Oxford University Press, 1989). Das Zitat aus der *Leipziger Volkszeitung* ist Steve Packers Artikel »The odd angry shot« (*Sydney Morning Herald*, 3. Januar 1998) entnommen.

»Das weiße Loch von Bombay« (Originaltitel: »The White Hole of Bombay«) erschien erstmals in *Granta 100*, London / New York, Granta, 2007.

»Die Fürstin der Pampas« (Originaltitel: »The Princess of

the Pampas«) in *New Writing* 7, hrsg. von Carmen Callil und Craig Raine, London, British Council / Vintage, 1998.

»Der Tod des Marat« (Originaltitel: »The Death of Marat«) in *Ox-Tales*, London, Profile, 2009.

»Der Castle-Morton-Nebel« (Originaltitel: »The Castle Morton Jerry«) in *The Children's Hours: Stories of Childhood*, hrsg. von Richard Zimler und Raša Sekulovic, London, Arcadia, 2008.

»Das Standbild« (Originaltitel: »The Statue«) in *The Paris Review*, Paris / New York, 1991, Band 33, Ausgabe 119. Hinweise zu General Melgarejos Leben und Wirken verdankt der Autor dem Buch *Melgarejo* von Max Daireaux, (Paris, Calmann Lévy, 1945).

»Der Goldbauchsittich« (Originaltitel: »The Orange-Bellied Parrot«) erschien in *The Monthly*, Melbourne, Dezember 2011.

Nicholas Shakespeare
Priscilla
Von Liebe und Überleben in stürmischen Zeiten
Aus dem Englischen von Barbara Christ
512 Seiten, gebunden
ISBN 978-3-455-50312-8
Hoffmann und Campe Verlag

Als Nicholas Shakespeare eine Kiste mit Briefen und Tagebü-
chern seiner verstorbenen Tante findet, wird er erstmals mit ihrer
geheimen Vergangenheit konfrontiert. Die Priscilla, an die er
sich erinnert, ist ganz anders als die junge, von Verehrern um-
schwärmte, zerbrechliche Frau, die in die Wirren des Zweiten
Weltkriegs gerät.
Nicholas Shakespeare, bekannt durch seinen Erfolgsroman
Sturm, lüftet in diesem Buch ein spannendes Familiengeheimnis.

»Diese Familienrecherche liest sich wie ein Krimi.«
taz

»Der wortgewandte Nicholas Shakespeare versteht es,
die über lange Zeit recherchierten Details zu einem Bild
zusammenzufügen, zu einem luftigen Aquarell [...].
Ein herrlicher Schmöker ist dieses Buch.«
Die Welt